ハヤカワ文庫NV
〈NV1261〉

沈黙のエクリプス

〔上〕

ギレルモ・デル・トロ＆チャック・ホーガン
大森　望訳

早川書房
7045

THE STRAIN

by

Guillermo del Toro and Chuck Hogan

Translated by
Nozomi Ohmori
Published 2012 in Japan by
HAYAKAWA PUBLISHING, INC.
This book is published in Japan by
arrangement with
HARPERCOLLINS PUBLISHERS
through JAPAN UNI AGENCY, INC., TOKYO.

ローレンザ、マリアナ、マリーサと
わたしの子ども部屋にいたすべての怪物たちに
本書を捧げる。
きみたちがいつまでもわたしのそばを離れませんように
——GDT

ライラに
——CH

目次

下巻目次

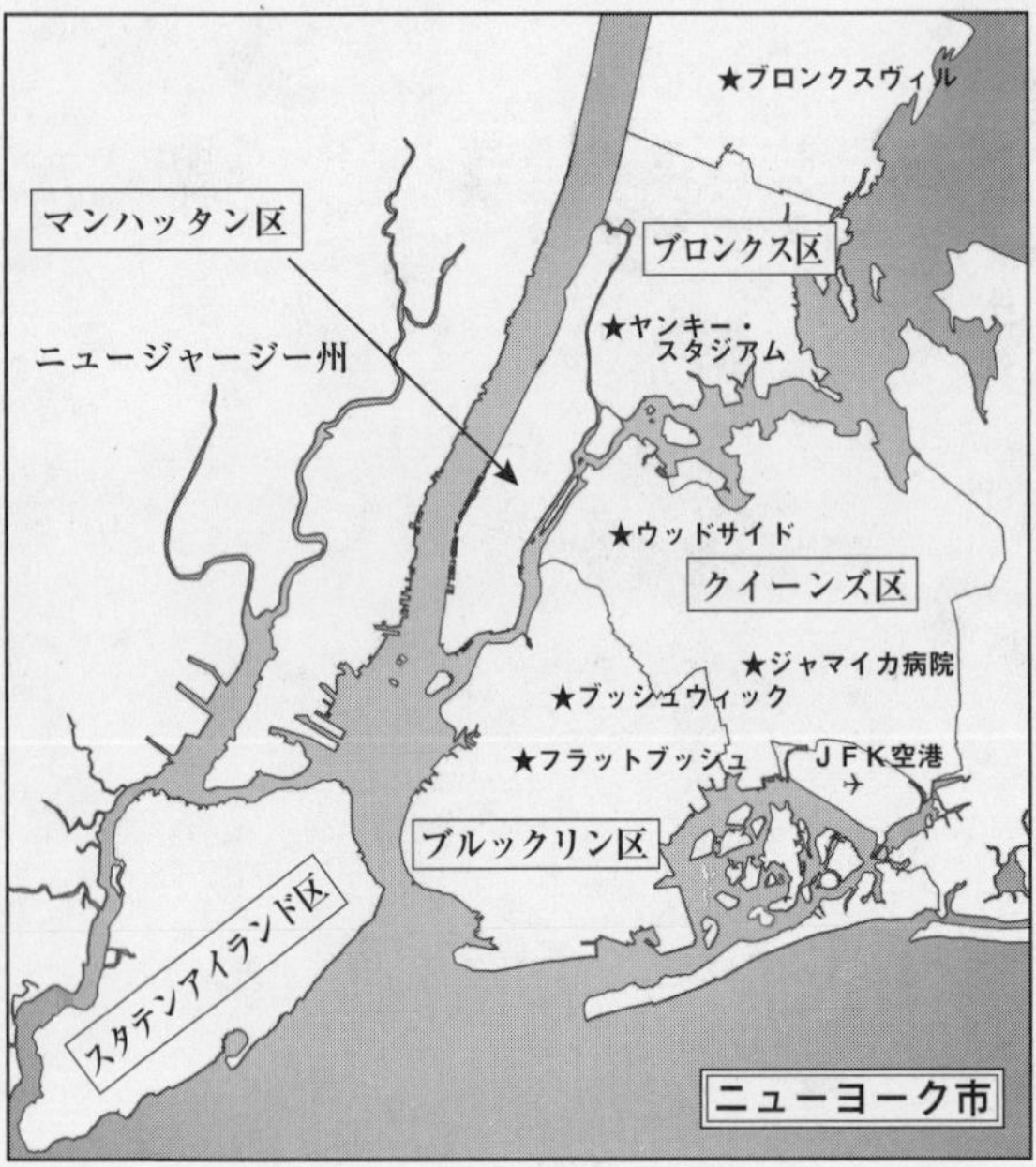

★ブロンクスヴィル
マンハッタン区
ブロンクス区
★ヤンキー・スタジアム
ニュージャージー州
★ウッドサイド
クイーンズ区
★ジャマイカ病院
★ブッシュウィック
★フラットブッシュ
ＪＦＫ空港
ブルックリン区
スタテンアイランド区
ニューヨーク市

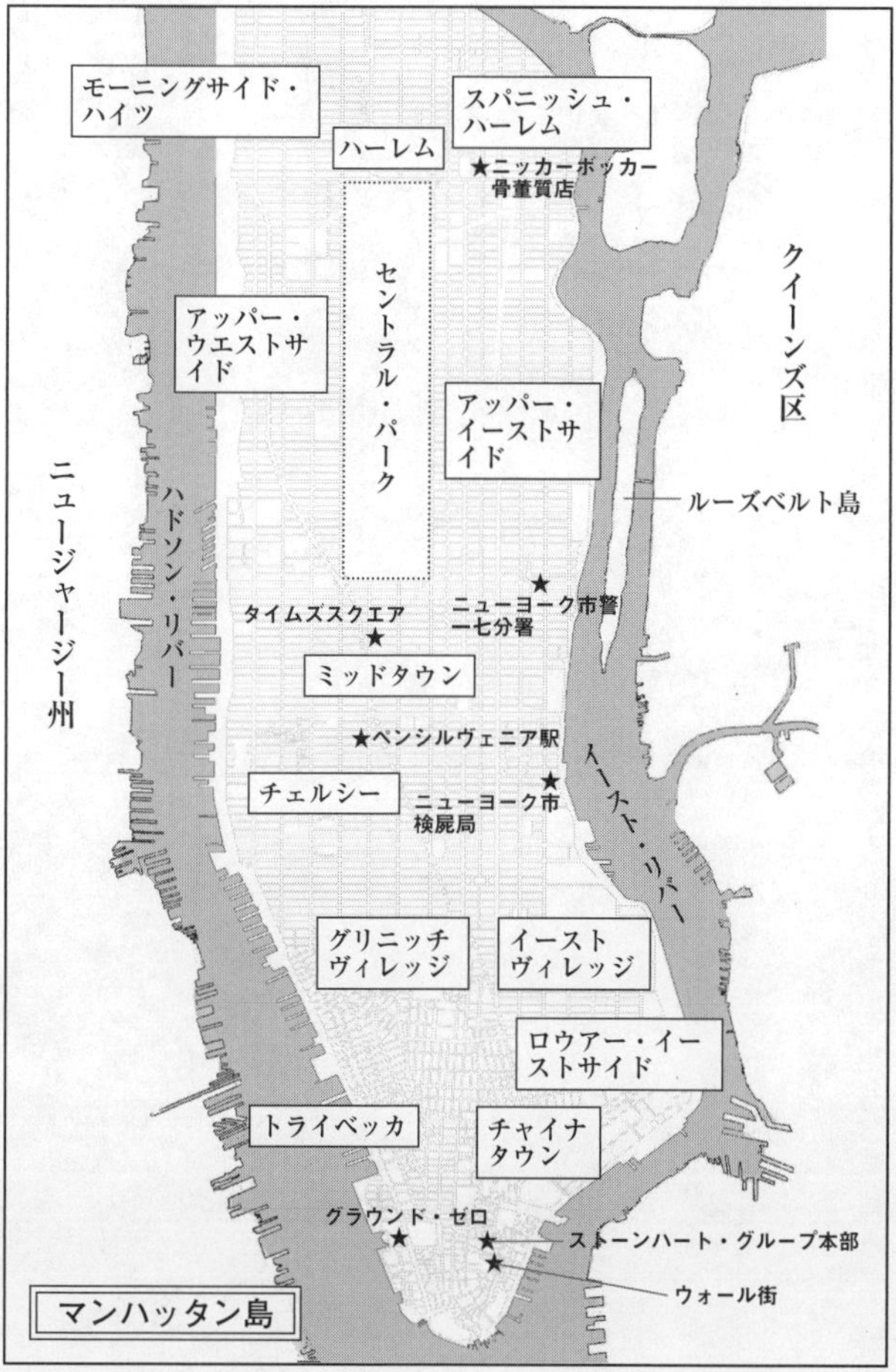
モーニングサイド・ハイツ
ハーレム
スパニッシュ・ハーレム
★ニッカーボッカー骨董質店
クイーンズ区
セントラル・パーク
アッパー・ウエストサイド
アッパー・イーストサイド
ルーズベルト島
ニュージャージー州
ハドソン・リバー
★ニューヨーク市警一七分署
タイムズスクエア★
ミッドタウン
★ペンシルヴェニア駅
イースト・リバー
チェルシー
★ニューヨーク市検屍局
グリニッチヴィレッジ
イーストヴィレッジ
ロウアー・イーストサイド
トライベッカ
チャイナタウン
グラウンド・ゼロ★
★ストーンハート・グループ本部
★ウォール街
マンハッタン島

登場人物

イーフリアム（イーフ）・グッドウェザー……CDC（疾病対策センター）所属の疫学者。カナリア・プロジェクトのリーダー
ザカリー（ザック）……イーフの息子。11歳
ケリー……イーフの別居中の妻
マット・セイルズ……ケリーの同棲相手
エヴェレット・バーンズ……CDC局長
ノーラ・マルティネス……イーフの部下。疫学者
ジム・ケント……イーフの部下。渉外担当
エイブラハム・セトラキアン……質店主。元ウィーン大学教授
ドイル・レッドファーン……リージス航空パイロット
ゲイブリエル・ボリバル……リージス753便の乗客。ロック・スター
ジョーン・ラス……リージス753便の乗客。弁護士
ロジャー・ラス……ジョーンの夫。ビジネスマン
ニーヴァ……ラス家の子守り。ハイチ出身

アンセル・バーバー……………………………リージス753便の乗客。コンピュータ・プログラマ
アン・マリー……………………………………アンセルの妻
ベンジー…………………………………………バーバー家の長男。8歳
ヘイリー…………………………………………バーバー家の長女。5歳
エマ（エム）・ギルバートン…………………リージス753便の乗客。12歳
ゲアリー・ギルバートン………………………エマの父
オーガスティン（ガス）・エリザルディ……メキシコ系ギャング。18歳
クリスピン・エリザルディ……………………ガスの兄。ドラッグ中毒者
ヴァシーリ・フェット…………………………有害生物駆除業者
エルドリッチ・パーマー………………………ストーンハート・グループを率いる投資家。大富豪
ミスター・フィッツウィリアム………………パーマーの専属看護師兼アシスタント

沈黙のエクリプス

〔上〕

ユセフ・サルデューの伝説

「むかしむかしあるところに、ひとりの巨人がいた」とエイブラハム・セトラキアンの祖母は語りはじめた。

幼いエイブラハムの目がぱっと輝いた。木の鉢によそったキャベツのボルシチがたちどころにおいしくなった——すくなくとも、前ほどニンニクの味がきつくなくなった——ような気がした。エイブラハムは色白で目方の足りないもやしっ子だった。祖母は、孫をすこしでも太らせようと、食事のあいだ向かいの席にすわり、長い物語を語って聞かせた。

ブッベ・マイセ、すなわち、〝お祖母さんのお話〟。おとぎ話。伝説。

「巨人は、ポーランドの貴族の息子だった。名前はユセフ・サルデュー。サルデューの若様《マスター》は、どんな男よりも、村のどんな家の屋根よりも背が高く、戸口をくぐるためには大きく身をかがめなければならなかった。けれども、その背丈は重荷だった。祝福ではなく、生まれついての病だった。若様は苦しんだ。その筋肉は、長くて重い骨を支えるだけの力がなく、歩くだけで必死に力を振りしぼらなければならないこともあった。だからサルデューは、おまえの背丈よりも長い棒を杖に使っていたんだよ。杖の握りは、狼の頭のかたち。それが一族の紋章だった」

「それからどうしたの、お祖母《ブッベ》ちゃん？」スプーンでボルシチを口に運ぶ合間にエイブラハムはたずねた。

「これがユセフの運命であり、それが彼に謙虚さを教えた。貴族にとっては珍しいことなんだよ、謙虚だというのはね。ユセフは、貧しい人々や、つらい仕事をする人や、病人に対して、大きな思いやりの心を持っていた。とりわけ村の子どもには親切で、大きな深いポケット――カブの袋くらいのサイズだった――にはいつもちょっとした飾りやお菓子がいっぱい入っていた。ユセフ自身には、子ども時代などろくになかった。八つの歳には父親とおなじ背丈になり、九歳のときには頭ひとつ高くなっていた。息子の体の弱さと異常な大きさを、父親はひそかに恥じていた。しかし、サルデューの若様は文字どおりのやさしい巨人で、人々に深く愛されていた。サルデューの若様はみんなを見下ろすが、だれひとり見下すことはないといわれていた」

祖母はエイブラハムに向かってひとつうなずき、スプーンを口に運ぶことを思い出させた。エイブラハムは煮えた赤カブを頬張った。色とかたち、それに毛細血管みたいなひげが生えていることから、ビーツ《ビーツ》は〝赤ん坊の心臓〟と呼ばれている。

「それからどうしたの、ブッベ？」

「巨人は自然が大好きで、野蛮な狩りにはなんの興味もなかった――けれど、貴族として、位の高い男として、十五歳のとき、父親と叔父たちに説得されて、六週間にわたるルーマニア遠征に同行することになった」

「ここにやってきたの、ブッベ？」とエイブラハムはたずねた。「その巨人、ここに来たの？」

「北方だよ、坊《カディシエル》や。暗い森だ。サルデューの一行は、野生の豚や熊やエルクを狩りにきたんじゃなかった。彼らは狼を狩りにきた。一族の象徴、サルデュー家の紋章である動物を狩るためにやってきたんだ。彼らは狩猟動物を狩っていた。一族の伝説によれば、狼の肉を食べることはサルデューの男たちに勇気と力を与える。サルデューの父親は、それで息子の筋肉の弱さを克服できると考えていた」

「それからどうしたの、ブッベ？」

「旅は長くつらく、天候にも見放されていたけれど、ユセフは必死にがんばった。村を出て旅をしたのはそのときがはじめてだったから、道中、見知らぬ人たちの視線が恥ずかしかった。暗い森に着いたとき、周囲の森が生きているように思えた。動物の群れが、住処を追い出された避難民のように、夜の森をうろついていた。動物の数が多すぎて、野営地の狩人たちは、夜、眠ることができなかった。立ち去ろうという者もいたが、大サルデューの執念がすべてに優先した。夜は狼の遠吠えも聞こえた。父親は息子のために、たったひとりの息子のために、どうしても狼がほしかったんだよ。息子の巨人症は家系の呪いだった。一族の血からこの呪いを祓《はら》い、息子を結婚させて、おおぜいの健康な子孫をつくらせたかった。

二日めの夕方、夜のとばりがおりる直前、狼を追って歩くうち、仲間と最初にはぐれたのは父親だった。他の者たちはひと晩じゅう大サルデューの帰りを待ち、朝になると散開して捜索した。そして、ユセフの従兄弟のひとりは、その夜、帰ってこなかった。ほら、こんなふうにして、ひとりずつ減っていったんだよ」

「それからどうしたの、ブッベ？」

「とうとう、巨人のユセフひとりが残った。翌日、ユセフは出発した。そして、前に捜索したはずの場所で、父親の死体を見つけた。それに、従兄弟たち、叔父たちみんなの死体もあった。地下洞窟の入口を入ったところに横たわっていた。彼らの頭蓋骨はすさまじい力で砕かれていたけれど、胴体は食われていない――ということは、彼らを殺したのはものすごい力を持つ獣にちがいないが、空腹や恐怖のために襲ったんじゃない。ユセフはそんなふうに考えた。どんな理由で襲ったのかは見当もつかなかった。けれどユセフは、暗い洞窟の中に潜んでいるなにかに見られているのを感じた。いや、たぶん、じっと観察されている。

サルデューの若様はそれぞれの遺体を洞窟から運び出し、地中深く埋めた。もちろん、この重労働はユセフの力を奪い、体を弱らせた。くたくたに疲れ、くたびれはてた《ファームトシェット》。ひとりぼっちで、心底おびえ、疲労困憊していたのに、それでもユセフは、その夜、洞窟にもどり、暗くなってから姿をあらわす悪しきものと対決し、たとえそのさなかに死ぬことになろうとも、殺された父親たちの復讐を果たそうとした。これは、ユセフがつけていた日記からわかったことで、その日記は何年もあとになって森の中で発見されたんだよ。それが、日記の最後の一文だった」

エイブラハムの口があんぐり開いた。「でも、いったいなにがあったの、ブッベ？」

「ほんとうのところはだれも知らない。故郷の村では、六週間の不在が八週間になり、十週間になり、それでもなんの便りもなかったので、狩猟隊がまるごと遭難したんじゃないかという不安が広がった。捜索隊が送られたが、なにも見つからなかった。それから、十一週めのある晩、窓にカーテンを引いた一台の馬車がポーランドの地所に到着した。サルデューの若様だった。それからのち、彼は、城館の中、いまはがらんとした寝室ばかりが並ぶ建物にこもり、めったに姿を見せることがなかった。その時点で、ルーマニアの森で起きたことについては、噂だけしか聞こえてこなかった。サルデューに会ったと言い張る二、三人は――こうした説明のどれかがほんとうに信じるに足るものだとして――ユセフの病弱な体質は治ったと主張した。人間離れした体の大きさに見合う強大な力を身につけてもどってきたのだとささやく者さえいた。それでも、サルデューが父や叔父たちや従兄弟たちの死を悼む気持ちは海よりも深かったので、日中はけっして姿を見せず、召使いのほとんどに暇を出した。夜のあいだ、城館には動きがあったが――暖炉の火の輝きが窓に映った――時が経つにつれてサルデューの地所は荒れていった。

しかしやがて、夜のあいだ……ある者は、巨人が村を歩きまわるのを聞いたといった。とくに子どもたちは、ユセフが地面に杖をつく、ズサッ・ズサッ・ズサッの音が聞こえるという話を広めた。いまはもう、歩くのに杖は必要ではないけれど、飾りやお菓子をあげるから出ておいでと子どもたちを呼ぶために使っているのだという。疑う者は、地面にあいた穴を見せられた。寝室の窓の下にも、ユセフが狼の杖をついた痕のような小さな穴がいくつか残っていた」

ブッベの目が暗くなった。孫の鉢に目をやり、ボルシチがほとんど残っていないのを見てとった。

「そしてね、エイブラハム、農夫の子どもたちが何人か姿を消しはじめたんだよ。周囲の村でもやはり子どもたちが消えているという噂が広まった。あたしの生まれた村でもね。そうだよ、エイブラハム、おまえのブッベは娘っ子のころ、サルデューの城館から歩いてたった半日の村で育った。あるふたりの姉妹のことをよく覚えている。遺体は森の空き地で見つかった。まわりの雪とおなじぐらい白く、開いた目は霜で曇っていた。あたしも、ある晩のこと、そう遠くないところからズサッ・ズサッ・ズサッの音——力強くリズミカルな音——を聞いて、それを閉め出そうと毛布を頭の上までひっぱりあげ、それから何日も眠れなかった」

エイブラハムはお話の結末を、スープの残りといっしょにごくりと飲み下した。

「サルデューの村の大部分は、最終的に見捨てられ、呪われた土地になった。ジプシーの隊商があたしたちの村を通りかかり、彼らがつくった珍しい品物を売るときに、城館の近くで奇妙なことが起きているという話をしてくれた。幽霊が出るとかね。夜の神みたいに、月に照らされた大地を徘徊する巨人の亡霊。大人たちは子どもにこう警告した。『しっかり食べて強くなれ。でないとサルデューが捕まえに来るぞ』だからだいじなんだよ、エイブラハム。エス・ゲズンターハイト！ 食べて元気におなり。さあ、鉢の底に残った分もきれいに平らげるんだよ。でないと、サルデューが来るよ」祖母は、束の間の闇と回想からわれに返り、いつもの元気な自分をとりもどした。「サルデューが来るよ。ズサッ・ズサッ・ズサッ」

そしてエイブラハムは、最後に残ったビーツのひげ根の一本まできれいに平らげた。鉢はからっぽになり、お話はおしまいになったが、エイブラハムのおなかと頭はいっぱいだった。がたつく食卓にすわって、二世代離れたふたりが、心と魂の食べものを分け合いながら言葉を交わす、ふたりきりの親密な時間――孫の食べっぷりに満足したブッベの顔には、なによりもはっきりと愛情が浮かんでいた。

十年後、セトラキアン家は、木工品の店を畳んで村を出ることになる。もっとも、彼らを追い出したのはサルデューではなく、ドイツ人だった。一家が住んでいた家は、あるドイツ人将校の宿舎に割り当てられた。将校は、セトラキアン家の親切なもてなしに喜び、ぐらぐらするおなじ食卓で一家と食事をともにするうち、すっかりうちとけて、ある晩のこと、こう警告した。あした、駅に集合しろという命令が出るが、それにしたがってはいけない。今夜のうちに荷物をまとめて村を出なさい。

一族郎党うちそろい、いわれたとおり八人全員が、持てるだけのものを持って村を出て、地方へと旅した。ブッベのおかげで旅は時間がかかった。なお悪いことに——ブッべは自分のせいで一行の歩みが遅くなっているのを知っていた。自分のせいで一族全員が危険にさらされているのを知っていた。だから自分を呪い、老いて疲れた脚を呪った。一族のほかの人々はブッベを置き去りにして先へ進みつづけたが、エイブラハムは——いまは将来有望なたくましい若者となり、律法についても若さに似合わぬ知識をたくわえ、とくにゾハール、ユダヤの神秘主義の秘密に関心を持っていた——祖母のもとに残った。先へ進んだ一族の面々が次の町で捕まり、ポーランド行きの列車に乗せられたとの噂が伝わってきたとき、ブッベは罪悪感に苦しみ、エイブラハムの足手まといにならないよう、わたしは当局に名乗り出るから、ひとりで行きなさいといった。

「逃げなさい、エイブラハム。ナチから逃げなさい。サルデューから逃げたように。脱出しなさい」

しかし、エイブラハムはそれを聞かなかった。ブッベのもとから離れようとしなかった。

翌朝、エイブラハムが目を覚ますと、ブッベはいっしょに泊まっていた部屋——ふたりの境遇に同情した農夫が部屋を貸してくれていた——の床に倒れていた。その唇は皮が剝けて真っ黒になり、のどから首にかけても黒ずんでいた。夜のうちに動物の毒をあおり、ことされていた。一家の寛大な許可を得て、エイブラハム・セトラキアンは祖母を花咲く枝垂《しだ》れ樺《かんば》の木の下に埋葬した。花や鳥や、祖母が大好きだったさまざまなものをかたどった、美しい木の墓標をじっくりと丁寧に彫った。祖母の死を悼んで長いあいだ泣きつづけ、そして逃げた。

ナチから必死に逃げるあいだじゅうずっと、背中にズサッ・ズサッ・ズサッの音を聞いていた……。

悪は、すぐうしろに迫っていた。

はじまり

N323RGコックピット・ボイス・レコーダー

国家運輸安全委員会報告書より抜粋。
2010／9／24 ベルリン（TXL）発ニューヨーク（JFK）行き753便

2049:31【機内放送用マイクのスイッチON】
ピーター・J・モールズ機長 「あー、乗客のみなさん。こちらは操縦室のモールズ機長です。当機はまもなく定刻どおり着陸いたします。この時間をお借りして、当リージス航空にご搭乗くださったことにひとことお礼を申し上げます。そして、副操縦士のナッシュとわたくしおよび客室クルーを代表しまして、またいつか、近いうちにみなさまと空の旅ができるよう祈っております……」

2049:44［機内放送用マイクのスイッチOFF］

ピーター・J・モールズ機長　「……でないと仕事にあぶれるからな」

［コックピットに笑い声］

2050:01 航空交通管制ニューヨーク（JFK）「Regis 7-5-3 heavy, approaching left, heading 1-0-0. Clear to land on 13R」

ピーター・J・モールズ機長　「Regis 7-5-3 heavy, approaching left, 1-0-0, landing on runway 13R, we have it」

2050:15［機内放送用マイクのスイッチON］

ピーター・J・モールズ機長　「客室乗務員は着陸に備えて待機してください」

2050:18［機内放送用マイクのスイッチOFF］

ロナルド・W・ナッシュⅣ副操縦士　「Landing gear clear」

ピーター・J・モールズ機長　「故郷《くに》に帰るといつもほっとするな……」

2050:41［バーンという音。雑音。高音のノイズ］

交信終了

着陸

JFK国際空港管制塔

皿《ディッシュ》と呼ばれているが、輝く緑のモノクローム（JFKはもう二年以上も、カラー表示ができる新型のスクリーンが導入されるのを待っている）は、豆のスープをよそった鉢のように見えた。スープの表面のあちこちに、輝点《ブリップ》とそれにくっついたアルファベットの文字列が散らばり、そのひとつひとつが、数百人の乗客の生命——二十一世紀のいまもこの業界でしぶとく使われている古い航空用語でいえば、人命《ソウル》——を意味している。数百の魂《ソウル》。ジミー・メンデスが他の管制官から〝司教ジミー〟と呼ばれているのはたぶんそのせいだろう。司教は、八時間の勤務中、一度も席に着かずに立ちっぱなしで過ごす、ただひとりの管制官だった。手に持ったHBの鉛筆一本を振りまわし、うろうろ歩きながら、群れの世話をする羊飼いのごとく、ジョン・F・ケネディ国際空港の地上九十六メートル地点にあるせわしない管制室から、ニューヨークにやってくる商用ジェット機に語りかける。彼は、みずからの管制下にある航空機の相対的な位置関係を視覚化するのに、二次元のレーダー・スクリーンだけに頼るのではなく、ピンクの消しゴムを使っていた。レーダー上では、数百の人命が一秒ごとにビープ音を鳴らしている。

「ユナイテッド642、右に旋回して1-0-0へ。五千フィートまで上昇」

しかし、ディッシュについているときはそんなふうには考えられない。自分の指揮に運命を委ねている彼ら数百の人命——地上数千メートルの高度をロケットのように飛行する翼つきミサイルに詰め込まれた人間たち——のことをいちいち考えてはいられない。全体を鳥瞰することもできない。ディッシュ上のすべての航空機、それからヘッドセットを相手に符牒で会話する周囲の管制官たち、それから近接したラガーディア空港の管制塔……それからアメリカ国内のあらゆる都市のあらゆる空港のあらゆる管制塔……それから全世界の……。

直属上司にあたる航空交通管制エリアマネージャー、カルヴィン・バスがやってきて、司教ジミーの肩越しにレーダーを眺めた。休憩を早めに切り上げてもどってきたらしく、まだ口をもぐもぐさせながら、「リージス753はどこだ？」とたずねた。

「753は着陸しましたよ」司教ジミーはディッシュにすばやく鋭い視線を投げて確認した。「ゲートへ進行中」ゲート割り当て表を上にスクロールさせて753便をさがした。「どうしてです？」

「地上レーダーによると、F誘導路《フォックストロット》で停止したままの機がある」

「誘導路で？」ジミーはもう一度ディッシュに目をやり、担当の飛行機すべてに問題《バグ》がないことをたしかめてから、753便との通信チャンネルをまた開いた。

「リージス753、こちらJFK管制塔、どうぞ」

応答なし。もう一度呼びかけた。

「リージス753、こちらJFK管制塔、応答せよ、どうぞ」

やはり応答はない。無線のクリック音ひとつなし。

「リージス753、こちらJFK管制塔、聞こえるか、どうぞ」

管制アシスタントのひとりが音もなく背後に出現した。「通信機器のトラブルですか？」

「機械系統の故障という可能性のほうが高いな」とカルヴィン・バス。「機内が真っ暗だとだれかがいっていた」

「真っ暗？」と司教ジミーはいった。危ないところだった。問題の機の機械系統は、着陸の直後にいかれたことになる。今日は帰宅する途中、７５３のナンバーくじを買うのを忘れないようにしよう。

カルヴィンは自分のイヤフォンをジミーのコンソールの予備オーディオ・ジャックに差し込んだ。「リージス７５３、こちらはＪＦＫ管制塔。応答してくれ。リージス７５３、こちら管制塔。どうぞ」

耳をすまして待つ。

応答なし。

司教ジミーはディッシュ上の輝点の群れに目をやった。異常接近警報なし。なんの問題もない。「フォックストロットは迂回するようにルート変更指示を出したほうがいい」

カルヴィンはイヤフォンを抜いて一歩下がった。その視線がジミーのコンソールを離れて管制塔の窓を向き、誘導路のほうを向いた。その顔には、不安の色とおなじぐらい、混乱の色が浮かんでいた。

「フォックストロットを空ける必要がある」カルヴィンは管制アシスタントのほうを向き、「だれか人をやって映像を送らせろ」

司教ジミーは片手で腹を押さえた。内側に手を突っ込んで、胃の奥で暴れている痛みを直接マッサージできればいいのに。彼の仕事は、本質的には産婆みたいなものだ。人命を乗せた飛行機をパイロットが空という子宮からこの大地につつがなく届けるのに手を貸す。いまおれが感じているのは恐怖の痛みだ、とジミーは思った。死産の嬰児をはじめてとりだす産科医の気持ち……。

第三ターミナル、エプロン

ローレンザ・ルイーズは、貨物運搬車——油圧式のランプに車輪をつけたような乗りもの——を運転して、ゲートに向かっていた。角を曲がっても、予想に反して753便の姿が見えなかったので、ローは先を見渡すため、さらにもうすこし進んだ。まもなく休憩時間になる。彼女は、防護ヘッドフォンをつけ、反射ベストの下にメッツのパーカを着て、ゴーグル——この滑走路の路面は性悪だ——をかけていた。オレンジ色の誘導灯は尻の横、シートの上に置いてある。

いったいどういうこと？

裸眼で見なければわからないとでもいうように、ゴーグルをむしりとった。リージス航空のボーイング777機がそこにある。最近登場した新しい大型機のひとつ——フォックストロットにあるその機体は、闇に包まれていた。まったくの闇。翼端の航行灯さえついていない。ローの目に見えているのは、近づいてくる飛行機の着陸灯に照らされてかすかに光るチューブ状のなめらかな胴体と翼だけだった。着陸機の一機、ルフトハンザ1567は、777機の脚《きゃく》との衝突をわずか数十センチの差で回避した。

「ジーザス・サンティスモ！」

ローはただちに連絡した。

「いまそっちに向かっている」と上司がいった。「見張り台からの要請だ。きみが見てきてくれ」

「わたしが？」

ローは顔をしかめた。これが好奇心の代償か。そこで彼女は、乗客ターミナルを離れ、エプロンにペイントされた誘導路を横切って、運搬車をサービス・レーンに乗り入れた。こんな遠くまで出てきたのははじめてなので、ちょっと緊張し、とても用心深くなっていた。連邦航空局は、運搬車や貨物トレーラーがエプロンのどこまで出ていいかについて厳格な規則を定めている。

誘導路の境界線を示すブルーの誘導灯を越えた。問題の機は、機首から尾翼の先まで完全に停電しているように見えた。ビーコン・ライトも、衝突防止灯も、客室の窓の明かりもついていない。通常、十メートル下の地上からでも、ボーイング社の機体に特徴的なノーズの上にあるちっぽけな目のようなウィンドシールド越しに、コックピットの天井のスイッチパネルや計器灯が暗室のように赤く内部を照らしているのを見ることができる。だがいまは、まったくなんの明かりもない。

ローは長い左の主翼の先端から十メートルのところで運搬車をとめ、エンジンをアイドリングさせた。このエプロンで八年も働いてきたから――二度の結婚生活を合わせたより長い――多少の知識は身につけている。後縁のフラップとスポイラーはすべてまっすぐ立っている。これは機が滑走路にタッチダウンしたあとにセットする位置だ。ターボジェットは静かに停止している。ふつう、ターボジェットは、スイッチを切ったあとも、巨大な飢えた真空掃除機さながら、しばらくは空気を貪りつづける。ということは、このでっかいのは、つつがなくあっさりと着陸し、なんの問題もなくここまでやってきて――電気が消えた。

さらに警戒すべきことに、もし着陸に問題がなかったのだとしたら、その異常事態はほんの二分か三分のあいだに起きたことになる。

そんなに短いあいだに、いったいどんな異変が起きたんだろう。ローは、主翼のうしろに運搬車を走らせ、もうすこし接近した。もしこのターボファンがだしぬけに動き出したら、カナダガンのように吸い込まれて切り刻まれてしまうかもしれない。そんな目に遭うのは願い下げだ。機体の中でローがいちばんよく知っているエリア、貨物室のそばを通って尾部のほうへ進み、後部扉の下で停止した。ブレーキをロックし、スティックを動かして運搬車のランプを上げた。最大で三十度の角度になる。まだ足りないが、それでも役には立つ。ローは車を降り、誘導灯を手にとると、死んだ航空機に向かってランプを昇りはじめた。

死んだ？ どうしてそう思ったんだろう。飛行機は最初から生きてなんかいないのに。

しかし一瞬、ローレンザの頭に、腐りゆく巨大な死体のイメージが浮かんだ。ビーチに打ち上げられたクジラ。ローの目には、たしかにそんなふうに見えた。朽ちかけた死骸。死にゆくリバイアサン。

てっぺんに近づくにつれて風がやんだ。JFKのエプロンの天候に関して、ひとつ理解しておくべきことがある。風はけっしてやまない。いまだかつて一度もやんだことがない。タールマク舗装の上はつねに風が吹いている。入ってくる飛行機や、塩湿地とロッカウェイのすぐ反対側に広がるいまいましい大西洋から吹きわたる風。しかしそのとき、だしぬけにものすごく静かになった――あんまり静かなので、大きなイヤマフつきヘッドフォンをはずしてたしかめた。機内からドンドンと叩く音が聞こえたような気がしたが、それは自分の心臓の鼓動だった。フラッシュライトを点灯し、機の右の胴体側面を照らした。

光の輪を目でたどり、着陸したばかりの胴体がまだつやつやと真珠のように輝いているのを見た。春の雨のようなにおい。ローは客室の窓の長い列を照らした。すべての窓にシャッターが下ろされている。

妙だ。ローはこわくなった。ものすごくこわくなった。二億五千万ドル、三百八十三トンのフライング・マシンに威圧されて、ローは束の間、竜のごとき怪物のすぐそばに立っているのだという、はっきりした冷たい感覚に襲われた。眠れる魔物は、眠っているふりをしているだけで、ほんとうはいつでも好きなときにぱっと目を開き、おそろしい牙をむきだしにすることができる……。電気に打たれたような霊的な一瞬、逆オーガズムとでもいうべき激しさでさむけが体を貫き、全身がぎゅっと締めつけられ、硬直した。

と、そのとき、窓のひとつのシャッターが開いていることに気がついた。うなじの産毛がいっぺんに逆立ち、ローは臆病な猫をなだめるように、片手でうなじを撫でつけた。

さっきはシャッターが開いている窓があるのを見逃しただけ。最初から開いていたのよ。最初から。

たぶん……。

機内で、闇が動いた。中からなにかが自分を観察しているような気がした。

ローはこらえきれず、子どものような泣き声を洩らした。体が麻痺していた。体じゅうの血がどくどく脈打ち、命令されたかのように上昇して、のどを締めつける……。

そしてそのとき、ローははっきりと理解した。あの中にいるものが、わたしをとって食おうとしている……。

無風だったことなどなかったかのように、強風がまた吹きはじめた。きっかけはそれでじゅうぶんだった。ローはランプを降りると、運搬車の中に飛び込み、ギアをリバースに入れ、警告のビープ音が鳴りつづけるのにもかまわず、ランプを上げたままの状態で車を動かした。ブルーの誘導灯がタイヤの下でガリガリと音をたてる。運搬車は、車輪の片側だけ芝生の上に乗った状態で777機のそばを離れ、こちらに近づいてくる半ダースの緊急車両のほうへと猛スピードで向かっていった。

カルヴィン・バスはべつのヘッドセットに切り替え、誘導路侵入事故発生時の対処法として連邦航空局全国プレイブックが定めるとおりの命令を発していた。JFKの周囲五マイル内の空域では全便の発着を停止。多数の航空機が待機を余儀なくされることになる。カルヴィンは休憩をキャンセルし、勤務中の全管制官に対し、利用できるすべての周波数で753便に呼びかけるよう命じた。JFKの管制塔で司教ジミーがこれまでに目にしてきた中でも、いまはもっともカオスに近い状態だった。

港湾管理委員会の担当者たち——スーツに身をかため、ネクステルの携帯に向かって小声でしゃべっている——が背後に集まっていた。よくないしるしだ。おもしろいことに、説明のつかないことに直面すると、みんな自然と寄り集まる。

司教ジミーはもう一度交信を試みたが、無駄だった。

スーツ男のひとりがたずねた。「ハイジャックの徴候は？」

「ないね」と司教ジミー。「まったく」

「火災警報は？」

「もちろんない」

「コックピットのドアロック解除警報は?」

聞きとり調査は、どうやら〝ばかげた質問〟フェイズに入ったらしい。航空交通管制官として成功する支えになった忍耐心と判断力のありったけを動員して、ジミーは質問に答えた。「機はスムーズに降りてきて静かに着陸した。リージス753は、ゲート割り当てを確認し、滑走路を離れた。わたしはレーダーを終了させて、空港面探知装置に引き渡した」

カルヴィンがイヤフォン・マイクを片手で押さえて、「パイロットが電源を落としたとか?」

「かもしれない」と司教ジミー。「あるいは、電気系統が勝手に落ちたか」

「だったら、どうしてドアを開けない?」とスーツ男のひとり。

司教ジミーの頭の中はすでにその問題をめぐって猛烈に回転していた。乗客はふつう、シートベルト着用のサインが消えるなり席を立とうとする。一分たりとも我慢しようとしない。先週、フロリダ発のジェットブルー航空機があやうく乗客の一斉蜂起を招きそうになったが、その原因は傷んだベーグルだった。なのに753便では、乗客全員がじっとおとなしく、もうかれこれ十五分もすわっている。真っ暗闇の機内で。

「中はそろそろ暑くなってるはずだ」と司教ジミーはいった。「電気系統が落ちると、空気の循環も止まる。換気なし」

「じゃあ、いったい彼らはなにを待ってるんだ？」とべつのスーツ男。

司教ジミーは全員の不安が募るのをひしひしと感じた。なにか——なにかとてもまずいことが起きていると理解したときに開く、腹の中の穴。

「もし動けないんだとしたら？」止める間もなく、言葉がつぶやきとなって口をついた。

「人質になっていると？ そういう意味か？」とスーツ男。

司教は黙ってうなずいた……が、考えていたのはそのことではなかった。どんな理由からであれ、頭に浮かぶのは……人命《ソウルズ》。

フォックストロット誘導路

港湾管理委員会の航空機レスキュー消防士たちが、標準的な旅客機救難配備にしたがって出動した。緊急車両六台の中には、化学消防車、ポンプ車、航空機用ラダートラック各一台が含まれていた。車両は、フォックストロットの境界線を示すブルーのランプの前、貨物運搬車のところで停止した。ヘルメットに防火服姿のショーン・ナヴァロ隊長がラダートラックの後部ステップから飛び降り、死んだ航空機の前に立った。救急車両の回転灯に照らされて、機体は偽物の赤い脈動に染まっていた。夜間訓練飛行に飛び立とうとする無人機のように見える。

ナヴァロ隊長はトラックの前にまわると、運転手役のベニー・チューファーといっしょに乗り込んだ。「整備に連絡して、そこの作業用照明を消させろ。それから主翼のうしろに車をとめろ」

「下がって待機せよとの命令ですが」とベニー。

「乗客でいっぱいの飛行機が目の前にあるんだぞ。おれたちは、道路を煌々と照らすことで給料をもらってるわけじゃない。命を救うのが商売だ」

ベニーは肩をすくめ、隊長の指示にしたがった。ナヴァロ隊長はトラックの座席から降りてルーフに上がり、ベニーはラダーの角度を上げて、隊長が主翼に登れるようにした。ナヴァロ隊長はフラッシュライトを点灯して、翼の後縁の直立した二枚のフラップのあいだに立ち、黒いボールド体のレタリングでDON'T STEP HEREと書いてあるまさにその場所をブーツで踏みしめた。

路面から六メートルの高さにある、幅の広い主翼の上を歩いてゆく。めざすは翼の上方にある非常脱出口。この機体で唯一、外部からの緊急リリース機構を搭載したドアがある。ドアには、シャッターの下りていない小さな窓がついていた。内側が結露しているぶあつい二重ガラスをすかして中のようすを覗こうとしたが、見えたのは暗闇だけだった。中は鉄の肺さながら空気がこもっているはずだ。

乗客はどうして助けを求めない？　どうして内部からなんの物音もしない？　いまも与圧されているなら、機内は気密が保たれている。乗客は酸素不足に陥っているはずだ。

耐火手袋をつけ、二枚の赤いフラップを押し込むと、奥からドアハンドルを引き出した。矢印の方向に百八十度近く回転させ、それからひっぱった。ドアは外側にぽんと開くはずだが、びくともしない。もう一度ひっぱったが、その努力が無駄なことはそくざにわかった。内側からロックされている可能性はない。ハンドルがつかえている。さもなければ、なにかが内側からドアを押さえている……。

翼の上を歩き、ラダーのてっぺんまで引き返した。オレンジ色のライトが回転しているのが見えた。国際線ターミナルのほうから空港カートがこちらに向かってくる。さらに近づくと、運輸保安局のブルーのジャケットを着たエージェントたちが運転しているのがわかった。

「いよいよおでましか」ナヴァロ隊長はつぶやき、ラダーを降りはじめた。

エージェントは五人。それぞれが順番に自己紹介したが、ナヴァロ隊長は彼らの名前を覚えようとする無駄な努力はしなかった。ナヴァロが泡消火設備を搭載した消防車とともにやってきたのに対して、彼らはラップトップとスマートフォンを持ってやってきた。しばらくのあいだ、ナヴァロはただそこに立ったまま、彼らがデジタル機器やおたがい同士と言葉を交わすのに耳を傾けた。

「国土安全保障省に連絡する前に真剣に考える必要がある。だれだって無駄に大嵐を引き起こしたくないからな」

「まだ、なにが起きたのかもわかってないんだぞ。ベルを鳴らして、オーティス空軍基地から戦闘機がスクランブル発進すれば、東海岸全域がパニックに陥る恐れもある」

「爆弾だとしたら、最後の最後まで我慢したわけだ」

「アメリカの大地の上で爆発させる気かもしれない」

「しばらく死んだふりをしてるのかも。無線を切って、われわれをそばに引き寄せる。マスコミの到着を待っている」

スマートフォンの画面を読んでいた男が顔を上げた。「ベルリンのテゲルから出発した便がある」

べつのひとりが自分の携帯に向かって、「だれか、いまドイツにいる人間で英語をしゃべれるやつを出してくれ。向こうでなにか疑わしい活動や衝突がないか知りたい。それに、向こうの手荷物取り扱い手続きに関する手引きも」

「フライトプランをチェックして、乗客名簿を再確認しろ」ともうひとりが命令する。

「そう──すべての名前について、もう一度だ。今回は、綴りのバリエーションにも配慮して」

「オーケイ」とべつのひとりがスマートフォンの画面を見ながら、「フル・スペックはこうだ。機体登録番号はN323RG。ボーイング777‐200LR。いちばん最近のトランジット・チェックは四日前、場所はアトランタ・ハーツフィールド。左エンジンの逆推力装置の老朽化したダクト・スライダー一個と、右エンジンの摩滅したマウント・ブラシ一個を交換。フライト・スケジュールの都合により、左後方、内側のフラップのへこみの修理は延期。要は、健康診断の結果は良好ってこと」

「トリプルセブンは新型機だよな。まだ一年か二年？」

「乗客数は最大で三百一。この便の搭乗者数は二百十。乗客が百九十九人、パイロット三人、客室クルーが八人」

「チケットなしは？」これは幼児のこと。

「いないようだ」

「古典的な戦略だ」とテロ説を唱える男がいった。「騒動を起こし、初動対応要員《ファースト・リスポンダー》を引き寄せ、観客を集める——それから爆発させて、最大のインパクトを与える」

「だとしたら、われわれはもうとっくに死んでいる」

彼らはおちつかなげに顔を見合わせた。

「あの緊急車両を下がらせる必要がある。さっき翼の上を歩いていたバカはだれだ？」

ナヴァロ隊長はゆっくり進み出て、不意打ちの答えを返した。

「わたしだ」

「おお。ああ」男は自分のこぶしに向かってごほんとひとつ咳をした。「あそこは保守担当要員以外立ち入り禁止ですよ、隊長。連邦航空局規則では」

「知っている」

「で？　なにが見えた？　なにか？」

「なにも」とナヴァロ。「なにも見えず、なにも聞こえなかった。すべての窓にシャッターが下りていた」

「シャッターが？　すべての窓に？」

「すべての窓に」

「翼の上の非常脱出口は試した？」

「試した」

「で？」

「動かなかった」

「動かない？　そんなことはありえない」

「動かなかった」ナヴァロ隊長は、自分の子どもたちに接するとき以上の忍耐心を発揮して答えた。

年上の男がうしろに下がって電話をかけはじめた。ナヴァロ隊長は残りの四人を見やり、「で、これからどうする？」

「それを決めようと待っているんだ」

「決めようと待っている？　この飛行機に何人の乗客がいる？　そのうち何人が911に電話した？」

ひとりが首を振った。「機内から携帯電話による911発信はまだ一件もない」

「まだ？」とナヴァロ隊長。

「911発信ゼロ。よくない徴候だな」ナヴァロの横の男がいった。

「まったくよくない」

ナヴァロは彼らを驚きの目で見やった。「なにかしなきゃいけない。いますぐに。中で乗客が死んでいるか死にかけているとき、防火斧をつかんで窓を叩き割るのに許可なんか必要ない。あの飛行機の中は空気がないんだ」

年上の男が電話を終えてもどってきた。「いまトーチが来る。焼き切って中に入る」

ヴァージニア州、暗い港

深夜、チェサピーク湾の黒い水面が波打っている。

屋敷は、湾を見晴らす風光明媚な崖の上に建っていた。母屋にあるガラスに囲われたパティオで、ひとりの男が特別あつらえのメディカル・チェアに身を横たえている。照明が落としてあるのは、快適さと慎ましさの双方のため。この部屋だけで三つある業務用サーモスタットは、室温を摂氏十七度に保っている。目立たないスピーカーから静かな音量で流されるストラヴィンスキーの「春の祭典」が透析器のポンプのたえまないシューッという音を隠している。

男の口からかすかな白い息が洩れた。傍観者がいたら、いまわのきわだと思うかもしれない。周囲に広がる十七エーカーの地所から判断して、劇的に成功した人生の最後の数日もしくは数週間を目撃しているのだと思うかもしれない。これほどの富と地位に恵まれた男が、最後は貧乏人とおなじ運命をたどることについて、皮肉のひとつも口にしたかもしれない。

ただし、エルドリッチ・パーマーは、生涯の終わりにいるわけではなかった。彼は七十六歳。なにに対してもあきらめを知らない男だった。まったくどんなことに対しても。高く評価された投資家にしてビジネスマンであり、神学者であり、大きな影響力を持つ黒幕でもある彼は、過去七年間のあいだ、毎晩三時間から四時間かけて、おなじ処置を実施してきた。健康状態はすぐれないが、対処することはできる。パーマーの体は、顧問医師団と、彼個人が自宅用に購入した総合病院クラスの医療機器によって、一日二十四時間、つねに監視されていた。

裕福な人々は、最上級のヘルスケアを受けることができるばかりか、エキセントリックにふるまうこともできる。エルドリッチ・パーマーは、みずからの奇癖を一般の目から、いや仲間内の目からも隠していた。彼は一度も結婚したことがなく、ひとりの跡継ぎももうけたことがない。パーマーは、自身の死後、莫大な財産をどうするつもりでいるのかというのが、彼にまつわる憶測の大きなトピックだった。パーマー率いる投資会社、ストーンハート・グループに、片腕と呼べるような人材はいない。いかなる財団や慈善組織とも公的に関係していない点で、〈フォーブス〉が毎年発表するアメリカ人の大富豪ランキングでつねにパーマーと一位を争うマイクロソフト創業者のビル・ゲイツや、バークシャー・ハサウェイの投資家、ウォーレン・バフェットとは一線を画している（南アメリカに保有する金準備高とアフリカのシャドー・カンパニーを通じて持つ株式を計算に入れれば、パーマーは〈フォーブス〉長者番付の単独トップに躍り出る）。パーマーは一度も遺言状を書いたことがなく、彼の千分の一の資産しかない人間にとっても考えられないほど、資産継承計画《エステート・プランニング》を怠っていた。

しかし、その理由は単純そのものだった――エルドリッチ・パーマーは、自分が死ぬことをまったく計画していなかったのである。

血液透析では、体内の血管組織を流れる血液が、透析器もしくは人工腎臓を通じて限外濾過され、老廃物や不純物をとりのぞいた状態で体にもどされる。前腕に半永久的に留置された人工動静脈グラフトに、血液が入っていく針と出ていく針が挿入される。この処置に用いられる機器は最先端のフレゼニウス社製で、パーマーの体の重要なパラメーターすべてをたえずモニターし、正常範囲から逸脱する数値が記録された場合には、近くの部屋でつねに待機しているミスター・フィッツウィリアムにただちに通知される。

忠実な投資家たちは、昔から、痩せ衰えたパーマーの外見に慣れている。この体つきこそ、彼の金銭力のトレードマークだった。こんなにも華奢な体で、死人のような外見の男が、世界の金融と政治の双方にかくも大きな権力と影響を持っているという皮肉。彼の帝国をかたちづくる投資家群は、三万人におよぶ強大な金融エリートたちだった。会員権は二百万ドル。数十年にわたってパーマーに資産を預けてきた者の多くは、数億ドルの富を築いている。ストーンハート・グループの購買力はパーマーに莫大なレバレッジを与え、彼はその力を効率的に、ときに無慈悲に行使した。

広い廊下に通じる西のドアが開き、パーマーの個人セキュリティ担当のトップでもあるミスター・フィッツウィリアムが、ポータブルの守秘電話をスターリング・シルバーのトレイに載せて持ってきた。ミスター・フィッツウィリアムは元アメリカ海兵隊員で、確認された戦闘中殺害数《コンバット・キル》は四十二。頭脳は優秀で、退役後はパーマーの資金援助を得てメディカル・スクールを卒業した。

「国家安全保障省の次官からです」寒い部屋の中で白い息を吐きながら、ミスター・フィッツウィリアムがいった。

通常、パーマーは、夜ごとの血液透析中、邪魔が入ることを許さない。この時間を好んで黙想に充てている。しかしこれは、パーマーが待っていた電話だった。電話を受けとり、ミスター・フィッツウィリアムがうやうやしく退出するのを待った。

パーマーは電話の相手から、眠れる飛行機に関する情報を伝えられた。

ＪＦＫ空港の役人たちがどのように対処するかについてかなりの不確実性があることを知った。電話の主は、鼻高々で善行を報告する子どもさながらの、自意識過剰な礼儀正しさをまじえ、心配そうにこう語った。「これはきわめて異常な事態です。ただちにご報告をさしあげるべきかと存じまして」

「ああ」とパーマーはいった。「ご丁寧に痛み入る」

「そ、それではおやすみなさい《グッド・ナイト》、サー」

パーマーは切った電話を自分の小さなひざの上に置いた。まさにいい夜《グッド・ナイト》だ。期待のうずきを感じた。ずっとこのときを待っていた。そしていま、飛行機は着陸し、いよいよ幕が上がった――それも、これほど派手なやりかたで。

興奮を抑えきれず、パーマーは横の壁にかけてある大画面テレビのほうを向くと、椅子のひじかけについているリモコンを使って音声を起動した。飛行機に関するニュースはまだ報道されていない。しかしもうすぐ……。

インターカムのボタンを押した。ミスター・フィッツウィリアムの声が答えた。「はい、ご用でしょうか」

「ヘリコプターを用意させてくれ、ミスター・フィッツウィリアム。マンハッタンで用がある」

エルドリッチ・パーマーは通話を切り、壁の窓から、黒く波打つ雄大なチェサピーク湾を見下ろした。すぐ北では、ポトマック川がその暗い深みへとたえず流れ込んでいる。

フォックストロット誘導路

整備クルーは、機体の胴体部の下に酸素タンクを運び込んだ。焼き切って侵入するのは、最後の緊急手段だ。あらゆる商用航空機には、〝切断侵入《チョップアウト》〟区画がある。777機のチョップアウトは、胴体後部、尾翼の下、右側の後方貨物ドアのあいだだった。ボーイング777‐200LR。LRは、長距離《ロング・レンジ》の略で、商用市場モデルとして、九千海里（約一万六千六百キロメートル）を越える最大航続距離と二十万リットル（五万ガロン以上）の燃料容量を誇り、昔ながらの翼胴内部の燃料タンクに加えて、後部貨物室内と三つの補助タンクを備えている――そのため、安全なチョップアウト区画が必要になる。

整備クルーは、アークエアの溶断器を使っていた。災害時によく使用される熱切断トーチだが、それは、きわめて携帯性が高いからというだけでなく、酸素のみを使用し、アセチレンなどの副次的な有毒ガスを発生させないためでもある。ぶあつい外殻を切断するには一時間ほどかかるだろう。

この時点では、エプロンにいるだれひとり、明るい結果を期待してはいなかった。機内の乗客からの911発信はゼロ。リージス753便からは、光も、音も、いかなる種類の合図もない。状況は謎めいている。

港湾管理委員会緊急救助隊の機動指揮車が一台、ターミナルのエプロンに入ってきて、機体を照らす工事用照明の背後に陣どった。港湾管理委員会のSWATチームは、ニューヨーク州およびニュージャージー州の橋梁、トンネル、バスターミナル、空港、PATH鉄道《トレイン》、港湾における一般市民の避難、人質救出および対テロ攻撃の訓練を受けており、戦術要員は軽量防弾ベストとヘックラー&コッホのサブマシンガンを装備している。ジャーマン・シェパード二頭が、主脚——巨大な六個のタイヤが二組——の周囲を嗅ぎまわり、彼らもここで起きているトラブルを嗅ぎつけたように、鼻を宙に突き出して走っていた。

ナヴァロ隊長は、一瞬、機内にはだれもいないんじゃないかと思った。「トワイライト・ゾーン」に、旅客機が無人で着陸するエピソードがなかったか？　整備クルーはトーチの火花を散らしながら、いましがた機体の下腹の切断作業にとりかかったばかり。

そのとき、犬の一頭が吠えはじめた。なにかに向かって激しく吠え立て、リードをいっぱいまでひっぱって、くるくる小さな輪を描いている。

はしご班員《ラダーマン》のベニー・チューファーが機体の真ん中あたりを指さしている。目の前に、痩せた黒い影があらわれた。機体胸部の完璧になめらかなシルエットを壊す、直立した漆黒のスラッシュ。

翼の上の非常脱出口だ。さっきびくともしなかった扉。

いま、それが開いている。

理解できないことだが、しかしナヴァロは、その光景に言葉を奪われ、黙って見つめていた。もしかしたらラッチの不具合か、ハンドルの故障だったのかもしれない……もしかしたら、おれの力が弱かっただけか……あるいはもしかしたら——もしかしたらというだけだが——だれかがついにドアを開けたのかも。

JFK国際空港管制塔

港湾管理委員会は、司教ジミーのオーディオを引き継いでいた。いつものように立ったままで、ジミーがスーツ男たちといっしょに検討しようとしていたとき、彼らの携帯が狂ったように鳴り出した。

「開いてる」と男のひとりがいった。「だれかが3Lのドアを開けた」

全員が立ち上がり、機体を見つめている。司教ジミーは、ライトアップされた777機を管制室の窓越しに眺めた。ここからでは、ドアは開いているように見えない。

「内側から?」とカルヴィン・バスがたずねた。「だれか出てくるのか?」

男はまだ携帯を耳に当てたまま首を振った。「だれも。まだいまのところは」

司教ジミーは棚から小型の双眼鏡をとって、リージス753便を自分の目で確認した。見えた。翼の上の黒いすじ。機体に走るひび割れのような、影の縫い目。

それを見て、ジミーの口の中がからからに干上がった。あのドアは、ロックを解除するとまず最初にすこしだけうしろにひっこみ、それから回転して内側の壁にたたみ込まれる構造になっている。

つまり、技術的にいうと、いまはまだ、エアロックが解除されたというだけのことでしかない。ドアが開いたわけではない。

ジミーは双眼鏡を棚にもどしてあとずさった。どういうわけか、彼の心は、〝逃げるならいまだ〟とくりかえし命令しつづけていた。

ドアの隙間の前に運び上げられたガスおよび放射線探知機の読みとり結果は異状なしだった。ひとりの緊急救助隊員が主翼の上に這いつくばり、先端に鉤のついた長い棒を使ってドアをもう十センチほど引き開けた。防弾ベストを着た戦術要員ふたりが下のエプロンからそれを掩護している。パラボラ型マイクが挿入され、ありとあらゆるピーピーブーブージリリリの音が聞こえてきた。乗客の携帯電話に着信し、呼び出し音だけがむなしく鳴りつづけている。不気味でもの悲しい、ちっぽけな個人用救難アラームのような音。

それから、棒の先端に鏡をとりつけたものが、ドアの隙間から中に差し込まれた。歯科医が歯の裏側を見るのに使う道具の巨大版だ。しかし、鏡越しに見えたのは、ビジネスクラスとエコノミークラスを隔てるエリアの補助席二席だけ。どちらも無人だった。

拡声器による命令に対しては、機内からなんの応答もなかった。光なし、動きなし、なんにもなし。

軽量防弾ベストを着たふたりの緊急救助隊員が、誘導路の照明から離れた場所でブリーフィングを受けていた。彼らが参照している機体断面図には、これから入る予定のエコノミークラスに並ぶ、横一列に十の座席が示されている。両サイドに三席ずつと、中央に四席。飛行機の内部は空間がせまく、近接戦闘に備えて、H&Kサブマシンガンのかわりに、とりまわしのきくグロック17を携行することになった。

その他の装備は、フリップダウン式の暗視鏡を搭載した無線機能つきガスマスク、伸縮警棒、プラスチック手錠、ベルトには予備弾倉ポーチ。綿棒《Qチップ》サイズのカメラも、赤外線フレネルレンズといっしょにヘルメット上部に装着されている。

彼らは消防車のはしごを昇って主翼に乗り、ドアに向かって前進した。ドアの両側から機体にぺったりへばりつき、ひとりがブーツを履いた片脚で開いたドアを内壁に押しつけた。中に入り、低い姿勢でまっすぐ最寄りの仕切りまで行くと、そこにしゃがみこんだ。パートナーがそれにつづいて内部に入る。

拡声器が彼らにかわってアナウンスした。

「リージス753便の占拠者に告ぐ。こちらはニューヨークおよびニュージャージー州港湾管理委員会だ。これから機内に入る。身の安全のため、座席に着き、頭のうしろで両手の指を組んでください」

先頭の男は、仕切りに背中を預け、耳をすましている。マスクのせいで物音は壺の中の怒鳴り声のようにくぐもって聞こえるが、内部でなんの動きもないことはわかった。暗視鏡を下ろして装着すると、機内が豆のスープのような緑色になった。パートナーにうなずき、グロックを構えると、三つ数えてから広い客室に飛び込んだ。

搭乗開始

チャイナタウン、ワース・ストリート

イーフリアム・グッドウェザーは、いま聞いたサイレンがおもてで鳴っているものなのか――つまり、本物のサイレンなのか――息子のザックとプレイしているビデオゲームの効果音なのか、どちらとも判別できなかった。

「どうして何回も何回も父さんを殺すんだ？」とイーフはたずねた。

砂色の髪の少年は心外だというように肩をすくめた。「そういうゲームなんだよ、パパ」

テレビは西向きの大きな窓の横に置かれている。チャイナタウンの南端に位置する三

階建てアパートのこの小さな一室では、それが断然いちばんの目玉だった。ふたりの前のコーヒーテーブルには、テークアウトの中華料理の開いたカートン数個、〈フォービドゥン・プラネット〉で買ったコミックブックが入っている紙袋ひとつ、イーフの携帯電話、ザックの携帯電話、ザックのくさい足二本が載っていた。ゲーム機は発売されたばかりの新型で、これもまた、ザックを喜ばせようと思って買っておいたもののひとつ。むかし祖母が半分に割ったオレンジを搾って最後の一滴まで果汁を味わおうとしていたみたいに、イーフは息子とふたりで過ごせる限られた時間から、最大限の楽しみと喜びを搾り出そうとしていた。イーフにとって、ひとり息子のザックは生き甲斐だった。空気と水と食物を合わせたような存在だから、可能なときにはできるかぎりたくさん息子を吸収しておく必要があった。ふだんは、一回か二回、電話で話しただけで一週間が過ぎてしまうことも珍しくない。イーフにとってそれは、まる一週間、太陽を見ずに過ごすようなものだった。

「いったい……」イーフは慣れない手つきで無線接続のコントローラーを操った。親指はあいかわらずまちがったボタンを押しつづけている。イーフが動かす兵士は地面をパンチしていた。「せめて立たせてくれよ」

「もう遅いよ。また死んだ」

イーフの知り合いに関するかぎり、彼と似たような状況に置かれた多くの男たちにとって、離婚とは、妻と別れることであるのと同程度に、子どもとも別れることを意味しているらしい。たしかに彼らも、子どもに会えないのがつらい、別れた女房が会わせてくれなくてうんぬんと口にするが、だれも本気で子どもと会うための努力をしていない。むしろ、子どもと過ごす週末は、自由な新生活を手放す週末を意味している。

しかし、イーフにとっては、ザックと過ごす週末こそが人生だった。イーフのほうから離婚を望んだことは一度もなかったし、いまも望んでいない。たしかにケリーとの結婚生活は終わったが——ケリーは、イーフに対する自分の立場をこれ以上ないほどはっきりさせていた——イーフはザックに対する要求をあきらめていない。離婚に関して、まだ解決していない唯一の問題が息子の養育権だった。法律的にはふたりがまだ婚姻関係を維持しているのも、ひとえにそのためだった。

この土日は、家庭裁判所が任命したファミリー・カウンセラーの仲介のもと、イーフが試験的に息子と過ごす週末の最後の一回だった。来週、ザックは面接を受け、その後まもなく、最終的な決定が下されることになる。いくら勝ち目が薄くても、イーフは意に介せなかった。養育権はかならず勝ちとる。これは人生を賭けた闘いだ。一方、〝ザックのために正しいことをしましょう〟というのがケリー側の主張だった。罪悪感に訴える作戦をとり、イーフが訪問権で和解することを求めている。

しかし、イーフのために正しいこととは、ザックを手放さないことだった。イーフは、自分の雇い主であるアメリカ合衆国に無理を通し、ザックの人生がいま以上にややこしくならずに済むようにという、ただそれだけの理由で、疾病対策センター《CDC》の本拠があるアトランタではなく、このニューヨークで、自分のチームを組織した。

もっと激しく闘うこともできた。もっと汚い手も使えた。弁護士は何度もそうするようにとアドバイスした。あの弁護士は、離婚交渉のあらゆる手管を知りつくしていた。イーフがそこまでする気になれなかった理由のひとつは、結婚の失敗にまつわる憂鬱がいまもわだかまっていたからだった。もうひとつは、イーフに慈悲の心がありすぎるせいだった。彼をすばらしい医師にしたまさにその資質が、離婚訴訟のクライアントとしては不適格な存在にした。その結果、イーフは、ケリーの弁護士が主張するほとんどすべての財政的な要求を受け入れた。イーフが望むのは、ひとり息子と水入らずで過ごす時間だけだった。

その息子はといえば、いま、こちらに向かってぽんぽん手榴弾を投げている。

「両腕を吹き飛ばされてるのに、どうして撃ち返せる？」

「さあね。蹴ってみれば？」

「お母さんがゲーム機を買うのを禁止していた理由がこれでわかったよ」

「ゲーム機はぼくを興奮させて、反社会的な……よし、これでとどめだ！」

イーフのライフゲージがゼロになった。

そのとき、イーフの携帯電話が振動し、テークアウトのカートンが飢えた銀色の甲虫みたいにカタカタ動き出した。たぶんケリーだ。ザックに喘息用の吸入器を使わせるのを忘れないようにと念を押すか、イーフがザックをさらってモロッコかどこかへ行ってしまったわけじゃないことをたしかめるために電話してきたのだろう。

イーフはフリップを開き、画面を確認した。着信通知の最初の三桁は７１８。市内の固定電話からの着信だ。発信者ＩＤはＪＦＫ検疫局。

ＣＤＣは、ＪＦＫ空港国際線ターミナルの中に検疫所を設けている。もっとも、感染者の拘留はおろか、医療処置もできない施設で、小さな事務室と検査室があるだけだ。米国民一般に対して脅威となるアウトブレイクを同定し、願わくは水際で食い止めるための、一種の中継ステーションというか、防火帯に相当する。仕事の大半は、フライト中に具合が悪くなった乗客を隔離し、健康状態を判定すること。ときには髄膜炎や重症《S》急性呼吸器症候群《ARS》の診断が下る場合もある。

夜間、検疫所のオフィスは閉まっている。今夜のイーフは待機当番《オン・コール》ではないし、月曜の朝までは勤務表《デブス・チャート》のどこにも載っていない。ザックとの週末に備えて、何週間も前から仕事のスケジュールを空けてあった。

イーフはボタンを押して電話を切り、葱油餅のカートンの横に携帯をもどした。だれかほかの人間の問題だ。「この電話を売ってくれた男だよ」とザックに説明する。「いやがらせにかけてきたんだ」

ザックはまた一個、蒸し餃子を食べている。「あしたのヤンキース対レッド・ソックスのチケットなんてよく買えたね」

「ああ。それもいい席だぞ、三塁側の。おまえの大学進学用の資金をぜんぶ注ぎ込んだ。まあしかし、心配ないさ――おまえの腕なら、高卒の学歴でじゅうぶんだ」

「パパ」

「とにかく、スタインブレナーのポケットに一ドルだって金を増やしたくない気持ちはよくわかるだろ。本質的に裏切り行為だからな」

「ブー、レッド・ソックス。ゴー、ヤンクス」

「さんざん父さんを殺しておいて、今度はバカにするのか？」

「レッド・ソックス・ファンなら、バカにされるのには慣れてると思って」

「よくもいったな！」

イーフが息子の体を抱え込み、肋骨のあたりをくすぐると、ザックはげらげら笑いながら身をよじった。もうすっかりたくましくなり、もがく力も本物になっている。ついこのあいだまで、肩の上に乗せて部屋の中で飛行機ごっこをしてやっていたのに。ザカリーの髪は母親譲りだった。母親とおなじ砂色で（すくなくとも、イーフがカレッジではじめて彼女と出会ったときの髪はこの色だった）、おなじ細くてやわらかな髪質をしている。それでも、イーフが驚き喜んだことに、息子の手首から先には、イーフ自身の十一歳のときの手が生えていた。まったくおなじ、幅の広いこぶし。硬球を磨くことしか望まず、ピアノの練習を嫌い、大人の世界をつかむのが待ちきれなかった手。不気味な感じだった。子どものころの自分の手をまた目にするのは。

子どもたちが成長して親と入れ替わるという説は、たしかにそのとおりだ。ザカリーは、人間のパッケージの完璧なサンプルだった。イーフとケリーがかつておたがいにとって意味していたものすべてが――希望、夢、可能性が――息子のDNAに書かれている。ふたりがそれぞれに（ケリーの場合は、持ち前の矛盾したやりかたで）ザックの美点を最大限に引き出そうとあれほど努力したのも、たぶんそれが理由だろう。だからこそ、ザックがケリーの同棲相手のマット――〝ナイス〟ガイで〝グッド〟ガイだが、ど真ん中すぎておもしろくないタイプ――の影響下で育てられることを考えると、イーフは眠れなくなる。息子には、克服すべき課題を、そしてインスピレーションと達成感を与えたかった。ザックという人間を保護する権利をめぐる争いは決着がついたが、ザックの心、ザックの魂を保護する権利をめぐる闘いはまだ終わっていない。

イーフの携帯がまた振動しはじめた。子どものころ伯父たちがクリスマスによくプレゼントしてくれたカタカタ鳴る歯のおもちゃみたいに、テーブルの上をカニ歩きしている。

間の悪い電話が父子のとっくみあいに水を差し、イーフはザックの体を離した。携帯のディスプレイをたしかめたい衝動にかられる。なにかあったんだ。でなければ、この携帯まで電話がかかってくるはずがない。アウトブレイク。感染した旅行者。

電話をとるんじゃないぞと自分にいい聞かせた。だれかほかの人間が対処すればいい。この週末は、息子との週末なのだから。その息子は、いま、イーフを見ていた。

「心配ないよ」イーフは電話をもとの場所にもどした。着信は留守録にまわっている。「だいじょうぶ。週末は仕事なしだ」

ザックはうなずき、元気な顔になると、またコントローラーを握った。「もっとやる？」

「どうかなあ。あのマリオとかいうチビが樽を転がしてサルにぶつけはじめるステージは、いつになったら出てくるんだい？」

「パパ」

「キノコをがつがつ食いながら走りまわってポイントを稼ぐイタリア系の小男っていうステレオタイプのほうが好きなんだよ」

「たしかにね。で、パパは毎日学校へ行くのに雪道をえっちらおっちら、何マイル歩かなきゃいけなかったんだっけ？」

「よくもいったな！」

イーフはまた飛びかかったが、今度はザックも用意ができていた。ひじをぎゅっと締めてあばらをガードする。そこでイーフは作戦を変更し、超敏感なアキレス腱を狙ってザックのかかとをつかみ、必死に抵抗する足に顔を蹴られないよう押さえつけた。息子が降参し、ごめん許してといいはじめたとき、携帯がまた振動しているのに気づいた。

今度は怒りにまかせてぱっと立ち上がった。仕事のせいで、今夜、息子から引き離されることになるのはもうわかっていた。着信番号に目をやると、今度はアトランタの市外局番だった。非常に悪いニュース。イーフは目を閉じ、震える携帯をひたいに押し当て、心をおちつけた。「ごめんよ、Z《ジー》」とザックにいう。「なにがあったのかだけたしかめさせてくれ」

となりのキッチンに行って、電話に出た。

「イーフリアムか？　エヴェレット・バーンズだ」

エヴェレット・バーンズ博士。ＣＤＣ局長。

イーフはザックに背中を向けた。こっちを見ているのはわかっているが、とても顔を合わせられなかった。「ああ、エヴェレット。なにごとです？」

「いまさっきワシントンから電話があった。きみのチームはもう空港に向かっているか？」

「あ、いや、じつをいうと――」

「テレビで見ただろう」

「テレビ？」

ソファにもどり、片手を広げて、ザックにもうちょっと辛抱してくれと合図した。リモコンを見つけ、正しいボタンもしくはボタンの組み合わせをつきとめようとリモコンをにらみ、いくつか押してみると、画面が空白になった。ザックがリモコンをとって、むっつり黙ったままケーブルＴＶに切り替えた。

ニュース・チャンネルには、エプロンに駐機する飛行機が映っていた。支援車両が大きな輪を描き、なにかにおびえるかのように遠巻きにしている。ＪＦＫ国際空港。「いま見てるのがそうみたいですね」

「ジム・ケントがさっき連絡してきた。きみのカナリア・チームが必要とする機材は彼が用意している。この件ではきみたちが最前線だよ、イーフリアム。きみらが到着するまで、彼らは次の手を待っている」

「彼らというのは？」

「ニューヨーク港湾管理委員会に運輸保安局。国家運輸安全委員会と国土安全保障省もいまごろ駆けつけているはずだ」

カナリア・プロジェクトは、生物学的脅威を初期段階で検出・同定するために組織された実地疫学者《フィールド・エピディーミオロジスト》の即応チームだ。その活動範囲は、ウイルス性伝染病やリケッチア感染症など自然環境で発生した脅威と、人為的なアウトブレイクの双方におよぶ――もっとも、活動資金のほとんどは、バイオテロに対するカナリア・チームの明白な有用性のおかげで調達できている。ニューヨーク・シティがチームの神経中枢で、それ以外に、もっと小規模な、大学病院をベースとするサテライト・チームがマイアミ、ロサンジェルス、デンヴァー、シカゴで活動している。

このプログラムの名称は、野蛮だが効果的な生物学的早期警報システムとして、籠に入れたカナリアを地下に運び込んだ大昔の炭坑夫の知恵に由来する。カナリアの代謝システムはきわめて敏感で、メタンと一酸化炭素ガスの濃度が有毒もしくは爆発レベルに達する前にいちはやく探知する。その結果、カナリアはさえずるのをやめ、とまり木の上でぐらぐら揺れるようになる。

現代にあっては、あらゆる人間が炭坑のカナリアとなる潜在的可能性がある。イーフのチームの仕事は、カナリアが歌うのをやめたとき、ただちに隔離して、感染者を治療し、拡大を防ぐことだった。

「どういうことです？　機内でだれか死んだんですか」

「全員死んでるんだよ、イーフリアム」と局長はいった。「最後のひとりまで」

クイーンズ、ウッドサイド、ケルトン・ストリート

ケリー・グッドウェザーは、小さなテーブルをはさんで、同居中のパートナー（〝恋人〟と呼ぶのは若い娘みたいだし、〝伴侶〟は年寄りくさい）のマット・セイルズと向かい合っていた。天日干しのドライ・トマトにゴート・チーズ、香りのために何枚かプロシュートを散らしたバジリコ・ソースの自家製ピザと、一年もののメルローがひと瓶

（十一ドル）。キッチンのテレビは、マットがニュースを見たいというのでNY1が映っている。ケリーにとっては、二十四時間のニュース・チャンネルは敵も同然だった。

「ごめんなさい」とケリーはもう一度謝った。

マットはにっこり笑うと、ワイングラスで空中に円を描いた。

「もちろんわたしのせいじゃないけど、でも、この週末はふたりだけで過ごそうって、前から……」

マットはシャツの襟もとにはさんだナプキンで口を拭った。「彼はいつもなにか方法を見つけてぼくらのあいだに割り込んでくるからね。ザックのことじゃないよ」

ケリーは、無人の三つめの椅子に目をやった。マットは、ケリーの息子が家を留守にする週末を楽しみにしていたはずだ。裁判所があいだに入って長くつづいている養育権争いの決着を目前に控え、ザックはロウアー・マンハッタンにあるイーフのフラットで何度か週末を過ごすことになっていた。ケリーにとってそれは、マットとふたりきりの夕食を意味する。ふつう、マットの側にはセックスの期待があり――ケリーとしてもその期待に応えるのはやぶさかではない――不可避的に、ワインをもう一杯よぶんに飲むに値する。

けれど、今夜はちがう。マットに対して申し訳ないと思う一方、ケリー自身は、じつのところ、かなりの満足感を覚えていた。

「埋め合わせはするから」といってウインクすると、マットは負けたという笑みを浮かべ、

「それで手を打つよ」

マットといっしょに暮らしていて楽なのはこういうところだ。イーフの不機嫌、ときどきの爆発、要求の厳しい性格、激しやすい性分のあとでは、マットのような、のんびりした人間性が必要だった。イーフと結婚したときのケリーはまだ若すぎたので、自分を殺して――自分自身の欲求、野心、欲望を犠牲にして――イーフが医療の分野で出世していくのを助けた。ケリーはいま、ジャクスン・ハイツ第六九小学校で教師をしているが、もし受け持ちの四年生の女の子たちに、人生についてひとつ助言するとしたら、それはこうだ――天才とはぜったい結婚しちゃだめ。とくに、ハンサムな天才とは。マットの前では、楽にしていられる。それに、男女関係における優位を楽しむこともできる。今度はわたしが世話を焼かれる番。

キッチンに置いてある小型の白いテレビでは、あしたの日蝕のニュースをおおげさにあおり立てていた。レポーターがさまざまな日蝕グラスを試し、目に対する安全性でランクづけする一方、セントラル・パークのTシャツ販売スタンドから中継映像が入る――

―いちばんの売れ筋Tシャツは、〈ecLIPSe（日蝕）にキスして！〉。キャスターが明日午後に予定されているこの番組の〝ライブ・チーム実況中継〟を宣伝している。

「一大スペクタクルになりそうだね」とマットがいった。がっかりした気分で今夜を台なしにするつもりはないよというサインだ。

「天文学的な大事件だもの」とケリー。「なのにテレビの扱いは、まるでブリザードかなにかみたい」

今夜のトップニュースの画面になった。いつもならケリーはそれを合図にチャンネルを変えるのだが、画面の異様さについ引き込まれた。映っているのは、JFK空港のエプロンに鎮座している飛行機の遠景。まわりをぐるっと作業用照明に囲まれている。ライトアップがあまりにも芝居がかっているのと、無数の車両と少数の人間に囲まれているせいで、ぱっと見たところ、UFOがクイーンズに着陸したんじゃないかと勘違いしそうになる。

「テロだ」とマットがいった。

JFK空港はここからわずか十五キロ。レポーターの話によれば、問題の飛行機はごくふつうに着陸したあと、完全にシャットダウンしてしまったのだという。まだ機内にいるフライト・クルーや乗客からはいまのところなんのコンタクトもない。予防措置として、JFK空港への着陸はすべて停止され、予定していた便はニューアークとラガーディアに目的地を変更している。

イーフがザックを連れて帰ってくるのはこの飛行機のせいだ。ケリーはそう思い当たった。いまの望みは、一刻も早くザックをこの家に迎えること。ケリーは大の心配性で、わが家は安全を意味していた。この世界の中にあって、彼女がコントロールできる場所。

立ち上がり、キッチンのシンクの上にある窓に歩み寄ると、照明を暗くしてから、裏の家の屋根越しに夜空を見やった。ラガーディア空港の上空で、きらきら光る破片が竜巻に巻き込まれて舞うように、飛行機の光がいくつも旋回している。ケリーはいままで一度もアメリカ中部に旅行したことがないので、やってくるのが何キロも先から見えるという竜巻を自分の目で見たことはない。でも、これはまさにそんな感じだった――なにかがこちらに向かってくるのに、自分ではどうすることもできない。

イーフはCDC支給のフォード・エクスプローラーを縁石にとめた。ケリーは、こぎれいな四角い地所に立つ小さな一戸建てを所有している。まわりは、斜面に建ち並ぶ二階建ての家々のきちんと手入れされた低い生け垣。ケリーは、自分の住居に招き入れるのを避けたがっているかのように、コンクリートの歩道でイーフを出迎えた。十年も戦ってようやく克服したインフルエンザのような扱いだ。

金髪の色合いは前より鮮やかで、プロポーションがもっとスレンダーになり、あいかわらずとても美しい——いまやイーフにとっては別人だとしても。あまりに多くが変わってしまった。いまもこの家のどこかに——たぶん、クローゼットの奥に隠した靴箱の中に——なんの悩みもなさそうな若い女性がベールをうしろにはねあげ、タキシード姿の新郎に愛嬌たっぷりにほほえみかけている写真があるはずだ。愛し合う若いふたりの、とてもしあわせそうな結婚写真。

「週末はまるまる空けてあったんだ」と、最初のひとことをいうために、イーフはザックより先に車を降りて、低い鉄の門扉を押し開けた。「緊急事態なんだよ」

マット・セイルズがケリーのうしろの明かりのついた戸口から出てくると、玄関ポーチで足をとめた。シャツの襟にはさんだままのナプキンがポケットのシアーズのロゴを隠している。レゴ・パークのショッピング・モールで彼が経営している店のシャツだ。

イーフはマットの存在を意に介せず、ケリーと、あとから庭に入ってきたザックだけに注意を集中していた。息子に笑顔を向けるケリーを見て、イーフは彼女が今夜のなりゆきに満足しているんじゃないかと疑わざるを得なかった。マットとふたりきりで過ごす週末を自分がふいにしたこと以上に、イーフがザックとの週末を空振り三振したことを喜んでいる。ケリーはザックを守るように体に片腕をまわした。「だいじょうぶ、Z？」

ザックはうなずいた。

「がっかりね、きっと」

ザックがまたうなずく。

ケリーは息子が持っている箱とケーブルに目をとめた。「それなに？」

「ザックの新しいゲーム機だよ。週末用に貸し出すことにしたんだ」イーフは息子に目をやった。母親の胸に頭を押しつけ、あらぬかたを見ている。「ザック、もしヒマができたら、たぶんあした——なんとかあしたには……とにかく、どうにかして時間をつくれたら、きっともどってくる。そしたら、週末の残りをたっぷり遊ぼう。な？ この埋め合わせはきっとするから。わかってるだろ、な？」

ザックはうなずいた。まだ冷ややかな目をしている。

マットが玄関ステップの上から声をかけてきた。「来いよ、ザック。そいつをテレビにつなげるかやってみよう」

頼りになる、たのもしいマット。ケリーはたしかに彼をよく訓練している。イーフは、息子がマットに肩を抱かれて家の中に入ってゆくのを見送った。最後に一度だけ、ザックがこちらをふりかえった。

ふたりきりになったイーフとケリーは、小さな芝生の一画で顔を見合わせた。ケリーの背後では、彼女の家の屋根越しに、着陸許可を待って夜空を旋回する飛行機の航空灯が見える。空の交通システム全体を――さまざまな政府部局や法執行機関はいうまでもなく――待たせたまま、イーフは、〝もうあなたのことを愛してないの〟といった女と向き合っている。

「あの飛行機なんでしょ」

イーフはうなずいた。「みんな死んでる。機内の全員が」

「みんな死んでる？」ケリーの目が不安に燃え上がった。「どうして？　なにがあったの？」

「これからそれをつきとめにいくんだよ」

自分の仕事の緊急性をようやく実感したような気がした。ザックとの週末はふいになった――だがそれは過ぎたこと。いまは行かなければならない。ピンストライプのロゴマークがついた封筒をポケットからとりだし、ケリーに手渡した。「あしたのデーゲームだ。それまでにもどってこられなかった場合に備えて」

ケリーはチケットに目を走らせ、値段を見て眉を上げ、それから封筒にもどした。同情に近い表情を浮かべて、「とにかく、ドクター・ケンプナーとの面会は忘れないで」

ファミリー・カウンセラー――ザックの養育権を最終的に決定する人物。「ケンプナー、ああ、そうだ。ちゃんと行くよ」

「それと――気をつけて」

イーフはうなずき、歩き出した。

JFK国際空港

空港の外には人混みができていた。説明のつかない奇妙な（悲劇の可能性が高い）出来事に引き寄せられてきた野次馬たち。来る途中に車の中で聞いたラジオのニュース番組では、眠れる飛行機がハイジャックされた可能性をうんぬんし、海外の紛争との関連をあれこれ取り沙汰していた。

ターミナルの中では、二台の空港カートがイーフを追い越した。一台は、おびえた顔をした子どもふたりの手を握る泣き顔の女性。もう一台には、ひざに赤い薔薇の花束をのせた年配の黒人紳士が乗っていた。だれかにとってのザック、だれかにとってのケリーがあの飛行機にも乗っているんだと思い当たる。イーフはそのことに意識を集中した。

イーフのチームは、6番ゲートのすぐ下にある施錠された扉の外で待っていた。ジム・ケントはいつものように携帯電話のキーを操作しながら、耳からかけたイヤフォン・マイクに向かって話している。ジムは、疾病対策の官僚的政治的側面をイーフにかわって処理する係だ。彼はイヤフォン・マイクのマイク部分を手で押さえて、挨拶がわりにいった。「国内ではほかに同様の航空機の報告はありません」

イーフはカートの後部座席にノーラ・マルティネスと並んですわった。この仕事についてから生化学の専門教育を受けたノーラは、ニューヨークにおけるイーフのチームのナンバー2だ。その手はすでに手袋をはめている。百合とおなじくらい白くなめらかで哀しげな、ナイロン製のバリア。イーフが席にすわると、ノーラはちょっとだけ腰の位置をずらした。

ふたりのあいだにぎこちない空気が流れる。その原因をつくったことを、イーフは後悔していた。

カートが動き出し、イーフは風の中に塩湿地のにおいを嗅いだ。「機が着陸してから照明が消えるまでにどのくらいだった?」

「六分です」とノーラ。

「無線連絡はなし？　パイロットも倒れている？」

ジムがふりかえって、「たぶん。しかし未確認です。客室に入った港湾管理委員会の係官は、座席が死体の山なのを見て、すぐに出てきましたから」

「マスクとグローブはつけてたんだろうな、願わくは」

「はい」

カートが角を曲がり、彼方で待つ飛行機が見えた。作業用照明がさまざまな角度から巨大な機体を照らし出し、昼間のように明るい。近くの湾から漂ってきた霧が、機の周囲で輝くオーラをつくりだしている。

「すごいな」とイーフ。

「777、通称、トリプルセブン」とジム。「世界最大の双発ジェット機。最近開発された新型機です。ボーイング社のほうではシャットダウンの原因をめぐって大騒ぎですよ。破壊工作じゃないかと疑っている」

主脚のタイヤだけでも巨大だった。イーフは幅の広い左の主翼の上に開いた非常口の穴を見上げた。

「ガスの検査は完了」とジム。「合成ガスはすべてテストしました。ほかにどんな可能性があるかについてはかいもく見当がつかず、あとはゼロからはじめるしかないと」

「で、おれたちがそのゼロか」とイーフはいった。

危険物処理の観点からいえば、謎の理由で死んだ乗客を満載したこの眠れる旅客機は、ある朝目を覚まして背中に不吉なしこりを発見したようなものだった。イーフのチームは、連邦航空局という患者に、癌にかかっているかどうかを告知する責任を担う生検ラボの役割を担っている。

カートが止まるなり、ブルーのジャケットを着た運輸保安局の係官が駆け寄ってきて、いましがたジムがしたのとおなじブリーフィングをおこなった。レポーターさながらイーフに質問を浴びせ、おたがいと話をしている。

「時間がかかりすぎだ」とイーフはいった。「次にまたこういう説明のつかない事件が起きたら、うちへの連絡は二番めにしてくれ。危険物処理班が一番、われわれは二番。いいか？」

「はい、グッドウェザー博士」

「危険物処理班は？」

「待機しています」

イーフはCDCのバンの前で歩調をゆるめた。「いわせてもらえば、自然発生的な感染事例とは思えない。着陸から六分後だって？　時間が短すぎる」

「つまり、人為的なものだと」運輸保安局係官のひとりがいった。「たぶん」とイーフ。「現状では、あの中でわれわれを待っているかもしれないものを考慮して――封じ込め策をとる」バンの後部座席のドアを開け、ノーラを先に乗せた。「服を着替えて、どういうことなのかを見てみよう」

うしろから声がかかった。「うちの人間がひとり搭乗しています」

イーフはふりかえった。「うちの人間って？」

「連邦航空保安官です。米国キャリアが運航する国際便の場合は標準的な規則なので」

「武装は？」

「それがそもそもの目的ですから」

「その男からの電話も、警告もない？」

「なにも」

「瞬時に倒れたということか」イーフは、男たちの不安そうな顔を見ながらうなずいた。「彼の座席を教えてくれ。そこからはじめよう」

イーフとノーラは頭を低くしてCDCのバンに乗り込み、両開きの後部ドアを閉め、背後のエプロンにわだかまる不安を遮断した。ラックからレベルAの危険物処理装備をとりだす。イーフはTシャツとパンツだけの下着姿になった。ノーラは黒のスポーツブラとラベンダー色のパンティ。窮屈なシヴォレーのバンの中で、それぞれひじやひざがぶつからないように気をつけながら、服を着替える。ノーラの毛髪は太く黒く、実地疫学者としては異例なほど長い。ためらいなくてきぱきと手を動かし、その髪をアップにしてゴムできつく結わえる。その体は優雅な曲線を描き、肌の色は軽くトーストしたパンのような温かい色合いだった。

ケリーとの別居が恒久的なものになり、離婚手続きがはじまったあと、イーフはノーラと一夜の情事を持った。一夜だけのことで、非常に気まずくぎこちない朝を迎え、それが何カ月も何カ月もあとを引き……その状態のまま、二度めのベッドをともにしたのがつい二、三週間前のことだった。一度めよりもさらに情熱的な交わりだったし、最初のときにふたりがはまった落とし穴を避けようとする気持ちは十二分にあったのに、またしても長く気まずいデタントへとつながることになった。

ある意味で、イーフとノーラは仕事上の関係が近すぎた。もしふたりがもっとふつうの職業につき、ふつうの会社で働いていたなら、ちがう結果になったかもしれない。もっと気楽な、ゆきずりの関係で済んだかもしれない。だがこれは、〝塹壕の中の恋〟だった。それぞれがあまりに多くのものをカナリア・チームに割いているため、おたがい

——もしくは残りの世界に——割くものはほとんど残っていなかった。仕事上のパートナーシップがあまりに緊密だから、だれも休憩時間に「今日はどうだった？」とたずねたりしない――まあ、もっぱらそれは休憩時間が存在しないせいだが。

たとえばここ。考え得るかぎりもっともセクシャルとはほど遠い空間で、おたがいの前に裸同然の姿をさらしている。バイオスーツを着用することは、官能性の対極にある。誘惑とは正反対のベクトル。感染予防と滅菌の殻に閉じこもることを意味している。

第一層は、白いノーメックスのジャンプスーツ。背中にCDCのイニシャルが入っている。ひざからあごの下までファスナーがついていて、襟と袖口はベルクロで密封され、黒のジャンプブーツはすねまである。

第二層は、ディスポーザブル・タイプの白くて薄いタイベック製スーツ。ブーツの上にオーバーシューズを履き、ナイロンのバリアの上からシルバー・シールドの化学物質防護手袋をはめ、手首と足首をテープで留めて密封する。それから、自給式呼吸装置を装着した。SCBAハーネス、軽量チタン製の圧力タンク、フルフェイスの呼吸マスク、それに消防士用の自動救難アラーム装置。

ふたりはともに、マスクをつける前にちょっと逡巡した。ノーラは半分だけ笑みをつくると、イーフの頬に片手をあて、キスをした。「だいじょうぶ？」

「うん」

「ぜんぜん大丈夫そうじゃないわよ。ザックはどうだった？」

「むっつり。かんかん。当然だけど」

「あなたのせいじゃないのに」

「だから？　要は、息子との週末がパーになって、二度ととりもどせないってことだよ」イーフは自分のマスクを用意した。「かつてぼくは、家族をとるか仕事をとるかっていう人生の岐路に立たされた。家族を選んだつもりだったけど、どうやら、じゅうぶんじゃなかったらしい」

　こういう理解はいつも唐突に、たいていいちばん都合の悪いときに訪れる。危機の最中、だれかの顔を見て、その人のいない人生など考えられないと気づく……。イーフはいま、自分がノーラに対していかにアンフェアだったかに気づいた。ケリーに──ケリーだけではなく、終わった結婚生活という過去に──しがみついていた。すべてはザックのためだった。ノーラはザックが好きだし、ザックもノーラが好きなことは明白だ。

　しかしいまは──いまこの瞬間は、そういう問題に立ち入るべきときじゃない。イーフはレスピレーターを装着し、呼吸タンクをチェックした。

　バイオスーツのいちばん外側にあたる第三層は、黄色の──カナリア色の──完全気密型〝宇宙〟服。密閉されたフード、視界二百十度の窓、手袋がついている。本物のレベルA封じ込め服、〝コンタクト・スーツ〟だ。その十二層構造は、いったん密封されると、着用者を外気から完全に防護する。

ノーラがイーフのスーツの気密をチェックし、イーフがノーラのスーツの気密をチェックした。バイオハザード調査官は、スクーバ・ダイビングの潜水者とおなじく、ふたりひと組のバディ・システムで行動する。彼らのスーツは、循環する空気から少量の息を吐き出すが、病原体を遮断することは自分の汗と体熱を閉じ込めることを意味する。スーツ内部の温度は室温より十度以上高くなることもある。

「問題なさそうだ」イーフはマスク内部の音声起動マイクを通じていった。

ノーラがうなずき、それぞれのマスクを通じてイーフの目を見た。なにかいおうとして途中で思いとどまったみたいに、その視線は一瞬だけ長くとどまった。「準備OK？」とノーラはたずねた。

イーフはうなずいた。「よし、やっつけよう」

エプロンでは、ジムがキャスターつきのコマンド・コンソールを起動し、ふたりのスーツに搭載されたカメラからの映像をそれぞれ二台のモニターに出した。小型のフラッシュライトを、とりはずし可能なショルダー・ストラップにそれぞれ首紐でぶら下げる。スイッチは入れたまま――多層構造のスーツの手袋は着用者の細かい操作を制限するからだ。

運輸保安局の男たちがやってきて、またなにか話をしようとしたが、イーフは首を振り、フードに手をやって、声が聞こえないふりをした。

777機に向かって歩きながら、ジムがイーフとノーラにラミネート加工したプリントアウトをさしだした。上から俯瞰した座席表。乗客とクルーの名簿に対応した数字が裏に印刷されている。ジムは18Aの赤い点を指さし、「連邦航空保安官です」とマイクに向かっていう。「名字はシャルペンティエ。出口列、窓側」

「了解」とイーフはいった。

ジムはふたつめの赤い点を指さした。

「運輸保安局が、このもうひとりの乗客に注意を促しています。ドイツの外交官で、ロルフ・フーバーマン、ビジネスクラスの二列め、F席。朝鮮情勢に関する国連会議の話し合いのためにニューヨークを訪問。税関でフリーパスの外交嚢を携行している可能性あり。無関係かもしれませんが、ドイツの代表団がいま国連からこちらに向かっています。その外交嚢を回収するためだけに」

「わかった」

ジムは照明の端にふたりを残し、モニターのほうへもどっていった。照明の輪の内側は、昼間以上の明るさだった。歩いてゆくふたりの影はほとんどない。イーフが先に立って消防車のはしごを昇る。主翼の上を歩いて、ドアが開いたままの非常口に向かった。イーフが最初に入った。静けさは明白だった。ノーラがあとにつづき、中央客室の先頭に肩を並べて立つ。

座席についた遺体が、何列も何列も、こちらを向いている。イーフとノーラのフラッシュライトの光が、彼らの見開いた目の死んだ宝石をどんより照らし出した。鼻血なし。目の膨張も皮膚の斑紋もなし。口から泡や血の流出もない。全員がそれぞれの席につき、パニックや争いの形跡は見られない。腕はだらんと通路に垂れ下がるか、ひざの上でぐったりしている。見たところ外傷もない。

携帯電話が——ひざの上、ポケット、機内持ち込みバッグの中で——メール着信アラームや新たな着信メロディを響かせ、快活な音色が重なる。音はそれだけだった。

航空保安官の居場所はすぐにわかった。開いた非常口のすぐ内側、窓際の席。黒髪の生え際が後退しかけた四十代の男性。ブルー・ジーンズに、ベースボール・スタイルのボタン・シャツ。ニューヨーク・メッツのチーム・カラー、ブルーとオレンジのパイピングがついたシャツで、前身頃には硬球の頭をしたマスコット、ミスター・メッツがプリントされている。目を開けたまま眠っているみたいに、あごの先が胸についていた。

イーフは床に片ひざをついた。出口列は幅が広くなっているので動きやすい。航空保安官のひたいに手を触れ、うしろに押してみると、頭は首の上で楽に動いた。横に立つノーラが、フラッシュライトの光を彼の目に当てた。シャルペンティエの瞳孔はまったく反応しない。イーフは彼のあごを下げ、口を開かせて、口腔内を照らした。舌とのどの上部はピンク色で、毒の徴候は見られない。

もっと光が必要だ。イーフは身を乗り出し、窓のシャッターを上げた。工事現場の照明がまばゆい白の悲鳴のようにどっと雪崩れ込んでくる。

ガス吸引を示す嘔吐なし。一酸化炭素中毒なら、患者ははっきりした皮膚の疱疹と変色を示し、膨満した、なめし革のような外見になる。乗客の姿勢に不自然なところはなく、苦しんだようすもない。となりには、リゾート・スタイルの旅装に身を包んだ中年女性。なにも見ていない目に読書用のハーフグラスをかけている。ふたりとも、ごくふつうの乗客のように着席していた。座席の位置は、背もたれがまっすぐ直立した初期状態。飛行機がゲートに到着し、シートベルト着用のサインが消えるのを待っているところ。

出口列の一番前の乗客は、目の前のキャビンの壁に設置されたメッシュのポケットに持ちものをしまうことになっている。イーフは、シャルペンティエの前のポケットから、ヴァージン・アトランティックのやわらかいバッグをとりだし、上部についているファスナーを開けた。ノートルダムのスウェットシャツ、よれよれになったパズルブック数冊、サスペンス小説のオーディオブック、それに腎臓のかたちをした重いナイロン製ポーチ。そのファスナーをちょっとだけ開けてみると、真っ黒の、ラバー・コーティングされた銃が見えた。

「見えるか？」とイーフはマイクに向かってたずねた。

「見てますよ」無線越しにジムが応えた。ジム、運輸保安局、それにモニター画面に近づける地位にある人間ならだれでも、イーフの肩に搭載されたカメラが映す映像すべてを見ている。

「なにがあったにしても、全員、まったく気づいていなかったわけだ。航空保安官も含めて」

イーフはそういいながらファスナーをもとどおりに閉め、バッグを床にまっすぐ立て置くと、通路を進みはじめた。二列か三列ごとに死んだ乗客の並ぶ座席に身を乗り出し、窓のシャッターを開ける。ぎらぎらした光が不気味な影をつくり、乗客の顔が陰影のくっきりしたレリーフのように見えた。太陽に近づきすぎて死んだ旅人のように見えた。

　電話が鳴りつづけ、不協和音が騒音になる。重なり合う数十の個人救難警報。イーフは回線の向こう側にいる不安な発信者のことを考えまいとした。

　ノーラが遺体のひとつに近づき、「外傷はまったくない」といった。

「ああ。なんとも気味が悪いな」死体の列を見ながら考えをめぐらせた。「ジム」と無線に向かっていう。「WHOヨーロッパに警告を出してくれ。ドイツの連邦保健省をこの件に引き込んで、病院に連絡させろ。こいつが伝染性だという可能性は薄いが、万一に備えて、向こうでも目を光らせてもらう」

「ただちに」とジム。

　ビジネスクラスとファーストクラスのあいだにある前部ギャレーでは、四人の客室乗務員──三人が女性、ひとりが男性──が折りたたみ式の補助席に、シートベルトをしてすわっていた。前のめりになった体が肩のベルトにのしかかっている。その前を通るとき、イーフは自分が海底の沈没船の中を漂っているような気がした。

　ノーラの声が無線から聞こえた。「キャビンのいちばんうしろまで来たわ、イーフ。変わったことはとくになかった。いまからもどる」

「オーケイ」イーフは窓から光が射し込むキャビンを引き返し、仕切りカーテンを開けて、通路の幅が広くなったビジネスクラスに入った。ドイツの外交官、フーバーマンは、先頭近くの通路側の席だった。肉厚の手はひざの上で組んだままで、頭はぐったりとうなだれ、薄茶色の混じる銀髪の前髪が、開いた目の前に垂れ下がっている。

ジムがいっていた外交嚢は、座席の下のブリーフケースに入っていた。ブルーのビニール袋で、上部にファスナーがついている。

ノーラがこちらにやってきた。「イーフ、それを開ける権限はないでしょ」

イーフはファスナーを開き、食べかけのトブルローネのチョコレート・バーと、青い錠剤が入った透明のプラスチック・ボトルをとりだした。

「なに？」とノーラ。

「たぶん、バイアグラだ」イーフは中身を袋にもどし、袋をブリーフケースにもどした。また歩き出し、幼い娘とその母親らしきふたり連れのそばで足を止めた。少女の手はまだ母親の手に握られている。どちらもくつろいだ表情だった。「パニックのようすはないな。なんにもなしだ」

「すじが通らない」

ウイルスには感染が必要だし、感染には時間がかかる。乗客の具合が悪くなったり、意識を失ったりすれば、シートベルト着用のサインが出ていようがいまいが、騒ぎが起きたはずだ。もしこれがウイルスだとしたら、イーフが疫学者としてCDCで働いてきた長年のあいだに遭遇したどんな病原体とも似ていない。そのかわり、あらゆる状況証拠が、飛行機の客室という密閉環境に致命的な有毒物質が持ち込まれたことを示唆している。

「ジム、ガスの再検査を頼む」とイーフはいった。

「すでに機内の空気サンプルを採取して、徹底的に検査しました。なんにも出てませんせん」

「それはわかるが……なんの警告も前触れもなく、一瞬でなにかにやられたみたいなんだ。もしかしたら、ドアが開いたとたんに散ってしまう物質かもしれない。床のカーペットとか、多孔性の表面からサンプルをとって検査にまわしてくれ。乗客を搬送したあとは、肺組織も検査する」

「わかりました、イーフ。了解です」

イーフは、ゆったりした革張りのシートが並ぶファーストクラスの通路を足早に通り抜け、コックピットに向かった。閉じたドアは鋼鉄製の格子とフレームで守られ、天井には監視カメラがついている。イーフはハンドルに手をのばした。

フードの中でジムの声がした。「イーフ、それはキーパッド錠で、番号は教えられないそうです」

手袋をしたイーフの手が押すと、ドアはあっさり開いた。

イーフは、開いた戸口の前でじっと静止した。誘導路のライトがコックピットのかすかに色のついたウィンドシールド越しにフライトデッキを照らしている。システム・ディスプレイはすべて消灯している。

「イーフ、こっちの連中は、とにかく慎重に行動してほしいと」

「専門家ならではの貴重な技術的助言に感謝すると伝えてくれ」そういってから、イーフは中に入った。

スイッチやスロットルの周辺の表示灯はすべて消えていた。パイロットの制服を着た男がひとり、入ってすぐ右側の補助席にぐったり腰かけている。もうふたり、機長と副操縦士がふたつ並んだ操縦席についていた。副操縦士の両手はひざの上でゆるくこぶしを握り、帽子をかぶったままの頭は左のほうに倒れている。機長の左手は操縦レバーの上。アームレストからだらりと下がった右手の関節が床のカーペットに触れそうになっている。頭は前に倒れ、帽子はひざの上。

イーフはふたつの操縦席のあいだのコンソールの上に身を乗り出し、機長の頭を起こした。開いたままの目をフラッシュライトでチェックする。瞳孔は散大し動かない。機長の頭をそっと胸に横たえたとき、イーフは硬直した。

なにかを感じる。なにかがいる。

コンソールからあとずさり、フライトデッキに目を走らせながらぐるっと一回転する。

「どうしたんです、イーフ？」とジム。

イーフは時間をかけて周囲の遺体を眺め、びくびくする必要がないことをたしかめた。だが、ここにはなにかある……どこか。ここか、もしくはすぐ近くに。

眩暈の魔法にでもかけられたような奇妙な感覚が走り、イーフは目をしばたたいた。その感覚を振り払う。「なんでもない。閉所恐怖症だ……たぶん」

イーフはコックピットにいる第三の男のほうを向いた。頭は低く垂れ、右肩は横の壁に押しつけられている。補助席のハーネスはストラップがだらりと垂れ下がっていた。

「どうしてベルトが締まってない？」と声に出していった。

「イーフ、コックピットにいるの？」とノーラの声。「いま行く」

イーフは、男がつけている、リージス航空のロゴが入った銀のネクタイ・ピンに目を向けた。胸ポケットの上の名札にはレッドファーンとある。イーフは男の前に片ひざをつき、ぶあつい手袋をはめた指を男のこめかみにあてがい、上を向かせた。目は開き、下を向いている。その瞳孔をチェックしたとき、なにかが見えたような気がした。ちらつく光。もういちど瞳孔を見た。そのときとつぜん、レッドファーン機長が身震いし、うめき声を発した。

イーフはびくっとしてあとずさり、ふたつの操縦席のあいだに倒れ、操縦コンソールにぶつかってがちゃんと音を立てた。副操縦士の体がこちらに倒れてきて、イーフはそれを押しもどしたが、しばらくのあいだ、ぐんにゃりした死体の重みにとらわれていた。

「イーフ？」とジムの鋭い声。

「イーフ、どうしたの？」ノーラの声にはあわてた響きがあった。

イーフは自分に活を入れ、副操縦士の死体をもとの座席にぐいと押しもどし、立ち上がった。

「イーフ、だいじょうぶなの？」

イーフはレッドファーン機長を見やった。いまは、うつろに目を見開いたまま床にくずおれている。が、そののどはひくひく動き、開いた口は空気を吸っているようだ。

イーフは目を大きく見開いていった。「生存者がいる」

「なに？」とノーラ。

「ひとり、生きている人間がいる。ジム、この男を搬送するのに隔離ポッドが一台必要だ。翼に直接運んできてくれ。ノーラ?」床の上で痙攣するパイロットを見ながら、イーフは口早にいった。「機内の乗客をひとりずつ全員チェックする必要がある」

間奏曲1　エイブラハム・セトラキアン

老人は、スパニッシュ・ハーレムの東一一八丁目にある自分の質店の狭苦しい販売スペースにひとりで立っていた。閉店後一時間。胃がゴロゴロいっているが、二階に上がりたくなかった。

玄関や窓はすべて、鋼鉄のまぶたのように鉄格子が下り、おもての通りは夜の人々に占有されている。夜は、外に出るものではない。

貸し付けデスクのうしろに並ぶスイッチのところに歩み寄り、店の明かりをひとつずつ消した。悲しい気分だった。店を眺め、クロームとガラスの陳列ケースに目をやる。ベルベットではなくフェルトの上に並べられた腕時計、お払い箱にできない磨かれた銀貨、ダイヤモンドとゴールド少々。ガラスケースの中のティー・セット。革のコートと、いまはなにかと問題のある毛皮。あっという間に時代遅れになってしまった新しい音楽プレーヤー。いまではもう質草として受け入れていないラジオとテレビ。そして、そここに宝物がある。美しいアンティークの金庫二個（アスベストが張ってあるが、食べなければいいだけのことだ）。スーツケースくらいの大きさの、木材と鉄を使った一九七〇年代のクエーサー製ビデオデッキ。骨董物の16ミリフィルム映写機。

しかし、全体としては、回転率の低いがらくたが多い。質屋というのは、雑貨商であり、博物館であり、ご近所の遺物保管庫でもある。質屋はほかのだれにもできないサービスを提供する。貧者の銀行として、与信記録や雇用状態や身元と関係なく、二十五ドルを貸す。この不況下、多くの人にとって、二十五ドルというのはちょっとした金額だ。簡易宿泊所か野宿かの分かれ目にもなる。寿命をのばしてくれる薬にも手が届く。金を借りる担保になるものさえあれば、お客は現金をふところにこの店を出ていける。すばらしい。

とぼとぼと階段を上がり、さらに明かりを消した。この店を持てたのは幸運だった。七〇年代のはじめ、七ドル少々で買った建物。いやまあ、そこまで安くはなかったかもしれないが、たいした金額でもなかった。当時すでにくたびれかけた建物だった。ニッカーボッカー骨董質店（店についていた名前）は、セトラキアンにとって金儲けの手段ではなく、むしろ、まだインターネットなど存在しない時代に、旧世界の道具、遺物、骨董品などに興味を抱く人間にとって、この店は世界の交差点となる大都市の地下市場に通じる入口だった。

昼は安物の宝石類の値段について客と交渉し、夜は道具と武具を集めて三十五年。準備を怠らず、ひたすら時節を待ちつづけて三十五年。いまや、彼の時間は尽きようとしていた。

戸口のところにあるメズーザー（家を不幸から守るユダヤ教の護符）に手を触れ、しわだらけの曲がった指先に口づけした。廊下の古い鏡は擦り傷と曇りがひどく、自分の顔を見るには、まだちゃんと映る箇所へ首を伸ばす必要があった。雪花石膏のような白髪は、しわの寄ったひたいのずっと上のほうからうしろに撫でつけられ、耳とうなじの下まで伸び放題に伸びている。顔の肉は年々たるみつづけ、あごと耳たぶと目のまわりは、重力という名の暴れ者に屈しかけている。何十年も前、骨折したあと、ちゃんと治療しなかったせいで指が曲がったままになり、関節炎を患う両手は、指先部分を切り落としたウールの手袋でつねに隠している。それでも、老人の、この崩壊寸前の外観の下には、強さがあった。炎があった。闘志があった。

内なる若さの泉を保つ秘密は、たったひとつ。

復讐。

はるかむかし、ワルシャワに、のちにはブダペストに、エイブラハム・セトラキアンという名の男がいた。東欧文学および伝承を専門とする高名な大学教授だった。ホロコーストの生き残りで、学生と結婚したというスキャンダルをも生き延び、研究する専門分野のために、世界のもっとも暗い片隅へと導かれた。

アメリカ在住の老いた質店主となったいまも、彼はまだ、果たし終えていない仕事にとり憑かれている。

残りものの上等のスープがあった。クレプラハとエッグヌードル入りのおいしいチキンスープ。ある常連客がはるばるブロンクスのリープマンズ・デリカテッセンで買ってきてくれたものだ。老人はそのボウルを電子レンジにかけ、節こぶだらけの指でネクタイのゆるんだ結び目を締め直した。タイマーが鳴ると、熱いボウルをテーブルに運び、ホルダーからリネンのナプキン──紙ナプキンなど使うものか！──をとりだし、シャツの襟にきちんとはさんだ。

スープを吹いて冷ます。気持ちをおちつかせ、元気を出すための儀式。祖母のこと、ブッベのことはよく覚えていたが、それはただの記憶ではなく、それ以上のものだった。ありありと甦る感覚──子どものころ、ルーマニアのわが家の寒い台所で、ガタガタする木のテーブルを前に、となりの椅子にすわって、スープにふうふう息を吹きかけてくれた。立ち昇る湯気が祖母の老いた息に吹き寄せられ、幼いエイブラハムの顔にかかった。単純で静かな魔法。子どもに命を吹き込むようなしぐさ。そして、自身も老人となったいま、息が湯気を動かすのを見ながら、自分にはあと何回の呼吸が残されているだろうと考えていた。

しゃれた半端物の道具類がいっぱい入った引き出しを開けてスプーンをとりだし、左手で持つと、曲がった指にたばさんだ。スプーンにすくった熱いスープに息を吹きかけて冷まし、小さなプールを波立たせてから口に運ぶ。数十年にわたってたしなんできた教授の悪癖、パイプ煙草の犠牲となって、味蕾は老兵のごとく死につつあるが、それでもスープの味は舌に広がり、そして消えた。

時代遅れのソニー製テレビ——筐体《きょうたい》の白い、小型のキッチン・モデル——の薄いリモコンを手にとって電源を入れると、十三インチの画面がぼうっと明るくなり、部屋を照らした。立ち上がり、本の山に手をつきながら、絨毯がそこだけすり減った、廊下の中央のせまい通り道——壁ぎわのいたるところに高く積み上がった書物のほとんどは読んでいるが、手放すことなど考えられない——をすり抜けてパントリーに行き、ケーキ缶の蓋を開けると、貯蔵してあるライ麦パンのうち、最後に残った傷んでいない一個をとった。紙に包まれたそのかたまりを持ってキッチンにもどり、クッション入りの椅子にぐったり腰かけ、黴《かび》の生えかけたパンを小さくちぎりながら、もう一口、おいしいスープを飲んだ。

テレビの画面に映し出された光景がゆっくりと老人の注意を引いた。どこかの空港で一機の大型ジェット機が煌々と照らされている。宝石店のガラスケースの中で黒いフェルトの上に置かれた象牙細工のように見える。老人は胸の前に下がっていた黒縁の眼鏡をかけ、画面の下に出ている文字を読むために目をすがめた。事件の現場は、川の向こう、JFK空港だ。

老教授は、無垢な美しさを感じさせる飛行機に意識を集中して、じっと画面を見つめ、耳をそばだてた。一分が二分になり、三分になって、彼の周囲の部屋は褪せていった。事件を報じるニュースに魅入られ、心を奪われていた。まだスープのスプーンを持ったままの左手は、もう震えていない。

眼鏡のレンズを通して入ってくる眠れる飛行機の映像は、まるで予告された未来だった。ボウルの中のスープがしだいに冷め、湯気が薄れていく。ちぎりとられたライ麦パンは食べられないまま。

彼にはわかった。

ズサッ・ズサッ・ズサッ。

老人にはわかった。

ズサッ・ズサッ・ズサッ。

関節の曲がった両手がうずきはじめた。いま見ているものは予兆《オーメン》ではない。侵入だ。行為そのもの。彼が待ちつづけてきたもの。そのために、一生かけて準備しつづけていたもの。ついにそれがやってきた。

最初に抱いた気持ちが安堵感――この恐怖の訪れが自分の死後ではなかったことと、最後の最後に復讐のチャンスが得られたことに対する安堵――だったとしても、それはただちに、苦痛にも似た鋭い恐怖にとってかわられた。ひとすじの湯気のように、言葉が彼の口から立ち昇った。

彼がここに来た……彼がここに来た……。

到着

リージス航空整備格納庫

ＪＦＫ空港側から誘導路を空けてほしいとの要望があったため、７７７機は夜明け前、リージス航空の長期整備格納庫へとそのまま牽引されていった。死亡した乗客を満載した飛べない機体が巨大な白い棺のように曳かれてゆくあいだ、だれもひとこともしゃべらなかった。

車輪止めがとりつけられ、機体が固定されると、黒い防水シートが広げられて、汚れたセメントの床をおおった。病院から借りてきた目隠し用のついたてを並べて、左主翼と機首のあいだに広い封じ込めゾーンが設けられた。旅客機は、広大な死体保管所にたったひとつ置かれた遺体のように孤立していた。

イーフの要請に応じて、ニューヨーク市検屍局がマンハッタンとクイーンズから派遣した数名の上級法医学分析官は、数カートンのゴム製死体袋《ボディバッグ》を持ち込んだ。世界最大の規模を誇るニューヨーク市検屍局は、死者多数の災害に対処した経験が豊かで、遺体回収のためのシステマティックな手順を決める手助けになってくれた。

港湾管理委員会の危険物処理班はコンタクト・スーツのフル装備で機内に入り、まず航空保安官を運び出し――死体袋に収容された遺体が非常口から姿をあらわすと、係員はいっせいに敬礼した――つづいてエコノミークラスの一列めの乗客全員を苦労して搬出した。それから、無人になった座席をとりはずし、そのスペースを使って残りの遺体を順番にボディバッグに収容してから運び出した。遺体は一度に一体ずつストレッチャーに横たえられ、ストラップで固定されたのち、主翼の非常口から防水シートにおおわれた床へと下ろされた。

ゆっくりと慎重におこなわれた作業は、ときにぞっとさせられるものだった。およそ三十体が運ばれてきた時点で、港湾管理委員会の係官ひとりがとつぜんうめき声をあげ、フードをつかんで回収ラインからよろめくように離れた。危険物処理班の同僚ふたりが歩み寄ると、男は殴りかかり、ふたりを病院のついたてに突き飛ばし、事実上、封じ込めの境界線を破った。パニックが広がり、まわりのスタッフはあわてて道を空けた。毒にやられたか、感染したのか。その係官は防護服をかきむしりながら、洞窟のような格納庫の外に飛び出した。イーフはエプロンに出たところで彼に追いついた。朝の太陽の光のもと、係官はフードをむしりとり、体を締めつける皮膚のようなスーツをひきはがした。イーフが腕をつかむと、男はその場にくずおれ、汗と涙で顔をぐしゃぐしゃにしてすわりこんだ。

「この街が」と嗚咽しながらいう。「くそったれなこの街が」

のちに噂で聞いたところによれば、この港湾管理委員会係官は、9・11直後の地獄のような二、三週間、最初は救出任務、そのあとは遺体回収のために、グラウンド・ゼロで働いていたのだという。9・11の亡霊は、港湾管理委員会係官の多くにいまもとり憑いている。謎に包まれたこの大量死状況が、その亡霊を甦らせたのだ。

国家運輸安全委員会の分析官や調査官から成る〝ゴー・チーム〟が連邦航空局のガルフストリーム機でワシントンDCから到着した。彼らの任務は、リージス航空753便の〝事件〟に関係したすべての人間に聞き取り調査を実施して、当該機が機能を停止する直前に起きたことを文書化し、フライト・データ・レコーダーとコックピットのボイス・レコーダーを回収することだった。危機対応を理由にCDCに飛び越されたニューヨーク市保健局の調査官も経過説明を受けたが、これはうちの管轄だという彼らの主張をイーフは無視した。ちゃんとやるつもりなら、封じ込め対応の指揮権を保持する必要があることはわかっていた。

ワシントン州からこちらに向かう途上にあるボーイング社の代表団はすでに、777の完全な機能停止が〝機体の構造上ありえない〟として、責任を否定する声明を出していた。スカーズデールの自宅で寝ているところを起こされたリージス航空の副社長は、医学的な隔離が解除されしだい(死因に関する現在もっとも有力な仮説は、空調システムの問題だった)、まず最初に自社のメカニック・チームが事故機に乗り込んで調査すべきであると主張している。ドイツ代表団一行はいまだに例の外交嚢を待っている。イーフは彼らを第一ターミナルにあるルフトハンザのセネター・ラウンジで長く待たせたままにしていた。

ニューヨーク市長報道官が、午後の記者会見のプランを作成し、ニューヨーク市警《NYPD》本部長は危機対応ヴィークルの移動司令室に陣どり、対テロ班といっしょに到着した。

午前十時ごろには、八十体を残してすべての遺体が搬出された。身元確認作業は、パスポートのスキャニングと詳細な乗客名簿のおかげで迅速に進んだ。

防護スーツを脱いだ休憩のあいだに、イーフとノーラは封じ込めゾーンの外にいるジムと相談した。ついたてのカーテン越しに777の巨大な機体が見える。格納庫の外では、飛行機がひっきりなしに発着している。加速もしくは減速するエンジン音が頭上から響き、空気の振動を感じた。

イーフは瓶入りのミネラルウォーターを飲みながら、ジムにたずねた。「マンハッタンの検屍局は何体処理できる？」

「ここはクイーンズの管轄ですが、ええ、装備がいちばん充実しているのはマンハッタンの本部ですね。犠牲者の遺体は、その二カ所およびブルックリンとブロンクスに割り振ることになる。したがって、一カ所あたり約五十体」

「輸送手段は？」

「冷凍トラック。検屍官によると、ワールド・トレード・センターのときはそうやって遺体を搬送したとか。ロウアー・マンハッタンのフルトン魚市場と交渉中です」

疾病対策は、戦時中のレジスタンス活動みたいなものだ。彼のチームが必死に戦っているあいだ、残りの世界は、占領軍の傘の下で——感染を広げてゆくウイルスや細菌のもとで——日常生活をつづけている。このシナリオでは、ジムは三カ国語を操る地下ラジオ局のキャスターで、食卓にのせるバターから、マルセイユを安全に脱出するための武器に至るまで、どんなものでも調達することができる。

「ドイツからはなにも？」とイーフはたずねた。

「いまのところまだ。向こうでは、空港を二時間閉鎖して、全面的なセキュリティ・チェックを実施しました。空港で具合が悪くなった従業員はゼロ。突然の発病が病院に報告されたケースもなし」

ノーラが口を開き、「ぜんぜん話のつじつまが合わない」

イーフはうなずいた。「つづけて」とノーラに説明を促す。

「ここには死体を満載した飛行機がある。有毒ガスもしくは――事故もしくは故意によって――換気システムに投入された噴霧式薬剤によるものでないかぎり、全員がこんなに……こういうと語弊があるけど……安らかに亡くなることなんかありえない。でも、薬剤だった場合には、窒息したり、もがいたり、嘔吐したり、顔が青くなったりするはず。血液型がちがえば、絶命するまでにかかる時間もちがう。それにともなってパニックが起きる。一方、もしそうじゃなくて、これが感染だったら、まったく新しい、ある種の超突発性病原体を相手にしていることになる。わたしたちのだれひとりとしてまったく見たことがないもの。つまり、研究室で人工的につくりだされたものだという可能性が高くなる。それと同時に、思い出してほしいんだけど、死んだのは乗客だけじゃない――飛行機そのものも死んだのよ。まるで、生命力を吸いとるなにかが飛行機に襲いかかって、乗客を含めてすべての命を奪ってしまったみたいに。でも、その説明も正確じゃない。だって――わたしはいまのところこれがいちばん大きな謎だと思ってるんだけど――いったいだれがあのドアを開けたの？」

ノーラはイーフとジムの顔を交互に見つめた。

「つまり――気圧の変化によるものだと納得できなくはない。ドアのロックはすでにはずれていて、機内の減圧によって開いたのかもしれない。どんなことにだってそれなりの説明を思いつくことはできる。わたしたちはメディカル・サイエンティストだし、それがわたしたちの仕事だから」

「それと、窓のシャッター」とジムがいった。「着陸のとき、乗客はいつも窓の外を見ているもんでしょ。すべての窓をだれが閉めたのか？」

イーフはうなずいた。朝のうちはずっと具体的な細部に神経を集中していたので、一歩引いた視点からこの奇妙な出来事を見つめ直す潮時だ。「だから、四人の生存者が鍵になる。なにか目撃していれば」

「あるいは、べつのかたちで関与していれば」とノーラ。

「四人とも重症ですが、病状は安定。ジャマイカ病院メディカル・センターの隔離病棟に収容されています。レッドファーン機長、三人めのパイロット、三十二歳、男性。ウェストチェスター郡の弁護士、四十一歳、女性。ブルックリンのコンピュータ・プログラマ、四十四歳、男性。それにミュージシャンで、マンハッタンおよびマイアミ・ビーチ在住の有名人、三十六歳、男性。名前はドワイト・ムアシャイン」

イーフは肩をすくめた。「聞いたことがないな」

「芸名はゲイブリエル・ボリバル」

「うお」とイーフ。

「わお」とノーラ。

「ファーストクラスにお忍びで搭乗していました。いつものホラーメイクも、クレージーなコンタクトレンズもなしで。マスコミの報道はこれでさらに過熱しますね」

「生存者同士のあいだになにか共通点はないの？」

「いまのところなにも見つかっていない。精密検査でなにか見つかるかもしれない。座席はばらばら。プログラマはエコノミー、弁護士はビジネス、ミュージシャンはファーストクラス。レッドファーン機長はもちろんコックピット」

「不可解だな」とイーフ。「しかし、いずれにしても、彼らは重要だ。つまり、もし意識をとりもどしたら。われわれにとっては、彼らから答えを引き出す時間がじゅうぶんある」

港湾管理委員会係官のひとりがイーフをさがしてやってきた。「ドクター・グッドウェザー、中にもどってください。貨物室から見つかったものがあって……」

777機の下腹では、サイドの貨物ハッチを使って、車輪つきのスチール製貨物コンテナの荷下ろし作業がすでにはじまっていた。港湾管理委員会の危険物処理班がひとつずついちいち中を開けて確認する。イーフとノーラは、フロアに敷かれた軌道に車輪をロックされて停まっている連結コンテナ群を迂回して、向こう側にまわった。

貨物室のいちばん奥に、長い矩形の黒い箱が横たわっていた。木製で、どっしり重そうに見える。大きなキャビネットを横倒しにしたような感じだ。ワニスをかけていない黒檀。さしわたしはおよそ二メートル半、幅が一メートル二十センチ、高さは九十センチほど。家庭用冷蔵庫よりひとまわり大きい。箱の上部は、四方のへりに、入り組んだ彫刻がほどこされていた。迷路のような飾り模様と、古代の言語——あるいは、そう見せかけたもの——による篆刻《てんこく》。渦巻き模様の多くは、なにかの姿を模しているらしい。流れるように描かれた人間のかたち——それにたぶん、ちょっと想像力を発揮すれば、泣き叫ぶ顔に見えなくもない。

「開けたのか？」とイーフはたずねた。

危険物処理班の人間がそろって首を振った。「まだ手も触れていません」

イーフは箱のうしろ側をたしかめた。オレンジ色の固定用ストラップが三本あり、スチール製のフックはまだ床の固定具に留まったままになっている。

「このストラップは？」

「われわれが入ってきたときはすでにほどかれていました」とべつのひとり。

イーフは貨物室の中を見まわした。「ありえない。もしこれが飛行中もストラップで固定されないままだったとしたら、貨物コンテナにぶつかってたいへんなことになっていたはずだ。悪くすれば、貨物室の内壁だって無事じゃ済まない」イーフはもう一度つぶさに検分した。「タグはどこだ？　積荷目録ではどうなってる？」

係官のひとりが、隅の一カ所をリングで留めたラミネート加工の書類の束を手袋の手でめくった。「ここには載ってませんね」

イーフはそばに歩み寄り、自分の目でたしかめた。「そんなはずはない」

「ここにリストアップされている定形外の貨物は、ゴルフクラブ三セットをべつにすると、カヤック一艘だけです」といって、係官は横の壁を指さした。航空貨物ステッカーをべたべた貼ったビニールシートにくるまれたカヤックが、おなじタイプのオレンジ色のラチェット・ストラップで固定されている。

「ベルリンに連絡しろ」とイーフ。「向こうに記録があるはずだ。だれか、これのことを覚えている人間がいるだろう。ゆうに二百キロはあるぞ」

「すでに問い合わせました。記録はありません。貨物クルーを呼んで、ひとりずつ聞き取りをするそうです」

イーフは黒いキャビネットのほうに向き直った。グロテスクな彫刻を無視して、腰をかがめ、側面を調べる。両側とも、上部に三つの蝶番がついている。蓋は、手前に向かって開く、両開きの扉になっていた。イーフは手袋をした手で彫刻のほどこされた蓋に触れ、それから下側に手をのばして、重い扉を開けようとした。

「だれか、手を貸してくれ」

ひとりの係官が進み出て、イーフの反対側にまわり、手袋をした指で蓋のへこみ《リップ》をつかんだ。イーフが一、二の三と声をかけ、ふたりは同時に重い扉を持ち上げた。

幅の広い頑丈な蝶番の上で扉は直立している。箱の中から漂うにおいは死骸のようだった。まるで、百年前から封印されていたもののように思える。からっぽに見えたが、係官のひとりがフラッシュライトを点灯し、中を照らした。

イーフが手を伸ばすと、指先が豊かな黒土に潜り込んだ。土はケーキミックスのようにやさしくやわらかな手ざわりで、箱の底から三分の二ぐらいの高さまでを満たしていた。

ノーラは開かれたキャビネットから一歩あとずさった。「棺みたい」

イーフは手をひっこめ、指についた土を振り落とし、ノーラのほうを向いたが、期待した笑みは返ってこなかった。「棺桶にはちょっと大きすぎるんじゃないか？」

「土を箱に詰めて航空便で送る人がいると思う？」

「いないね。なにか入っていたはずだ」

「でもどうやってとりだしたの？　この飛行機は完全に隔離されてたのよ」

イーフは肩をすくめた。「ここは説明のつかないことばかりだからな。いま確実にわかっているのは、ロックもストラップもかかっていない、送り状もないコンテナがここにあるということだけだ」ほかの係官たちのほうを向いて、「土壌のサンプルがほしい。土は痕跡となる証拠を保ちやすい。たとえば放射線とか」

係官のひとりがいった。「つまり、乗客の命を奪うのに使われたなんらかの物質が……」

「この中に隠されて運ばれてきた？　それはゆうべから聞いたうちでベストの仮説だ

な」

そのとき、飛行機の外からジムが呼ぶ声がした。「イーフ？　ノーラ？」

「なんだ、ジム？」とイーフが叫び返した。

「ジャマイカ病院の隔離病棟からいま電話が。いますぐ向こうに行ったほうがよさそうです」

ジャマイカ病院メディカル・センター

病院はJFK空港からヴァン・ウィック高速道路沿いに北へ、車でわずか十分の距離だった。ジャマイカ病院は、ニューヨーク市から指定された四つの対バイオテロ準備計画センターのひとつ。〈症候群監視システム〉の正規メンバーにも名を連ねている。イーフはほんの二、三カ月前にそこでカナリア・チームの研究会を開いたばかりだったから、五階にある空気感染隔離病棟への行き方はわかっていた。

金属製のダブル・ドアには、バイオハザードを示す、燃え立つ鮮やかなオレンジ色の三花弁が描かれ、細胞質もしくは生きている生物に対する脅威の実在もしくは潜在的可

能性が示されている。警告メッセージにいわく、

隔離区画
防護措置必須
許可なき者の立ち入りを禁ず

イーフはCDCの身分証明書をデスクに提示した。病棟管理者の女性は、生物学的封じ込めの演習で何度かここに来たときの顔見知りだった。先に立って歩き出した彼女に向かって、

「いったいなに?」とイーフはたずねた。

「あんまり芝居がかったことはいいたくないんだけど」病院のIDをリーダーにかざして病棟のドアを解錠しながら、「でも、これぱっかりは自分の目で見てもらわないと」

扉の向こうの通路はせまくなっている。隔離病棟を囲む外側のリングにあたる部分で、面積のほとんどはナースステーションに占められている。イーフは病棟管理者のあとについてブルーのカーテンをくぐり、広い控え室に入った。各種防護装備——ガウン、ゴーグル、手袋、オーバーシューズ、マスク——を入れたトレイと、赤いバイオハザード

用廃棄袋がセットされた車輪つきの大型ゴミ容器が置かれている。

マスクはN95で、〇・三ミクロン以上の大きさの微粒子の九五パーセントを捕集すると認定されている。つまり、空気感染するウイルス性および細菌性の病原体のほとんどを防ぐことができるが、化学物質やガスによる汚染はそのかぎりではない。

空港でフル装備のコンタクト・スーツを着用したあとだけに、病院のマスクと手術帽、ゴーグル、ガウン、オーバーシューズという姿ではひどく無防備な感じがした。おなじいでたちの病棟管理者がプランジャー・ボタンを押し、内側のドアを開けた。イーフは真空に吸い込まれるような力を感じながら中に入った。隔離区画は粒子が外に出ないよう陰圧が保たれ、空気が内側に流れ込むようになっている。

入ると、中央に備品ステーションがあり、その左右が通路になっている。ステーションには、薬品とER用の備品を満載した救急カート《クラッシュカート》、ビニールでくるんだノートPC、外と話をするためのインターカム・システム、予備のバリア・サプライなどがあった。

患者エリアは、八つの小部屋の集まりだった。二百二十万以上の人口を擁する区だというのに、完全隔離の個室は八つだけしかない。〝緊急時対応力《サージ・キャパシティ》〟とは、災害対策用語で、公衆衛生上の大規模な緊急事態に際し、任意の健康管理システムが通常の業務範囲を超えて迅速に対応し、公衆衛生上の需要を満たす能力を意味する。ニューヨーク州全体の病床数は約六万で、右肩下がりに減少している。一方、人口はニューヨーク市だけでも八百十万、こちらは増加傾向にある。この統計的な対応力不足を改善する一助となることを期待され、一種の間に合わせの災害対策プランとして創設されたのがカナリア・チームだった。CDC用語では、この政治的ご都合主義のことを〝楽観主義〟と呼ぶ。イーフは〝魔術的思考〟という用語のほうが好みだった。

病棟管理者のあとについて、最初の病室に入った。ここは、完全な生物学的隔離室ではない。エアロックも鋼鉄のドアもなし。ふつうの病院の隔離病室だ。床はタイル張り、照明は蛍光灯。イーフが最初に目にしたのは、横の壁ぎわの廃棄された隔離ポッドだった。透明の棺のような、ディスポーザブルのプラスチック・ボックス型ストレッチャーで、長いほうの二辺に手袋つきの丸いポートが二個ずつ用意され、とりはずし可能な外部酸素タンクを装備している。ポッドの横には、ジャケット、シャツ、パンツが山積み。手術用はさみを使って切断し、患者から脱がせたものだ。上下さかさまになったパイロット帽にはリージス航空の羽根が生えた王冠のロゴが見える。

部屋の中央のベッドは、透明のビニールカーテンで四方を囲われ、その外にモニター装置と、バッグを吊した自動輸液ポンプつきの点滴スタンドが立っている。手すりつきの可動式ベッドは緑のシーツに白の枕。背もたれ部分は九十度に起こしてある。

ドイル・レッドファーン機長は、ひざに手を置き、ベッドの真ん中にすわっていた。背中で留める患者用ガウンを着ているだけで、足ははだし。警戒しているような顔だ。手と腕に刺した点滴用の針と、やつれた顔――コックピットで見たときから五キロも痩せているように見える――のせいで、どこから見ても、検査を待つ患者のようだ。

イーフが近づくと、待っていたように顔を上げた。「リージス航空の人？」とたずねる。

イーフは驚きに口もきけず、ただ首を振った。ゆうべ、この男は753便のコックピットで息をつまらせ、床にくずおれた。目は完全に裏返り、死にかけているように見えたのに。

機長が姿勢を変えると薄いマットレスにしわができた。こわばった体に痛みが走ったかのように顔をしかめ、それからたずねた。「機内でなにがあったんですか？」

イーフは失望を隠せなかった。「それを聞こうと思って来たんですが」

イーフはロック・スターのゲイブリエル・ボリバルの前に立っていた。ベッドのへりに腰かけたボリバルは、患者用ガウンを着た黒髪のガーゴイルのように見える。ホラーメイクをしていないと、髪はくたびれた感じで貧乏くさい。だが、顔立ちはびっくりするほどハンサムだ。

「二日酔いの親玉だな」とボリバル。

「ほかに具合の悪いところは？」とイーフ。

「山ほど。ああくそ」長い黒髪を片手で梳いた。「旅客機には乗るな。それが今回の教訓」

「ミスター・ボリバル、飛行機が着陸したとき、最後に覚えていることを教えていただけますか」

「着陸って？　いや、まじめな話、フライトのあいだはウォッカ・トニックをしこたま飲んでたから——着陸のときはぐっすり眠ってたよ」顔を上げ、光に目をすがめた。「デメロールを少々もらえるかな。こんど飲みもののカートが来たときにでも」

イーフはボリバルのむきだしの腕に交差するいくつもの傷跡を目にして、彼のライブのお約束のひとつがステージ上で自分の体を切ることだったのを思い出した。「乗客と持ちものを照合してるんですが」

「それなら簡単。おれは手ぶらだった。手荷物なし。電話だけ。チャーター機が故障して、離陸まで残り一分っていうところであの便に駆け込んだんだ。マネージャーに聞いてないか？」

「まだ話してないんです。とくにうかがいたいのは、大きなキャビネットのことなんですが」

ボリバルはじっとイーフを見つめた。「心理テストかなんか？」

「貨物室に、土の入った古い箱があったんですよ」

「なんの話だかさっぱり」

「ドイツからあなたが持ち帰ったものでは？　ボリバルさんのような方ならコレクションに加えてもおかしくない品に見えたので」

ボリバルは渋い顔になった。「あんなの芝居に決まってんだろ。ショーだよ、見世物。ゴスの化粧にハードコアの詞。ググってみな——おれの親父はメソジスト派の牧師だし、おれのコレクションは女だけ。そういえば、いったいいつになったらここから出られる？」

「あといくつか、検査が残っています。お体になんの異状もないという太鼓判が捺されてから退院していただきたいので」

「携帯はいつ返してもらえる？」

「もうすぐ」と答えて、イーフは病室を出た。

隔離病棟のエントランスのすぐ外で、病棟管理者が三人の男性と押し問答していた。そのうちふたりはイーフが見上げるほどの身長だ。ボリバルのボディガードだろう。三人めは小柄で、ブリーフケースを携えている。まぎれもない弁護士のにおいがした。

「みなさん、ここは立ち入り禁止区画ですよ」とイーフは声をかけた。

「クライアントのゲイブリエル・ボリバルを解放するよう求めているんです」と弁護士。「ミスター・ボリバルは検査を受けている最中で、それが終われば、できるかぎりすみやかに退院していただきます」

「それはいつ？」

イーフは肩をすくめた。「あと二日か、もしかしたら三日。すべて順調に進めば」

「ボリバル氏はここを出て、主治医の診療を受けたいとの意向です。わたしは法的な代理人であるだけでなく、もし氏の体になんらかの不具合がある場合には、健康管理の代理人をつとめることも可能です」

「わたし以外はだれも面会できません」イーフは病棟管理者に向かって、「ただちに警備員を呼んで、ここに配置してください」

弁護士がイーフに歩み寄った。「いいですか、ドクター。隔離に関する法律についてはあまりくわしくないが、たしか、医療上の強制的な隔離措置には大統領命令が必要だったはずだ。命令書を見せていただきましょうか」

イーフはにっこりした。「いまのボリバル氏はわたしの患者ですよ。大量死事件の生き残りというだけでなく。ナースステーションに電話番号を残していただければ、ボリバル氏の回復状況を逐一お知らせするよう最善をつくします――もちろん、ボリバル氏の同意を得たうえでね」

「なあ、ドク」弁護士がなれなれしく肩に片手を置き、イーフをむっとさせた。「やろうと思えば、こっちは裁判所命令をとりつけるよりずっと迅速な解決をはかれるんだよ。クライアントの熱狂的なファン連中を動かしてね」この脅迫で、弁護士は病棟管理者も敵にまわすことになった。「ゴス少女やいろんな不良どもの大群がこの病院に集合して、ボリバルをひとめ見ようと廊下を走りまわるようなことになってもいいのか？」

イーフは弁護士が肩から手をどかすまで、じっとその手を見つめた。面会しなければならない生存者はまだあとふたりいる。

「こんなことをしている暇はない。だから、率直に質問しよう。あんたのクライアントは、こちらが知っておくべき性感染症の既往歴はあるか？　麻薬の使用歴は？　こんなことを聞くのも、彼の医療記録すべてを調べなきゃいけなくなった場合、そういう情報はまちがった人間の手にわたることがままあるからだ。あんたも彼の医療記録がマスコミに洩れるのは望まないだろう？」

弁護士はイーフをにらみつけた。「それは守秘義務のある情報だ。外部に洩らせば重罪になるぞ」

「それに、本物の潜在的スキャンダルだ」最大のインパクトを与えるべく、イーフはさらに一秒間、弁護士の目を正面から見つめた。「つまり、もしだれかがあんたの全医療記録をインターネット上で公開して、だれにでも見られるようにしたらどうなると思う？」

無言で立ちつくす弁護士をその場に残し、イーフはふたりのボディガードの前を通って歩き去った。

スウォースモア・カレッジ卒、ブロンクスヴィル在住の弁護士にして二児の母、女子青年連盟会員でもあるジョーン・ラスは、隔離病棟のベッドに敷かれたウレタンフォームのマットレスに腰かけ、いまだにあのみっともない患者用ガウン姿で、マットレスの包装紙の裏にメモを殴り書きしながら、はだしの足のつま先をぐるぐるまわし、待機していた。携帯電話はまだ返してもらっていない。鉛筆一本もらうだけでも脅したりすかしたりが必要だった。

もう一度、ナース・コールのボタンを押そうとしたとき、ようやく担当ナースが病室に入ってきた。ジョーンは、〝頼りにしてるわよ〟笑顔のスイッチを入れた。

「あら、よかった、来てくれたのね。考えてたんだけど、さっきここに来ていたドクターの名前はなんだっけ？」

「あの人はこの病院のドクターじゃありませんよ」

「わかってる。名前を教えてほしいの」

「ドクター・グッドウェザーです」

「グッドウェザー」ジョーンはそれを書き留めた。「ファーストネームは？」

「ドクター」ナースはそっけない笑みを浮かべた。「わたしにとって、ファーストネームは全員おなじ――ドクターです」

ジョーンは、聞き違いじゃないかと思っているように目をすがめ、それからかたいシーツの上でちょっと身じろぎした。「で、彼は疾病対策センターからここに派遣されてきた？」

「ええ、だと思います。いくつも検査をオーダーしていきました」

「事故の生き残りはほかに何人いるの？」

「ええと、事故じゃなかったんです」

ジョーンはにっこりした。ときどき、自分の意思を伝えるために、英語が相手にとって母国語ではないと思っているふりをしなければならないことがある。

「わたしが訊きたいのは、ベルリン発ニューヨーク行きの753便で死ななかった人はほかに何人いるのかということ」

「この病棟にはあなたのほかに三人います。さて、ドクター・グッドウェザーの求めに応じて、採血と……」

ジョーンはそこでナースの存在を意識から消し去った。この病室にまだおとなしくすわっている唯一の理由は、相手に合わせているほうがより多くの情報を得やすいとわかっているからだ。しかし、その作戦もゴールに近づきつつある。ジョーン・ラスは私犯専門の弁護士だった。〝私犯〟とは、訴訟の根拠として認められた、〝不法行為をおかした市民〟を意味する法律用語だ。旅客機いっぱいの乗客が、四人の生存者を残して全員死亡——そして、生存者のひとりは私犯弁護士。かわいそうなリージス航空。彼らの側からすれば、まちがった乗客が生き残ってしまったわけね。

ジョーンは看護師が指示をしゃべりつづけているのにも頓着せず、口を開いた。「今日までのわたしの医療記録をコピーしてちょうだい。すでに実施された検査およびその結果の完全なリストも含めて。それから……」

「ミセス・ラス？　気分が悪いんじゃないですか？」

たしかに一瞬、気が遠くなったことはあったけれど、しかしそれは、あのおそろしいフライトの最後に乗客全員を襲ったなにかの名残りにすぎない。ジョーンは笑みを浮かべて勢いよく首を振り、あらためて気合いを入れ直した。いま感じているこの怒りは、今回の大災厄を整理し、不注意により危険を招いた航空会社を法廷にひきずり出すためにこれから費やす弁護料つきの千時間を支えるエネルギーになるだろう。

「だいじょうぶ、もうすぐとっても気分がよくなるわ」とジョーンはいった。

リージス航空整備格納庫

「蝿がいない」とイーフはいった。

「なに？」とノーラ。

ふたりは、機体の前に並ぶボディバッグの列のうしろに立っていた。四台の冷凍トラックが格納庫の中に駐車していた。死者への敬意として、車体側面の魚市場のロゴは黒の防水シートを張って隠してある。それぞれの遺体はすでに身元が確認され、ニューヨーク市検屍局によってバーコードつきの識別タグを割り振られていた。今回の悲劇は、ツインタワー倒壊とは反対に、犠牲者の数がはっきりわかっているため、彼らの用語では〝閉じた宇宙〟型の大規模災害ということになる。パスポート・スキャンと乗客名簿、無傷の遺体のおかげで、故人の身元確認は簡単かつまちがいようのない作業だった。一方、死因の特定は本物の難関になる。

床の防水シートは、遺体の搬出作業を進める危険物処理班のブーツに踏まれてくしゃくしゃになっていた。厳粛な雰囲気の中、青いビニール製のバッグがひとつずつ順番に、両端のストラップをつかんで持ち上げられ、割り当てられたトラックに積み込まれてゆく。

「蠅がいるはずなんだ」とイーフはいった。格納庫のまわりに設置された作業用ライトが投げかける光の中に浮かぶのは、ものうげに飛ぶ一、二匹の蛾だけ。「どうして一匹もいない？」

消化管内の細菌は、人間が生きているあいだは宿主と共生しているが、宿主が死ぬと、自分たちだけの力で生きるようになる。小腸を分解して吸収し、やがて腹腔まで食い進んで臓器を食べはじめる。蠅は、腐敗しはじめた死骸の放つ気体の悪臭を一キロ先からでも感知できる。

二百六体のごちそうがここに並んでいる。ふつうなら、この格納庫の中は、無数の蠅がぶんぶんうなっているはずだ。

イーフは防水シートを横切り、危険物処理班の係官ふたりがボディバッグのファスナーを閉めているそばに歩み寄った。「ちょっと待ってくれ」

ふたりが立ち上がって場所を空けると、イーフはひざまずいてファスナーを開け、中の遺体を露出させた。

母親と手をつないだまま死んでいたあの幼い少女だった。イーフはそうと意識せずに、少女の遺体の位置を記憶していた。子どものことはいつも忘れない。

少女のブロンドの髪はひらべったく広がり、黒いひもで首にかけられた笑顔の太陽のペンダントが、のどのくぼみの上に載っていた。白いドレスのおかげで、まるで花嫁のように見える。

係官たちはとなりの遺体に移動し、次のボディバッグをとりだした。ノーラがイーフのうしろにやってきて、こちらを見ている。イーフは手袋をした手で少女の頭を両側からそっと押さえ、左右に回転させた。

死亡からおよそ十二時間で死後硬直が完成し、その状態がさらに十二時間から二十四時間つづき――この死体はいま、その段階にある――それから筋細胞の中のカルシウム結合が解け、死体はふたたび柔軟性をとりもどす。

「まだ柔軟だ」とイーフがいった。「硬直が起きていない」

イーフは少女の肩と尻をつかんで寝返りを打たせ、体をうつぶせにした。ドレスのうしろのボタンをはずし、背中の下のほうの素肌を露出させる。脊椎の小さなこぶが覗く。肌の色は青白く、薄いそばかすがある。

心臓が停止したあと、血液は循環器系の内部で滞留する。毛細血管の壁は細胞ひとつ分の厚さしかなく、すぐ圧力に屈して破裂し、周辺組織に血液をあふれさせる。この血液は、身体の（重力に対して）いちばん下側に集まり、すばやく凝固する。死後およそ十六時間で鉛色が固定するといわれている。ここの死体はそのリミットをもう過ぎている。

着席した状態で死亡し、そののち横たえられた場合、滞留してどろどろになった血液のため、背中の下のほうは濃い暗紫色になっているはずだ。

イーフはボディバッグの列を眺めわたした。

「ここの死体はどうして腐敗がはじまっていないんだ？」と、自問するようにいった。

イーフは少女の体をもとどおりあおむけに横たえ、熟練した手つきで親指の腹を使って少女の右目のまぶたを開いた。当然そうあるべきとおり、角膜は濁っている。保護層にあたる白く不透明の鞏膜《きょうまく》も正しく乾いている。イーフは少女の右手——母親の手を握っていたほうの手——の指先を点検した。そうあるべきとおり、蒸発脱水によってかすかにしわが寄っていた。

イーフは、情報の混乱に頭を悩ませながらいったん体を起こし、それから両手の指を少女の乾いた唇のあいだに挿入した。開いた口からあえぎのような音が洩れたが、たんなる空気の排出だった。口の中にとりたてて異状は認められなかったが、イーフは人差し指をさらに奥へと突っ込んで舌を押し下げ、乾き具合をたしかめた。

軟口蓋と舌は、象牙細工のように真っ白くなっている。さながら、解剖学的な根付け。舌はかたくこわばり、奇妙に直立している。イーフはそれを横に動かし、口蓋の奥をチェックした。やはりからからに乾いている。

からから？　次はなんだ？　〝死体はからからになっている。一滴の血も残っていない〟このセリフじゃないとしたら、ダン・カーティスの一九七〇年代のTVホラー番組だ。〝**警部補——この死体は……血を抜かれています！**〟オルガンのBGM入る。

疲労感が忍び寄ってきた。イーフはかたい舌を親指と人差し指ではさみ、ペンライトを使って少女の白いのどの奥を照らした。なんとなく、女性器を覗いているような気分になる。ポルノ根付け？

そのとき、舌が動いた。「うわっ！」びくっとして思わず指を引き抜いた。少女の顔は、あいかわらずおだやかな死に顔のままで、唇はわずかに開いている。

かたわらのノーラがじっとこちらを見つめていた。「なんだったの？」

イーフは手袋をした指先を自分のズボンにこすりつけた。「単純な反射運動だ」そういって立ち上がり、少女の顔を長いあいだじっと見つめた。もう見ていられなくなると、ボディバッグのファスナーを閉め、少女の体を隠した。

「どんな可能性が考えられるかしら、組織の腐敗を遅らせる要因って？　この人たちはたしかに死んでるのに……」

「腐敗以外のあらゆる点から見てね」イーフはおちつかない気分で首を振った。「搬送を中止するわけにはいかない。要は、この死体を保管所《モルグ》に運ぶ必要があるということだ。解剖して、内側から原因を究明する」

気がつくと、ノーラは、装飾されたキャビネットのほうを見ていた。まだ搬出されていない荷物の山から離れて、格納庫の床にぽつんと置かれている。

「この事件はなにひとつまともなことがないわ」

イーフはべつの方向、巨大な航空機を見ていた。もう一度、機内を調べたかった。きっとなにか見逃している。答えはあの中にあるはずだ。

しかし、それを実行に移す前に、ジムがCDC局長を案内して格納庫に入ってくるのが見えた。エヴェレット・バーンズ博士は六十一歳、いまもまだ、南部の田舎医者だったころの雰囲気を色濃く残している。CDCが属する公衆衛生局はもともと海軍の組織で、独立してからずいぶん長い年月を経たいまも、CDCの上層部には、軍隊式の制服を好む高官が多く、バーンズ局長もそのひとりだった。その結果、気さくで庶民的な白い山羊ひげの紳士が、退役した提督さながら、ご丁寧に胸の略綬《チェスト・キャンディ》までつけたカーキ色の野戦服をびしっと着込んでいるという、矛盾した姿ができあがる。さしずめ、戦闘に備えて着飾ったカーネル・サンダースというところか。

簡単な挨拶と、死者のひとりの形式的な検分のあと、バーンズ局長は生存者について質問した。

「事件が起きた瞬間を記憶している者はゼロ」とイーフは答えた。「なんの役にも立ちません」

「症状は？」

「頭痛。程度はまちまちで、ひどい患者もいますね。筋肉痛、耳鳴り、見当識喪失、口《ド》腔乾燥症《ライマウス》、平衡感覚の異常」

「全般的に見れば、飛行機で大西洋を横断してきた平均的な乗客とくらべて、たいして具合が悪いわけでもないということか」

「不気味なくらいですよ。わたしはノーラといっしょに最初に機内に入ったうちのひとりですが、乗客は――その全員が――死亡していました。呼吸していなかった。無酸素状態で四分以上経過すると、脳に永久的な損傷が起きる。彼らの場合は、おそらく一時間以上、心臓が止まっていました」

「明らかにそうではなかったわけだ」と局長がいった。「で、彼らはなにも証言できなかった？」

「向こうのほうがよほど訊きたいことが多いようでしたね」

「四人のあいだになにか共通点は？」

「いま調べているところです。こちらの調査が終わるまで、彼らを拘束しておくのに局長の助力をおねがいするつもりでした」

「助力？」

「四人の患者の協力が必要なんです」

「協力は得られているじゃないか」

「いまのところは。ただ……リスクはおかせません」

局長は、きちんと手入れされた白いあごひげを撫でつけながら、

「その点はだいじょうぶだ。患者に対する医師の助言にちょっとした戦略的アプローチを加えれば、この悲劇的な運命を免れたことに対する感謝の気持ちを利用して、従順にさせておくことができるだろう」そういってほほえむと、上あごに並ぶ真っ白な義歯が覗いた。

「公衆衛生保護法の適用は？」

「イーフリアム、自発的な予防措置のために数人の乗客を隔離することと、拘禁を強制することとのあいだには天と地ほどのちがいがある。考慮すべき問題が――正直にいえば、マスコミ対策という問題があるんだよ」

「局長、それについては丁重に反論させていただきます」

局長の小さな手がイーフの肩にそっと置かれた。間延びしたしゃべりかたをわずかに誇張したのは、おそらく打撃をやわらげるためだろう。

「おたがいの時間を節約しようじゃないか、イーフリアム。いま、この件を客観的に見れば、ありがたいことに――さいわいなことに、といってもいいかもしれない――この悲劇的な事態はもうおちつきかけている。753便が着陸してからかれこれ十八時間が経とうとしているが、地球上のどの場所においても、他の航空機や他の空港で、これに

付随する死者や病人は出ていない。これはたしかな事実だし、われわれはその点を強調する必要がある。空の旅の安全性に対する信頼を回復するメッセージを発信する必要がある。まちがいないよ、イーフリアム。彼ら幸運な生存者たちと話し合い、名誉と義務の感覚に訴えるだけで、必要な協力はじゅうぶん得られる」

局長はイーフの肩から手を離し、平和主義の息子の機嫌をとる軍人のような笑みを浮かべた。

「それに、この件は、ガス漏れ事故の特徴をすべて備えている。だろ？　あれほどおおぜいの犠牲者があれほどとつぜん倒れた。現場は閉鎖環境。それに、飛行機から救出されたあと生存者は元気をとりもどした」

「ただし、着陸の直後、電気系統が落ちたとき、空調も止まっていました」とノーラが口をはさんだ。

バーンズ局長はうなずき、思案をめぐらすように手を組んだ。

「もちろん、処理すべきことはたくさんある。しかし、考えてみたまえ――この件は、きみたちのチームにとって絶好の訓練になる。いままでのところ、きみたちはうまく対処してきた。事態が収拾されつつあるいま、真相をつきとめられるかどうか、見てみようじゃないか。いまいましい記者会見が終わりしだい」

「ちょっと待ってください」とイーフ。「いまなんと?」

「市長と知事が開く記者会見に、航空会社の代表や港湾管理委員会の担当者などが同席する。きみとわたしは、国の衛生管理の代表として出席する」

「いや、それはちょっと——無理です。時間がありません。ジムでだいじょうぶですよ」

「ジムでだいじょうぶだが、イーフリアム、今日はきみに出てもらう。いったとおり、きみがこの件の先導役となるべきときだ。カナリア・チームのチーフだし、わたしとしては、犠牲者とじかに接した人間に出席してほしい。われわれの努力の顔になる人間が必要なんだよ」

だから、隔離か拘禁かをめぐって長広舌をふるったわけか。バーンズは政治的な方向性を定めている。

「しかし、じっさい、まだなにもわかってないんですよ。どうしてこんなに早く?」

バーンズ局長はまた白い義歯を見せてにっこり笑った。

「医者の鉄則は、〝まず第一に、病状を悪化させるな〟だが、政治家の鉄則は、〝まず第一に、テレビに出ろ〟だ。プラス、時間的な要素も考慮する必要がある。例の太陽ショーの前にオンエアしたいとかなんとか。黒点が電波に影響するらしいな」

「太陽……」いまのいままですっかり忘れていた。今日の午後三時半ごろ、めったに見られない皆既日蝕がある。ニューヨーク市周辺で皆既日蝕を観察できるのは四百年ぶり。アメリカ建国以降でははじめてだ。「なんてことだ。忘れてましたよ」

「国民に対するわれわれのメッセージはシンプルだ。かけがえのない多数の人命の喪失が生じ、その原因についてはCDCによる綿密な調査がおこなわれている。この出来事は人的な災害だが、すでに終息しており、一回きりの悲劇だったと見なされている。警戒するこれ以上の理由はまったくない」

イーフは不快感が顔に出ないように押し殺した。カメラの前に立たされて、なにもかも順調ですと発表する役を押しつけられることになる。イーフは隔離エリアを離れ、格納庫の巨大な扉のあいだの細い隙間から、不吉な日の光の下に出た。なんとか逃れる方法はないかと考えているとき、パンツの前ポケットに入れてある携帯電話が太腿の上で振動した。電話をとりだすと、液晶画面上で封筒のアイコンがゆっくり回転していた。マットの携帯からのメールだ。イーフはメールを開いた。

ヤンキース4×2レッドソックス　席はサイコー。パパも来れたらよかったのに。Z

息子からのメールを見つめたまま立ちつくすうち、やがて視界がぼやけてきた。空港のエプロンに落ちる自分の影しか見えない。その影は、錯覚でないとしたら、すでに薄れはじめていた。

掩蔽《オカルテーション》

皆既蝕直前

　地上の人々の期待が高まるなか、太陽の西側の端にあらわれた黒く細い刻み目——月の〝最初の接触〟——がゆっくり広がって、丸く齧ったようなあとが午後の太陽をしだいに呑み込んでゆく。最初のうち、地面に落ちる光の量や質に目立った変化はなかった。まばゆい太陽を三日月のように削ってゆく天空の黒い丸鑿《まるのみ》だけが、今日という日をいつもとちがう日にしている。

〝日蝕《エクリプス》〟という言葉は、厳密には正しくない。蝕は、ある天体が、べつの天体の投げる影の中を通過するときに生じる。日蝕の場合、月は太陽の影の中を通過するのではなく、太陽と地球のあいだを通過し、太陽を隠して影をつくる。この現象を指す言葉は〝掩蔽《オカルテーション》〟だ。月が太陽を掩蔽し、小さな影を地球の表面に落とす。これが日蝕だが、じっさいは地球蝕だ。

地球と太陽の距離は、月と地球の距離の約四百倍にあたる。驚くべき偶然だが、太陽の直径は月の直径のおよそ四百倍。このため、地球からは、月と太陽の光球——輝く円盤——はほぼおなじサイズに見える。

皆既日蝕ならぬ皆既掩蔽が生じるのは、月が新月で、近地点——地球にもっとも近づく位置——の近くにある場合にかぎられる。皆既蝕の時間は、月の軌道によって変わるが、七分四十秒を超えることはない。今回の掩蔽は、正確に四分五十七秒つづく。美しい早秋の午後にあらわれる、わずか五分足らずの不気味な夜。

いまはもう、新月に半分隠されて、太陽に薄暗い色合いが加わりはじめた。日没時のようだが、夕陽の温か味はない。地上では、陽光にフィルターをかけるか散乱したみたいに太陽が褪せて見えた。地面に落ちる影がしだいにはっきりした輪郭を失ってゆく。世界全体が薄暗くなったかのようだ。

月の円盤に呑み込まれて、クロワッサン形の太陽が痩せつづけ、残る輝きはパニックにかられたように燃えさかる。掩蔽は、一種やけっぱちの速度を得たかのごとく急速に進み、光は通常のスペクトルを失い、地上の景色が灰色に変わった。月の影が近づくにつれ、西の空は東の空よりも速く暗くなった。

アメリカ合衆国とカナダのほとんどの地域では日蝕は一部分だけにとどまる。皆既日蝕が観察できるのは、月の暗い本影が通過する、幅百六十キロ、長さ一万六千キロにおよぶ帯状のせまい地域だけだった。〝皆既日蝕の道〟と呼ばれるこのエリアは、アフリカの角からはじまって、西から東へと時速二千キロ以上で進み、大西洋上にカーブを描いて、ミシガン湖のすぐ西側で終わる。

クロワッサン形の太陽が痩せてゆくにつれ、空は暗い紫色になった。西のほうでは暗闇が静かな無数の低気圧のように勢力を増し、空全体に広がって、内側から広がる腐食の力に屈してゆく巨大な生きものさながらに衰えゆく太陽のまわりに近づく。

太陽は危なっかしく見えるほど細くなり、防護ゴーグル越しに見る光景は、はるか地下深くから蓋が閉まりかけたマンホールを見上げているような感じだった。クロワッサンは白く輝き、それから、苦悩に満ちた最後の瞬間、銀色に変わった。

奇妙な帯状の影が地面を動きはじめた。地球の大気圏に反射した光がつくる揺れが――プールの底で光がゆらゆら動くのとおなじような現象だ――おぼろげな蛇の群れのように視界の隅でのたうつ。こうした不気味な光のいたずらを目のあたりにして、見物客のうなじの毛が逆立った。

終わりはたちまちやってきた。冷たく激しい断末魔。クロワッサンはカーブした線になり、黒い空を切り裂く傷になり、それから白く燃え立つ真珠の粒の連なりとなった。月面のもっとも深い谷にまで染み通る、太陽の最後の光線だ。それらの粒がまたたき、次々に消え失せ、黒い蠟燭の火が燃えつきるときのように暗黒に呑まれた。彩層——太陽面のすぐ外側にある薄い白熱ガス層——の深紅の輪が、最後の貴重な数秒間、明るく燃え立ち、そして太陽は消えた。

皆既蝕。

クイーンズ、ウッドサイド、ケルトン・ストリート

ケリー・グッドウェザーはとても信じられない思いだった。真っ昼間だというのに、こんなに速く暗くなるなんて。彼女は、ケルトン・ストリートのご近所さんたちと、歩道に——ふつうなら一日のこの時間には日が当たっている側に——立ち、ダイエット・

エクリプス・ソーダの二リットル瓶にオマケでついてくるボール紙製の日蝕グラス越しに、暗くなった空を見上げていた。

ケリーは教育のある女性だったから、知的なレベルでは、いまなにが起きているかを理解している。それでも、ほとんど眩暈がするようなパニックにかられていた。逃げ出したい、隠れたいという衝動。天体のこの配列――月の影が自分の立つ場所を通過すること――それが彼女の心の奥深くにあるなにかに触れた。夜におびえる、内なる小動物を呼び覚ました。

他の人々もたしかにそれを感じている。皆既蝕の瞬間、通りはしんと静まりかえった。彼ら全員がその中に立っている、この奇妙な光。視界のぎりぎり外で、芝生の上をのたくっていたあのミミズのような影。家の側壁の上で渦を巻く亡霊の群れ。それはまるで、一陣の寒風が通りを吹き過ぎて、髪の毛ひとすじもなびかせることなく体の内側だけを冷やしていったかのようだった。

理由もなくぶるっと身震いした人にかける、おなじみのあの言葉――だれかがきみのお墓の上を歩いたんだよ――この〝掩蔽〟は、まさにそれだった。だれかが、もしくはなにかが、みんなの墓の上を同時に歩いている。死せる月が生ける地球を横切る。

そしてそのとき、ケリーは空を見上げた。太陽コロナ。黒い無貌の反太陽が、虚無の月のまわりで狂ったように輝き、きらめく細い銀髪で地球を見下ろしている。死神の顔。隣家を賃借しているボニーとダナのカップルがたがいの腕をからませて並んで立っていた。ボニーはダナのだぶだぶのジーンズの尻ポケットに片手を入れている。

「これってすごくない？」ボニーが肩越しにふりかえり、笑顔でいった。

ケリーは返事ができなかった。ふたりにはわからないんだろうか。わたしにとって、これはたんなる珍しい現象でも午後のエンターテインメントでもない。これがある種の予兆《オーメン》だということに、どうしてだれも気づかないんだろう。天文学的な説明だの物理的な理論だのは知ったことか。なにかを意味してるに決まってるじゃないの。たしかにそれ自体にはなんの意味もないかもしれない。しかし、いやしくも知的生物なら、プラスにしろマイナスにしろ、そこになんらかの意味を与えるのは当然ではないか。宗教的な意味でも、スピリチュアルな意味でも、なんでも。その仕組みを理解しているからといって、かならずしもそれ自体を理解していることにはならない……。

ふたりは、自宅の前にひとりで立つケリーに、もう日蝕グラスをとっても安全よと声をかけてきた。「見逃したくないでしょ！」

ケリーはグラスをはずすつもりはなかった。〝皆既蝕〟のあいだなら安全だといくらテレビが力説しようとも。テレビは、高価なクリームや錠剤を買えば肌の老化を防げるともいうではないか。

通りのそこここから、うーとかあーとかの嘆声が上がった。めったにない自然現象を共有して、みんながうちとけ、コミュニティが一体となって、この瞬間を楽しんでいる。ケリー以外は。いったいわたしはどうしちゃったんだろう。ケリーはそう自問した。

ひとつには、いましがた、イーフの姿をテレビで見たせいだ。記者会見でイーフは多くをしゃべらなかったが、彼の目と口調から、ケリーにはわかった。なにかまずいことが起きている。なにか、ほんとうにまずいことが。知事や市長の唱える、もう安全ですというお題目の背後にあるなにか。大西洋を横断してきた二百六人の乗員乗客の、説明のつかない突然死の背後にあるなにか。

ウイルス？　テロ攻撃？　集団自殺？

そして、今度はこれ。

ザックとマットに家にいてほしかった。いま、自分のそばにいてほしかった。この日蝕が早く終わってほしかった。こんな感覚を二度と味わわなくていいのだと安心したかった。ケリーはフィルター越しに黒い月を見上げ、もう二度と太陽を見られないんじゃないかと気をもんだ。

ブロンクス、ヤンキー・スタジアム

ザックは座席の上に立っていた。となりの席では、前方の道路に目を凝らすドライバーさながら、マットが鼻にしわを寄せ、口を半開きにして日蝕を見つめていた。五万人を超えるヤンキース・ファンは、コレクターズ・アイテムの限定版ピンストライプ入り日蝕グラスをかけ、いまは立ち上がって上を向き、デーゲームにうってつけの午後の暗い空に浮かぶ月を見上げている。例外はザック・グッドウェザーただひとり。日蝕はたしかにクールだけど、もう見た。そこでザックはダッグアウトに視線を向け、ヤンキースの選手をさがしていた。ジーターがいる。ザックのとまったくおなじグラスをかけ、打順のアナウンスを待つときのように、いちばん上の段に片ひざをついている。ピッチャーとキャッチャーは全員ブルペンを離れ、みんなといっしょに右翼ファウルグラウンドに集まって、ショーを堪能している。

「レディース・アンド・ジェントルメン」場内アナウンスのボブ・シェパードがいった。「ボーイズ・アンド・ガールズ、もう防護眼鏡をはずしてもいいですよ」

観客はその言葉にしたがった。五万人が、ほとんどいっせいに。どよめきが上がり、それから球場らしい拍手、そして割れんばかりの歓声が広がった。まるで、モニュメントパークにホームランを打ち込んだあと、そのままダッグアウトにひっこんでしまった控え目な松井をもう一度グラウンドにひっぱりだし、帽子を傾けて挨拶するように促すときみたいに。

ザックが学校で習ったことによると、太陽は絶対温度で六千度の原子炉だが、外縁部のコロナは――地上からは皆既日蝕のときにしか見えない――はるかに高温に加熱された水素ガスから成り、その温度は二百万度にも達する。

眼鏡をはずしたとき、ザックが目にしたのは、細い深紅の輝きに縁どられた黒い真円だった。まわりはかすんだような白い光のオーラに囲まれている。まるで目みたいだ。月は大きな黒い瞳孔。コロナは白目。そして、瞳孔の縁から燃え立つ鮮やかな赤――太陽の表面から噴出する熱いガスのリング――は充血した毛細血管だ。ゾンビの目みたいな。

いかす。

『ゾンビ・スカイ』。ちがう、『日蝕ゾンビ』。『掩蔽《オカルテーション》ゾンビ』。『惑星ムーンのオカルト・ゾンビ』！　いや、月は惑星じゃない。『ゾンビ・ムーン』。こいつは、仲間といっしょにこの冬つくる映画の題材になりそうだ。皆既日蝕の最中、月からの光線を浴びたニューヨーク・ヤンキースの選手たちが脳みそをすするゾンビに変身する——それだ！　相棒のロンは若いころのホルヘ・ポサーダそっくりだし。

〝ねえ、ホルヘ・ポサーダ、サインちょうだい……待って、いったいなにが……ねえ、それはぼくの……いったいどうして……その目は……ぐは……やめて……うがががが！！！！〟

オルガンが鳴りはじめ、数人の酔っぱらいが指揮者のほうを向き、両腕を振りながら、まわりの観客に向かって、古くさい「ムーンシャドウ」の歌を合唱するようにあおり立てた。野球見物の客は大声を出すチャンスをめったに見逃さない。この日蝕がこちらめがけてまっすぐ落ちてくる小惑星だったとしても、この連中は歓声をあげるだろう。

わお。いまのって、パパがここにいたらまさにいいそうなことじゃないか。ザックはそれに気づいてはっとした。

となりで無料の日蝕グラスを検分していたマットが、ザックの横腹を小突き、「ずいぶんしゃれた記念品だよな。賭けてもいいけど、あしたのいまごろには、eBayに山ほど出品されてるぞ」

そのとき、酔っぱらいの男がマットの肩にぶつかり、彼の靴の上に紙コップのビールをこぼした。マットは一瞬凍りついたが、それからザックのほうを向いてくるりと目玉を回してみせた。さあ、どうしたもんかね、という表情。しかし、マットはなにもいわず、なにもしなかった。酔っぱらいをふりかえることさえしなかった。そういえば、マットがビールを飲むのを見たことがない。うちでママと飲むときはいつも白か赤のワインだ。マットは試合に熱狂しているような顔をしているけれど、じつはまわりのヤンキース・ファンがこわいんじゃないかという気がした。

あーあ、ほんとにパパがいてくれたらよかったのに。ザックはジーンズのポケットからマットの携帯電話をとりだし、メールの返信をまたチェックした。

電波をさがしています――と画面に出ていた。まだストップ中。太陽フレアと放射線のひずみが静止衛星からの電波に干渉している。そういうことが起きるかもしれないと予告されていた。ザックは電話をしまうと、首をのばしてグラウンドを見つめ、またジーターの姿をさがしはじめた。

国際宇宙ステーション《ISS》

地上から三百五十キロ、アメリカ人宇宙飛行士のセイリア・チャールズ――ロシア人コマンダー、フランス人エンジニアとともに、フライトエンジニアとして第十八次長期《イクスペディション》滞在[18]に参加している——は、ゼロG環境下、〈ユニティ〉モジュールを出て通路部を漂い、後方ハッチからラボモジュール〈ディスティニー〉の中に入った。

ISS研究施設は時速二万七千七百キロの速度で地球を一日に十六周する——もしくは、一時間半で一周する。日蝕は、地球低軌道上ではたいした見物ではない。丸いものを窓にあてがって太陽をさえぎれば、壮麗なコロナを見ることができる。したがって、セイリアの関心は、月と太陽の配列ではなく——じっさい、高速で移動する彼女の視点からは、日蝕でもなんでもない——ゆっくりと回転する地球にこの現象がおよぼす結果のほうだった。

ISSのメイン研究ラボにあたるディスティニーは、全長八・五メートル、直径四・三メートル——ただし、この円筒形のモジュール内部の作業スペースは、内壁にとりつけられた実験設備のラック群に四角く囲まれ、それよりずっと窮屈になっている。おおざっぱにいって、長さは人間五人分、さしわたしは人間ひとり分しかない。あらゆるダクト、パイプ、ケーブル接続はじかにさわれるようにむきだしになっているため、ディスティニー内部の四方の壁は、パネルサイズのマザーボードの裏側のように見える。セイリアはときどき、巨大な宇宙コンピュータの中で黙々と計算を実行するちっぽけなマイクロプロセッサになったような気分に襲われる。

セイリアは、ディスティニーの〝床〟——宇宙では上も下もない——に相当する天底を手で伝って進み、ボルトで固定されたレンズのような幅の広いリングのほうに向かった。このシャッターは、流星塵や軌道上のデブリとの衝突などからモジュールを守るためのものだ。専用靴を履いた足を壁のグリップに固定してシャッターを開くと、直径六十センチの観測窓があらわれた。

青と白の球体が目に飛び込んでくる。

セイリアに割り当てられた仕事は、モジュールにとりつけられたハッセルブラッド製カメラをリモート・トリガーで操作して、何枚か地球の写真を撮ることだった。しかし、見慣れない視点から母星をはじめて見下ろしたとき、セイリアはぶるっと身震いした。月が落とす影がつくる巨大な黒いしみが、地球の死斑のように見えた。健康的な青に輝く母なる星をむしばむ黒い傷。いちばん気にさわるのは、本影——月の影の中央のもっとも暗い部分——の中はまったくなにも見えないことだった。そのエリア全体が消失し、黒い虚無に呑み込まれている。それはまるで、大規模な災害のあとの衛星写真を見るようだった。大火がもたらした荒廃はニューヨーク・シティを呑み込み、いまは東海岸一帯に大きく広がっている。

マンハッタン

ニューヨーカーはセントラル・パークに集結し、サマー・ロック・フェスティバルさながら、五十五エーカーの広大な芝生を埋めつくしていた。朝の早いうちからシートやローンチェアの上で待っていた人々も、いまは全員立ち上がり、子どもは父親に肩車され、赤ん坊は母親の腕に抱かれている。パープルグレーに染まったベルヴェデーレ城が高々とそびえ、東西を高層ビル群にはさまれたこの牧歌的な公園に不気味なゴシック風の趣を添えている。

ここ、マンハッタン島では、メトロポリスの活動が急停止し、その瞬間、大都会の静止を全員が感じとった。大停電のような雰囲気だった。不安と一体感とが奇妙に同居している。日蝕は、この街と居住者に一種の平等性を与えた。五分間だけ、社会から階層が消失する。だれもがおなじ太陽の——もしくは太陽の喪失の——もとにいる。

芝生のそこここでラジオが鳴り、人々はZ100が流しているボニー・タイラーのカラオケ人気曲「愛のかげり（Total Eclipse of the Heart）」の七分間バージョンにあわせて歌っている。

マンハッタン島を他の世界とつなぐイーストサイドの橋沿いでは、停めた車の横に立ったりフードに腰かけたりしている人々がたくさんいた。専用のフィルターをつけたカメラで歩道橋の上から写真を撮る人の姿も見える。

ビルの屋上の多くは気の早いカクテル・アワーになり、大晦日のカウントダウンめいた祝祭気分は、空のおそろしいスペクタクルのせいで、しばし水を差されていた。

夜のように薄暗くなったタイムズスクエアでは、パナソニック製アストロビジョンの巨大スクリーンが、地球全土に同時中継される日蝕を映し出していた。銀河のはるか彼方からもたらされた警告のように、〝世界の十字路〟の上空でぼうっとゆらめく太陽コロナ。画面はときおりフリッカーでさえぎられる。

緊急用の911と非緊急用の311には、〝日蝕に誘発された〟陣痛を訴える臨月前の妊婦からの数件を含め、洪水のように電話が押し寄せ、次々に救急車が出発したが、マンハッタン島全域で交通は事実上麻痺していた。

イースト・リバー北部のワーズ島に立つ二棟の精神病院は、暴力性のある患者をそれぞれの病室に隔離し、窓にブラインドを下ろすよう命じた。暴力性のない患者のためには、暗くしたカフェテリアで楽しいコメディ映画を観る会が開かれた。それでも皆既日蝕の数分間は、数人が目に見えて興奮し、部屋を出たいと騒ぎ出したが、なぜなのか問われても理由は説明できなかった。ベルヴュー病院では、日蝕に先立ち、朝から精神科の外来受診者が増えていた。

世界最大級の総合病院であるベルヴュー病院とニューヨーク大学メディカル・センターのあいだには、おそらくマンハッタンのすべての建物の中でもっとも醜悪なビル――ニューヨーク市検屍局本部が建っている。冴えない青緑色をした、ぶざまな長方形のビルだ。

魚市場の冷凍トラックからボディバッグ入りの遺体が下ろされ、ストレッチャーで解剖室や地下の冷蔵室に運ばれてゆくあいだ、局内に十四人いる検屍官のひとり、ゴセット・ベネットは、束の間の休憩をとるため外に出た。

病院の裏にある小さな公園からは、病院のビルそのものが邪魔になって、月に隠された太陽が見えなかったので、かわりに日蝕を見物する人たちを眺めた。公園から見晴らせるFDRドライブの端から端まで、ふだんはたゆまず流れている高速道路に車が停車し、車と車のあいだに人々が立っている。その向こうのイースト・リバーは、死んだ空を川面に映して、タールの川のように黒々としている。対岸では、クイーンズ全域の上空に闇が垂れ込め、光といえば、西に面した超高層ビル数棟の高い窓が、化学プラントが放つ超高温の白熱した炎のような太陽コロナの輝きを反射しているだけだった。

これが世界の終わりのはじまりの姿なんだ。彼はそうひとりごちてから、遺体の分類作業を手伝うため、検屍局のオフィスにもどった。

JFK国際空港

リージス航空753便の亡くなった乗客およびクルーの遺族たちは、書類仕事と赤十字のコーヒー（興奮させないように、カフェインレスのみ）から離れて小休止をとることをすすめられ、格納庫の外に出て、第三ターミナルの裏手にある立ち入り制限エリアに足を向けた。悲しみだけを共有する、うつろな目をした遺族たちは――ある者は団結のしるしとして、またある者は肉体的な支えを求めて――肩を寄せ合い、手に手をとって、暗い西の空に顔を向け、日蝕を見つめた。彼ら自身はまだ知らされていないことだが、このあと四つのグループに分かれ、それぞれに割り当てられた検屍局オフィスにスクールバスでピストン輸送され、一度に一家族ずつビデオ室に通されて、検屍写真を見せられ、故人の身元の確認を公式に求められることになる。遺体との対面は、それを要求した遺族に対してだけ認められる。彼らはその後、シェラトン・エアポートの宿泊クーポンを手渡され、無料のディナー・ビュッフェを提供され、今夜とあすは二十四時間体制で心理カウンセラーのサポートを受ける。
いま、彼らは反転したスポットライトのように輝く黒い円盤を見上げていた。地上の光を吸い込んで天上へと放射する反太陽。遺族にとって、この消失現象は、いまこの瞬間に抱いている喪失感の完璧なシンボルだった。日蝕はスペクタクルどころか、彼らの悲嘆の意を汲んで天と神とがそれにふさわしいしるしを見せてくれたものにほかならない。

リージス航空整備格納庫の外で、ノーラは他の調査官たちから離れて立ち、イーフとジムが記者会見からもどるのを待っていた。瞳は空の不吉な黒い穴を見上げていたが、焦点は合っていない。自分でも理解できないなにかに心がとらわれているのを感じた。奇妙な新しい敵が立ち上がったかのような感覚。死せる月が生ける太陽を蝕する。昼を隠す夜。そのとき、彼女の前を漂う影が通り過ぎた。視界の隅のゆらめきとしてそれを感知した。皆既日蝕の直前、エプロンの上で波打っていた、のたうつミミズの影のようななにか。視界のすぐ外、知覚できるぎりぎりのところで。黒い霊のように、整備格納庫を逃れたもの。彼女が感じた影。
ノーラの瞳孔がそれを追って動く一瞬のあいだに、影は消えていた。

死んだ航空機に最初に接近した空港貨物運搬車のオペレーター、ローレンザ・ルイーズは、いつのまにか、あのときの体験にとり憑かれていた。753便の影に立っていたときのことが頭を離れず、ゆうべはベッドで輾転反側して一睡もできず、とうとう起き出して、あたりを歩きまわった。寝酒に飲んだ白ワインも効果がなかった。引き離すことができないなにかのように、それが彼女にのしかかっていた。とうとう夜が明けたとき、ふと気がつくと時計を見つめていた。仕事にもどるのが――JFK空港にもどるのが――待ちきれなかった。病的な好奇心からではない。瞳に焼きつくまばゆい光のように心に焼きついているのは、眠れる飛行機のイメージだった。わかっているのは、もどってもう一度それを見なければならないということだけだった。
今度はこの日蝕のために、空港は機能を停止している。二十四時間で二度め。もっともこの休止は、何カ月も前から予定されていたものだった――連邦航空局は、離着陸時に遮光グラスをかけられないパイロットの視覚に配慮して、日蝕前後の十五分間、空港業務を停止することを決定していた。それでも、ローの頭には、とても不吉でとてもシンプルな数式が浮かんでいた。

死んだ飛行機＋日蝕＝凶事。

ロをつく悲鳴を手で押さえるように月が太陽を隠して空から消し去ったとき、貨物ランプのてっぺんに立っていたローは、暗い777機の腹の下に近づいたときに感じたのとおなじ、感電したようなパニックを感じた。あのときとおなじ、逃げ出したいという衝動。今回はそれに、逃げる場所などどこにもないという認識が付随している。

いままたそれが聞こえる。勤務に入ったときからずっと聞こえている、おなじノイズだけれど、いまではもっと着実に、もっと大きくなっている。ハミング。ブーンとうなるような音。妙なのは、防護ヘッドフォンをつけていてもつけていなくても、まったく音量が変わらないことだった。その意味では、頭痛に似ている。頭の中で鳴る音。しかも、誘導ビーコンのように、ローが仕事にもどったとたん、頭の中でその音が大きくなった。

日蝕をはさんで業務が停止している十五分間を利用して、ローはこの音の源をつきとめるべく、音を追って歩いてみることにした。なんの驚きも感じないまま、気がつくと、関係者以外立ち入り禁止になっている、死んだ777機が収容されているリージス航空整備格納庫の前に来ていた。

ノイズは、いままで耳にしたことがあるどんな機械音ともちがっていた。攪拌するような、奔流が押し寄せるような音。それとも、なにかを訴えようとする、数十人、数百人のつぶやき。もしかしたら、歯の詰めものでレーダーの電波を受信しているのかもしれない。格納庫の前には一群の人々がいた。係官たちが月に隠された太陽を見上げているが、ノイズに悩まされているどころか、それに気づいている人間さえ、ほかにはだれもいないようだ。だからローは、そのことを自分の胸の中だけにしまっておいた。それでも、ある不可思議な理由から、いまこの瞬間にここにいることがきわめて重要だという気がした。このノイズに耳を傾けながら、好奇心を満たすために――それとも、それ以上のなにかがあるんだろうか？――格納庫の中に入ってもう一度あの飛行機を見られたらいいのにと願っていた。飛行機を見れば、頭の中に鳴り響く音を静められるとでもいうように。

そのときとつぜん、空気がピリピリと帯電するのを感じた。風の向きが変わったような感じ。そしていまは――そう――ノイズの源が右手のほうに移動しているような気がした。輝く反転した月の光のもと、ローはヘッドフォンと防護グラスを手に、それを追って歩いていった。前方、いくつか大きな貨物コンテナの先には大型ごみ容器《ダンプスター》と収納トレーラーがあり、さらにその向こうには灌木の茂みと、頑丈そうな灰色の松の木があり、枝のあちこちには風に吹かれて飛んできたさまざまなゴミがひっかかっている。その先は金網のフェンス、その向こうは数百エーカーにおよぶ灌木の荒野が広がっている。声。耳に届くノイズは、いまはむしろ声のように聞こえる。声を合わせてひとつの言葉を……なにかをいおうとしている。

トレーラーに近づいたとき、松の木のほうからがさがさっと音がしてなにかが出現し、ローは思わず飛びすさった。灰色の腹を見せて飛ぶカモメの群れだった。日蝕に驚いたらしく、松の枝やダンプスターからいっせいに飛び立ったのだ。大きな窓ガラスが割れ、破片に羽根が生えて四方八方へ飛び散ったみたいだった。

低くうなるような声が鋭さを増し、いまはほとんど苦痛のうめきのように聞こえる。亡者たちの合唱のような不協和音がしだいに大きくなってささやきから咆哮へと変わり、また小さくなり、なんとかしてひとつの言葉を発しようとしている。ローはそれをけんめいに聞きとろうとした。

「……ここちここここちちちこちこちこっち」

ローは手に持っていたヘッドフォンを下に置いた。日蝕が終わったときに備えて遮光グラスは握りしめたまま、生ゴミの悪臭を放つダンプスターのそばを離れ、大型の貨物トレーラーのほうに歩き出した。音は、トレーラーの中からではなく、その背後から聞こえてくるような気がした。

高さ百八十センチのコンテナ二個のあいだを抜け、朽ちかけた古い航空機用タイヤの山を迂回して、もっと古い薄緑色のコンテナが並んでいるところにやってきた。感じる。単調なノイズを耳で聞くだけでなく、体に感じる。頭の中と胸の中で振動する無数の声の巣。こっちへおいでと招いている。ローは薄緑のコンテナに片手で触れてみたが、拍動は感じなかった。そのまま前進し、角まで来て歩調をゆるめ、身を乗り出して向こうを覗いた。

風に飛ばされてきたゴミと、陽光にさらされて白くなった伸び放題の芝生の上に、いかにも古そうな、彫り細工がほどこされた大きな木箱が置かれていた。どう見てもちゃんと手入れされたアンティークなのに、どうしてわざわざこんな場所に放り出してあるんだろう。そう思いながら、思いきってそちらに足を踏み出した。盗難は——組織的な犯罪であれ、そうでないものであれ——空港では日常茶飯事だ。たぶん、だれかがあとで回収しにくるつもりで一時的にここに置いたのだろう。

そのとき、猫に気づいた。空港敷地のへりのほうは野良猫が徘徊している。運搬用のケージから逃げ出した猫もいるが、多くは地元の住民が空港の敷地に捨てた猫だ。いちばんひどいのは、ペット預かり所に高い料金を払うぐらいならと、空港に猫を捨ててゆく旅行者だ。自然の中で生きていくすべを知らない飼い猫は、大型の動物に捕食されずに生き延びた場合、数百エーカーにおよぶ未開発の空港敷地内をうろつく野生の猫のコロニーに加わる。

痩せた猫たちは、一匹残らず、木箱のほうを向いてうずくまっていた。みすぼらしく汚らしい猫が二、三十四。いや、それどころか、ゴミだらけの松の木と金網フェンスに目を向けると、百匹近くが木箱のほうを向いてすわっていた。ローにはなんの注意も払っていない。

その木箱が振動しているわけではないし、あのノイズを発しているわけでもない。ローは当惑した。はるばるここまでやってきて、空港のはずれでこの奇妙なものを発見したのに――さがしていた発生源じゃなかったなんて。単調なコーラスはいまもつづいている。猫たちもやはりこのノイズに同調しているんだろうか。いや、ちがう。彼らの注意は蓋の閉じた木箱に集中している。

きびすを返そうとしたとき、猫たちがびくっとした。背中の毛が逆立つ――すべての猫が同時に。汚い頭がいっせいにこちらを向く。野良猫の百対の瞳が薄暮の中でこちらを見ている。襲われるのではないかと、ローは肝を冷やした――そのとき、闇が落ちてきた。第二の日蝕のように。

猫がいっせいに向きを変えて走り出した。てんでに空き地を逃げ出し、高い金網フェンスをがむしゃらによじのぼったり、その下に掘られていた穴に潜り込んだり。
ローは動けなかった。背後から押し寄せてくる熱を感じた。オーブンの扉を開けたときのような熱。ある存在……。動こうとしたとき、頭の中の音が合体して、ひとつのおそろしい声になった。

「こっち」

そして、彼女は地面を離れた。

猫の集団がもどってきたとき、頭をつぶされた彼女の遺体が、金網フェンスの外側に深くめり込み、ゴミのようにへばりついていた。それを最初に見つけたのはカモメだったが、猫たちはただちに鳥を追い払い、仕事にかかった。体を包む布地をわれがちに引き裂き、その下で待つごちそうにとびついた。

スパニッシュ・ハーレム、東一一八丁目、ニッカーボッカー骨董質店

老人は、薄暗いアパートメントの西側に並ぶ三つの窓の前に腰を下ろし、月に隠され

た太陽を見上げていた。真っ昼間に訪れた五分間の夜。過去四世紀で最大の、自然が起こす天体現象。このタイミングは無視できない。

しかし、どんな目的にとって？

切迫感が、熱病に震える手のように老人を鷲掴みにした。その日、老人は店を開けず、夜明けからの数時間、地下の倉庫からいろんなものを掘り出していた。長年にわたってたくわえてきた骨董や古道具……。

もう用途さえわからなくなった道具。出所不明の珍しい装具。来歴が失われた武器。老人はいま、ぐったり疲れて窓辺にすわっていた。節くれだった手が痛む。彼以外にはだれも、来るべきものを予見できない。あらゆる兆しが示すとおり、すでにここにあるというのに。

だれも彼のことを信じようとしない。

グッドフェロー。それともグッドウィリングか。なんという名字だったか思い出せないが、テレビで流れたあの笑止千万の記者会見で、ひとりだけまともだった男。海軍の軍服を着た医師のとなりに立っていた。ほかの連中はみな、慎重な態度を装いつつも、おそろしく楽観的に見えた。四人の生存者がいたことに大喜びする一方、死亡者全員の身元確認はまだできていないという。今回の危機はすでに終息したことをみなさんに保証、し、ま、す。危機の正体がなんなのかさえ知らないくせに、もう終わりました、安全になりましたと宣言する神経の図太さを持ち合わせているのは、選ばれた役人だけだ。

この件には、死んだ乗客でいっぱいの故障した飛行機一機以上のなにかがあると勘づいているように見えたのは、マイクの前で会見している人間の中でたったひとり、あの男だけだった。

グッドウォーター？

アトランタの疾病対策センターの人間だ。だれなのかも知らないが、自分が手にしている中でいちばんの希望はこの男かもしれないと、セトラキアンは思った。もしかしたら、唯一の希望。

四人の生存者。知らないということはおそろしい……。

老人は、空で輝く黒い円盤にもういちど目を向けた。白内障で見えなくなった瞳を覗き込むように。

未来を覗き込むように。

マンハッタン、ストーンハート・グループ

ヘリコプターは、ストーンハート・グループ・マンハッタン本部の屋上ヘリポートに着陸した。ウォール街の中心部に位置する、ガラスと鋼鉄の黒い高層ビル。そのてっぺんの三フロアが、エルドリッチ・パーマーのニューヨークの個人住居に充てられている。広々とした豪華なペントハウスは、縞大理石の床にブランクーシの彫刻を飾ったテーブルをしつらえ、壁にはフランシス・ベーコンの絵が壁紙のように並ぶ。

パーマーはブラインドをすべて下ろしたメディア室にひとりですわっていた。鮮烈な深紅に縁どられ、燃え立つ白い炎に囲まれた輝く黒い眼球が、七十二インチの画面からこちらを見つめている。この部屋は、ダーク・ハーバーの自宅や自家用メディカル・ヘリコプターの客室とおなじく、室温が摂氏十七度ぴったりに保たれている。

外に出ることもできた。いまの気温は彼にとってじゅうぶんに低い。屋上に出て、日蝕を肉眼で観察してもよかった。しかし、テクノロジーを利用したほうが、破壊の序曲となるこの現象そのもの――結果としての影ではなく、月に従属する太陽の姿――をもっと間近に見られる。彼のマンハッタン滞在は短いものになるだろう。ニューヨーク・シティは、そう遠くないうちに、旅行先としてはあまり快適とはいえない場所になる。

パーマーは守秘回線を使って、何本か遠回しな探りの電話をかけた。期待どおり、荷はたしかに到着している。

笑みを浮かべて椅子から立ち上がり、巨大な画面に向かってのろのろと、しかしまっすぐに歩いていった。TVモニターではなく、くぐり抜けようとしている門に向かって進むように。手をのばし、怒れる黒い円盤を映した液晶画面に触れた。しわだらけの指の下で、液晶のピクセルがバクテリアのように震える。画面を通して、死神の目に触れているかのようだった。

この掩蔽《オカルテーション》は、天体の異状、自然界の秩序に対する侵犯だ。冷たい死んだ石のかたまりが、生きた燃える星を王座から退ける。エルドリッチ・パーマーにとって、それは、どんなことでも――自然界の秩序に対する最大の裏切りでさえも――可能だという証拠だった。

その日、肉眼もしくはテレビで掩蔽を観察していた地球上の全員のうちで、おそらく彼は、月に声援を送っていたただひとりの人間だった。

JFK国際空港管制塔

地上九十六メートルの高さに位置する航空管制室の窓からは、月の巨大な影が届かない先、本影のへりの向こうのずっと西方に、不気味な日没のような薄明を見ることができた。もっと明るい半影は、太陽の燃え立つ光球に照らされ、遠くの空を黄色とオレンジ色に変えていた。治りかけた傷口のへりに似ていなくもない。

この光の壁は、これまできっかり四分三十秒のあいだ闇に包まれていたニューヨーク・シティに迫りつつある。

「眼鏡をかけて！」と指示が下り、ジム・ケントは日光の復活に備えて遮光グラスをかけた。イーフをさがしてあたりを見まわしたが――知事と市長を含め、記者会見に出席していた全員が、日蝕見物のために管制室に招待されていた――姿が見えない。こっそり抜け出して整備格納庫にもどったんだろうと、ジムは思った。

じっさい、イーフはこの強制的なタイムアウトを、自分が知るかぎりベストの用途に使っていた。太陽が消えるなり、机の前にすわって、ボーイング777の断面図や配線図が載っている設計図の山を調べはじめたのである。

皆既日蝕の終わり

最後を彩ったのは、とてつもない現象だった。月の西側からまばゆい光のプロミネンスがあらわれ、それがひとつに集まって闇を切り裂く陽光の数珠玉になり、銀の指環にきらめくダイヤモンドを嵌めたように見えた。

しかし、こうした美の代償として——日蝕を観察するさいに目の安全を守る方法について連邦政府の広報キャンペーンが大々的におこなわれたにもかかわらず——適切な防護グラスを使わずに太陽の劇的な再出現を観察した結果、全市で二百七十人以上（そのうち九十三人が子どもだった）が失明した。網膜には痛みを感じるセンサーがないため、いくら酷使しても、目にダメージを与えていることに、手遅れになるまで気づかないのである。

ダイヤの指環はゆっくりと広がり、〝ベイリーの数珠〟と呼ばれる宝石の帯になり、それがひとつに融合して復活した太陽のクレセントになり、邪魔する月を押しのける。

地球では、影の帯がもどり、ある存在形態からべつの形態への移行を宣言する霊のように、地上でゆらめいている。

自然の光が復活するにつれ、地上の人々のあいだに安堵の大きな波が広がった。自然発生的な拍手と歓声、それに抱擁。車のクラクションが市内全域に響き、ヤンキー・スタジアムのラウドスピーカーからはケイト・スミスの歌声が流れ出した。

九十分後、月は太陽の通り道を完全に離れ、掩蔽は終わった。現実的な意味では、なにも起こらなかった。太陽も月も、以前となにひとつ変わっていないし、地球も変化していない。アメリカ合衆国の北東部に午後の数分間、月の影が落ちただけのこと。ニューヨーク・シティでさえ、人々は、花火大会が終わったあとのようにそそくさと荷物をまとめて動き出し、遠方から日蝕見物にやってきていた人々は、隠されていた午後の太陽から、前方の交通状況へと注意を移した。この壮大な天文学的現象は、市内の五つの区すべてに畏敬と不安の影を落とした。しかし、ここはニューヨーク。済んだことは済んだことだ。

覚醒

リージス航空整備格納庫

イーフは、電気カートで格納庫にもどってきた。ジムはバーンズ局長のもとに残り、イーフとノーラに息継ぎの余裕を与えてくれた。目隠し用のついたてはすべて777機の翼の下から運び出され、防水シートもかたづけられた。機体前方と後方のドアにはラダーがかけられ、国家運輸安全委員会の係官たちが後方貨物ハッチのそばで作業している。いま、この777機は一種の犯罪現場と見なされている。イーフは、タイベック製のジャンパー姿のノーラを見つけた。ラテックスの手袋をはめ、ひっつめた毛髪を紙製の帽子の下に隠している。生物学的封じ込め用ではなく、単純な証拠保全用の服装だった。


「相当すごかったわね」とノーラが声をかけてくる。

「ああ」イーフは飛行機の設計図を小脇に抱えていた。「一生に一度だ」

テーブルにはコーヒーがセットされていたが、イーフは氷入りのボウルから冷たく冷やした牛乳のカートンをとって封を切り、じかに口をつけてごくごくと飲み下した。酒を断ってからというもの、イーフは、カルシウムに飢えた幼児さながら、ミルクが大好物になっていた。

「こっちはいまのところ、まだなんにもなし。国家運輸安全委員会はボイス・レコーダーとフライト・データ・レコーダーを回収して分析中。機内の電気系統がすべて停止していたのに、どうしてブラックボックスだけは機能していたと考えるのかよくわからないけど、その楽観主義は見習いたいわ。いままでのところ、テクノロジーはまったくなんの役にも立っていない。調査にとりかかって二十時間、まだなんの糸口もない」

ノーラは、イーフが知るかぎりたぶん唯一の、感情的になっているときのほうが有能かつ賢明になる人物だった。

「遺体が搬出されたあと、だれか機内を調べたか？」

「いいえ、たぶん、まだだれも」

イーフは設計図を持ってラダーを上がり、機内に入った。座席はもうすべてからっぽになり、内部の照明はノーマルにもどっている。イーフとノーラにとって、他のちがいといえば、自分たちが防護服に身を包んでいないことだった。五官すべてが発揮できる。

「におわないか？」

「これ……なに？」

「アンモニアだ。それだけじゃない」

「アンモニアと……燐？」ノーラは鼻にしわを寄せてにおいを嗅いだ。「これが乗客をノックアウトした？」

「いや。ガスは検出されていない。しかし……」イーフはあたりを見まわし、目に見えないなにかをさがした。「ノーラ、紫外線ライトをとってきてくれ」

ノーラがライトをとりにいっているあいだに、イーフは客室をまわって窓のシャッターを閉め、ゆうべとおなじようにキャビンを暗くした。ノーラは、ルーマの携帯用紫外線LEDライトを二本持ってもどってきた。この電灯は、テーマパークのアトラクションで使われるようなブラックライトを投射する。この光を浴びると、白のコットン生地は亡霊のように光る。ザックの九歳の誕生パーティを〝宇宙的な〟ボウリング場で開いたとき、息子が笑うたびに白い歯がまばゆく輝いたのを思い出した。

ふたりがライトのスイッチを入れると、たちまち客室はでたらめな色彩の渦に変貌した。床や座席のそこらじゅうに大量のしみがあり、乗客がすわっていた場所に黒い輪郭を残している。

「なんてこと……」

輝く物質は、液体をはねちらかしたような模様を天井にまで描いている。

「血じゃない」イーフは眺めに圧倒されながらいった。後方キャビンのようすは、まるでジャクソン・ポロックの絵を見るようだった。「なんらかの生物学的な物質だ」

「なんだとしても、そこらじゅうに飛び散ってる。なにかが爆発したみたい。でも、どこから？」

「ここからだ。ぼくらが立っているまさにこの場所」ひざまずき、カーペットを調べた。刺激臭が強くなっている。「サンプルを採取してテストする必要があるな」

「なんだと思う？」

イーフはまだ茫然としたまま立ち上がった。

「これを見て」設計図のページをノーラに見せた。ボーイング777シリーズの非常脱出ルートが図示されている。「機体前方のこのモジュールを見てくれ」

「階段みたい」

「コックピットのすぐ裏だ」

「ＯＦＣＲＡってなんの略？」

イーフはコックピットのドアの前のギャレーに歩いていった。壁のパネルに、おなじイニシャルがプリントされている。

「乗務員天井休憩室《オーヴァヘッド・フライト・クルー・レスト・エリア》。この手の長距離大型旅客機では標準的な施設だ」

ノーラがイーフを見た。「だれかチェックしたかしら」

「すくなくとも、ぼくらはしていない」

イーフは手をのばし、壁のくぼみにあるハンドルをまわして、パネルを引き開けた。

三つ折りのドアの向こうは、頭上の闇へとつづく幅のせまい昇りの螺旋階段。

「ああ、くそ」とノーラ。

イーフは階段に紫外線ライトを向けた。「それはつまり、ぼくに先に行ってほしいってこと？」

「待って。だれか呼んできましょう」

「いや。連中はなにをさがすべきかわかってない」

「わたしたちにはわかってると？」

イーフはそれを無視して、せまい階段を昇りはじめた。

頭上のコンパートメントはせまく、天井が低かった。窓はない。紫外線ライトは法医学検査用で、室内照明には向かない。

最初のモジュールの中には、ビジネスクラスのサイズのシートが二席。どちらも背もたれはいっぱいに倒してある。そのうしろには、大人ひとりが横たわるのがやっというサイズの寝棚がやはりふたつ並んでいる。ブラックライトで照らすと、どちらのモジュールも無人だった。

しかし、下で見つかったのとおなじ、色とりどりのしぶきがここにもあった。床、座席、それに寝棚の片方にも。ただしここでは、まだ乾かないうちに触れた痕跡のように輪郭がぼやけている。

「いったいどういうこと?」

ここにもアンモニア臭――それと、べつのなにか。刺激臭。

ノーラもそれに気づき、手の甲を鼻孔の下にあてがった。「なにこれ?」

イーフは、低い天井の下、ふたつの座席のあいだで、体をふたつに折るようにして身をかがめ、このにおいを形容する言葉をさがしていた。

「ミミズみたいだ」とイーフはいった。「子どものころ、よくミミズを掘った。ふたつに切って、半分半分になった体がのたくるのを観察したよ。ミミズは土のにおいがした。

ミミズが住んでいる冷たい土壌のにおい」

イーフは壁と床をブラックライトで照らし、休憩室を調べた。なにもない。あきらめかけたとき、ノーラの紙製オーバーシューズのうしろになにか落ちているのに気がついた。

「ノーラ、動かないで」

イーフは片側に身を乗り出し、ノーラのうしろのカーペットを見つめた。ノーラは地雷を踏みかけたみたいに凍りついている。

模様入りのカーペットの上に落ちていたのは、土の小さなかたまりだった。ほんの数グラムの分量しかない。深い黒。

「それ、わたしが思っているもの？」とノーラ。

「あのキャビネットだ」とイーフはいった。

ふたりは機外に出ると、タラップを下りて、753便の積荷を保管している格納庫に向かった。いまは機内食サービス用のカートが開けられて、検査されていた。イーフとノーラは、積荷に目を走らせた。荷物の山、ゴルフバッグ、カヤック。

黒い木製キャビネットが消えている。それが置かれていた場所は、防水シートがむきだしになっていた。

「だれかが動かしたんだ」イーフはそちらを見つめたままいった。数歩離れて、格納庫全体を見渡す。「そんな遠くへ行ったはずはない」

ノーラの瞳が燃え上がった。「ここにあるものはやっと調べはじめたところよ。まだひとつも運び出されてないはず」

「ひとつは運び出されている」

「この場所は警備されてるのよ、イーフ。あの箱のサイズは、ええっと……二百四十×百二十×九十センチぐらい？　重さは二百キロ以上。運び出すとしたら四人がかりね」

「まさしく。したがって、だれかがありかを知っているはずだ」

ふたりは格納庫の戸口で、現場への出入りを記録している係官のところへ行った。当直の若い男は、あらゆる人間と品物の入室と退室を記録してあるリストを調べた。

「ここには載ってませんね」

イーフはノーラが異議を唱える前に口を開いた。「きみはいつからここに立ってる？」

「十二時ごろからです」

「休憩なし？　日蝕のあいだは？」

「すぐそこに立っていました」と戸口から二、三メートル先を指さした。「だれかが通ればかならず気がつきます」

イーフはノーラをふりかえった。

「いったいどうなってるの？」ノーラはそういってから、当直係官に目を向けた。「ほかにだれか、でっかい棺桶を見たかもしれない人は？」

イーフは〝棺桶〟という言葉に顔をしかめた。格納庫のほうをふりかえり、それから梁にとりつけられた防犯カメラを見上げた。

「あれが見てる」とイーフはカメラを指さした。

イーフ、ノーラ、それに港湾管理委員会の係官は、長いスチール階段を上がって、整備格納庫を見下ろす管理用の事務室に入った。眼下では、整備員が内部を調べるために機体のノーズ部分をとりはずしている。

格納庫の内部は、四基の無人カメラがたえず監視している。一基は事務室の階段につづくドアの前、一基は格納庫のドアのほうを向き、一基はイーフが指さした梁の上、そしてもう一基は、いま彼らが立っている部屋の中。四つのカメラの映像が四分割されたスクリーンに映し出されている。

イーフは整備主任にたずねた。「どうしてこの部屋にカメラが？」

主任は肩をすくめた。「たぶん、多少の現金を扱ってるからじゃないすかね」

主任は、ひじかけがダクトテープで補修してある古ぼけた事務用椅子に腰かけると、モニターの下のキーボードを操作して、梁のカメラの映像を画面全体に拡大した。録画映像を巻きもどす。デジタル録画だが、数年前のタイプらしく、逆再生中は画面にノイズしか映らない。

主任が映像を止めた。画面には、例のキャビネットが、搬出された貨物の端、前となじ場所に横たわっていた。

「あれだ」とイーフ。

係官がうなずいた。「よし。では、どこに行ったのか確認してみましょう」

整備主任が早送り再生をクリックした。巻きもどしのときよりはゆっくりだが、それでもかなり速い。格納庫の光が日蝕で暗くなり、また明るくなったときにはキャビネットが消えていた。

「止めて、そこ」とイーフ。「もどして」

主任がちょっともどし、また再生ボタンを押した。画面下に出ているタイムコードを見ると、さっきよりスローな再生になっている。格納庫が暗くなり、その瞬間、キャビネットはまた姿を消した。

「いったい――」と主任がつぶやき、一時停止ボタンを押した。

「ちょっとだけもどしてくれ」というイーフの指示にしたがって、主任は録画をもどし、今度は等速で再生した。格納庫は、内部の作業灯に照らされて薄暗い。キャビネットはそこにある。それから、消えた。

「うへ」と係官がいった。主任はとまどったような顔で、ビデオを一時停止させた。

「ギャップがある。編集されてる」とイーフ。

「いや、そんなことありませんよ。タイムコードを見てください」

「じゃあ、ちょっともどして。もうちょっと……そこだ……もう一度」主任はまた再生した。するとまたキャビネットが消えた。

「フーディニだ」と主任がつぶやく。イーフはノーラに目をやった。

「ただ消えただけじゃない」係官がそういって、キャビネットのそばにあった他の荷物を指さした。「ほかのものはみんなそのままです。フリッカーひとつない」

「もう一回もどしてくれ。頼む」とイーフ。主任がまたもどし、再生した。キャビネットがまた消える。

「待った」とイーフ。なにかが見えた。「もどしてくれ――ゆっくり」主任がそれにしたがう。

「そこ」とイーフ。

「うわっ！」主任がガタガタの椅子から飛び上がった。「見えた」

「なにが？」ノーラと係官が異口同音にいった。主任はほんの数ステップだけ映像をもどした。

「来るぞ……」とイーフ。「来るぞ……」主任はボタンを押そうと身構えるクイズ番組の回答者のように、キーボードの上に手を置いている。「……そこ」

キャビネットはまた消えた。ノーラは身を乗り出した。「なに？」

イーフは画面の横のほうを指さした。「ほら、そこ」

画像の右端にぎりぎり映っているのは、黒いにじみだった。

「なにかがすごい速度でカメラの前を通過したんだ」とイーフ。

「カメラは梁の上にあるのに？」とノーラ。「なに、鳥とか？」

「大きすぎる」とイーフ。

係官が身を乗り出し、画面に顔を近づけた。「グリッチだ。影ですよ」

「いいだろう」イーフは背筋をのばした。「なんの影？」

係官も立ち上がり、「一フレームずつ送れますか？」

主任がそれにトライした。キャビネットが床から消えたのは、梁に黒いしみが出現するのとほぼ同時だった。「この機械じゃ、これが限界だ」

係官がもう一度、画面を検分した。「偶然ですよ」と宣言する。「あんな速度で移動できるものなんかあるわけない」

「ズームできるか？」とイーフ。

主任はくるりと目玉をまわした。「CSIの機材じゃないんすよ。ラジオシャックで買った安物だ」

「とにかく、箱は消えたと」ノーラはイーフのほうを向いた。あとのふたりは助けにならない。「でもどうして――それにどうやって？」

イーフは首のうしろで両手を組んだ。「キャビネットの土……あれが、さっき見つけた土の出どころにちがいない。ということは……」

「何者かが貨物室を出て、乗務員天井休憩室に入り込んだ？」

イーフは、死んだパイロットたちと――レッドファーンがまだ生きていることを発見する直前――コックピットに立っていたときに襲われた感覚を思い出そうとした。存在の感覚。なにかが近くにいる……。

イーフはほかのふたりから離れた場所にノーラを導き、「そしてそいつがあれに……

なんだか知らないが、客室にぶちまけられたあの生物学的な物質に触れて、その痕跡を休憩室に残した」

ノーラはもう一度、梁の上の黒いしみの映像をふりかえった。

「ぼくらが最初に機内に足を踏み入れたとき、あの休憩室にだれかが隠れていたんじゃないかと思う」

「わかった……」ノーラはその意味をじっくり噛みしめながら、「でも、だったら……いまはどこに？」

「どこだか知らないが、あのキャビネットがある場所だよ」

ガス

ガスは、天井の低いＪＦＫ空港長期駐車場に並ぶ車の前をぶらぶら歩いていった。摩耗したタイヤが出口のスロープをこする耳障りな摩擦音がこだまして、不気味な悲鳴のように響く。ガスはシャツのポケットから折りたたんだインデックス・カードをとりだし、他人の筆跡で書かれたセクション番号をもう一度チェックした。それから、近くにだれもいないことをもう一度たしかめる。

目的のバンを見つけた。あちこち傷がついた、泥だらけのフォード・エコノライン。後部に窓がないタイプで、色は白。駐車区画のいちばん端に、セーフティ・コーンで仕切られた工事用エリア（頭上の支柱の一部にひびが入っているのを補修するためらしく、いまは防水シートと砂利が積んである）をまたぐようにして駐車してあった。

ぼろ切れをとりだし、それを手に巻いて運転席側のドアを引いてみると、予告どおり、ロックされていなかった。ガスはバンから離れ、この孤立した一画の周囲に目を走らせた。遠くから響く、猿の啼き声のようなタイヤ音をべつにすれば、しんと静まりかえっている。罠かもしれない。向こうに並んでいる車のどれかにカメラが仕掛けられていて、いまこの瞬間もこちらを撮影しているのかもしれない。「全米警察24時《コップス》」みたいに。前に一度、そういうのを見たことがあった。警察が小型カメラをトラックの中に仕掛け、クリーヴランドだかどこだかの街中《まちなか》に放り出し、ガキどもやアホどもがそれに飛び乗って面白半分に乗り回したり、地元の解体業者に乗りつけたりするのを撮影する。捕まるのはサイアクだが、そんなふうにひっかけられた挙げ句、プライムタイムのテレビ番組で恥をさらすのはもっとサイアクだ。バカのレッテルを貼られるくらいなら、下着姿で射殺されるほうがいい。

しかし、ガスはあの気取り屋から五十ドルもらって、この仕事を請け負った。ちょろいカネだ。その五十ドルは、まずいことになった場合の証拠として、いまもまだウエスタン・ハットのバンドにはさんである。

気取り屋とは、スプライトを買おうと立ち寄ったスーパーで出会った。レジで金を払うとき、すぐうしろに並んでいた。外に出て、半ブロック離れたとき、ガスはだれかが近づいてくる足音を聞いてさっとふりかえった。さっきの野郎だった——両手を広げ、なにも持っていないことを示してから、手っとり早くカネを稼ぐ気がないかとたずねてきた。

白人、こざっぱりしたスーツ、えらく場ちがいだった。おまわりには見えないし、おかまにも見えない。どこかの伝道師みたいに見えた。

「空港の駐車場にバンがある。それをピックアップして、マンハッタンまでドライブして、指定の場所に駐車してきてほしい」

「バン」とガスはいった。

「バンだ」

「なにを積んでる?」

気取り屋は首を振っただけだった。ふたつに折ったインデックス・カードに真新しい十ドル札五枚をはさんでさしだした。「これは手付けがわりだ」

ガスは、サンドイッチからハムだけ抜きとるようにして十ドル札をひっぱりだした。

「もしあんたがポリで、これが罠だったら」

「ピックアップの時刻はそこに書いてある。早すぎてもいけないし、遅れてもいけない」

ガスは、きめの細かい布地の肌触りをたしかめるように、畳んだ十ドル札を親指でこすった。気取り屋はそれに気づいた。

気取り屋は、ガスの手の水かき部分に刺青してある三つの小さな円にも気づいてたんだ、とガスは思った。泥棒を示す、メキシコ系ギャングのシンボル。しかし、この気取り屋にどうしてそれがわかったんだろう。だからスーパーでうしろに並んだのか？　おれを選んだのはなぜだ？

「キーと、そこから先の指示はグラヴ・コンパートメントに入っている」そういって、気取り屋は歩き出した。

「よう」ガスはうしろから声をかけた。「まだうんとはいってないぜ」

ガスはドアを開け、アラームが鳴らないのを確認してから、運転席についた。カメラは見当たらないが、どのみちそう簡単に見つかるわけもない。運転席のうしろは、窓のない金属の間仕切り。あとからボルトでとりつけたものだ。たぶん、そこにわんさかポリが乗ってるんだろう。

もっとも、このバンは安全そうだ。ガスは、今度もぼろ切れを使ってグラヴ・コンパートメントに手をのばし、おもちゃの蛇がとびだしてくるんじゃないかと思っているような手つきで、そっと蓋を開けた。小さなライトが灯る。中には、車のキーと、駐車場を出るときに必要なパーキング・チケットと、事務封筒が入っていた。

封筒の中を覗くと、最初に目に入ったのは報酬だった。百ドル札の新札が五枚。ガスは喜びと怒りを同時に感じた。喜びは、思ったより金額が大きかったから。怒りは、ガスが百ドル札をくずそうとしたら——とくにこの近所では——面倒なことになるに決まっているからだ。銀行の窓口でさえ、刺青をした十八歳のメキシコ人がポケットから百ドル札を出そうものなら、おそろしく念入りに何度もチェックするだろう。

五枚の新札は、またべつのインデックス・カードにはさんであり、そこには目的地の住所と、〈一回限り使用可〉というガレージの暗証番号が書いてあった。

ガスは二枚のカードを並べてみた。おなじ筆跡。

不安が薄れ、興奮が大きくなる。おめでたい野郎め！　おれを信用してこのクルマを預けるとは。このベイビーを持ち込んで売り飛ばせる場所なら、サウス・ブロンクスだけでたちどころに三軒は思いつく。うしろにどんな密輸品を積んでいるか、すぐに好奇心を満足させてもやれる。

大判の封筒に入っていた最後のひとつは、手紙サイズの小さな封筒だった。中に入っていた二、三枚の紙をとりだし、開いてみたとたん、背中の中心からかっと熱い波が沸き起こり、肩と首に広がった。

オーガスティン・エリザルディ――と、最初の一枚には見出しがついていた。ガスの前科記録だ。故殺の有罪判決にまでいたる未成年犯罪の前歴と、わずか三週間前に、十八歳の誕生日を迎えて、自由の身になったことが記されている。

二枚めはガスの運転免許証のコピー。その下には、ガスの母親の免許証のコピー。住所はどちらもおなじ、東一一五丁目のタフト・ハウスのアパートメント。さらに、そのビルの正面玄関を写した小さな写真もついている。

ガスはたっぷり二分間、その紙を見つめた。頭の中はいろんな考えが渦を巻いていた。伝道師みたいな格好のあの気取り屋《マードレ》のことと、あいつがどこまで知っているのか。ここに住んでいるおふくろのことと、今回は自分がどんな泥沼にハマってしまったのかということ。

ガスは脅しにはいい感情を持っていない。マードレが関わっているとあってはなおさらだ。マードレにはすでにじゅうぶんたいへんな思いをさせている。

三枚めは、インデックス・カードとおなじ筆跡で字が書いてあった。止まるな。

ガスはインスルヘンテスの窓際にすわって、タバスコ・ソースをかけた目玉焼きを食べながら、クイーンズ・ブールヴァードに二重駐車した白のバンを見張っていた。ガスは朝食が大好きで、出所して以来、ほとんどすべての食事に朝食メニューばかり食べていた。娑婆では、焼き方まで細かく指定することができる。ベーコンはカリカリに、トーストはこんがり。

〝止まるな〟なんざ知ったことか。ガスはこのゲームが嫌いだった。マードレを引き込んだのは許せない。彼はバンを見張りながら、選択肢を検討し、なにかが起こるのを待っていた。おれは監視されているのか？　だとしたら、どこから？

もしおれを監視できる場所にいるなら、どうして自分たちでバンを運転しない？　いったいおれはどんな泥沼にハマったんだ？

このバンの中にはなにがある？

ふたりのクズ《カブロネス》がバンの正面を嗅ぎまわっていた。ガスがダイナーから出ていくと、ふたりは頭を低くして逃げていった。ガスはいちばん上までボタンを留めたフランネルのシャツの背中が夕方の風をはらんでふくらむのを感じた。むきだしの前腕は鮮やかな赤のタトゥーにぐるりと彩られている。ラテン・サルタンズの威光は、スパニッシュ・ハーレム以北と、東はブロンクスまで、南はクイーンズまでおよぶ。メンバーの数は少ないが、影響力は強い。全員を敵にまわして戦争をはじめるつもりがないかぎり、メンバーのだれかにちょっかいは出さないほうがいい。

クルマに乗り込み、大通りに出ると、背後をうかがいつつ、マンハッタン方面に向かって西に走らせた。バンが道路上のなにかに乗り上げて大きくバウンドし、反射的に聞き耳をたてたが、うしろでなにかが動く音はしなかった。それでも、なにか重いものがサスペンションを押し下げているのはわかる。

のどが渇いた。もう一度、角のマーケットの前にバンをとめ、テカテのロング缶を二本買った。赤と金の缶の片方を運転席のカップ・ホルダーに突っ込み、またクルマを出す。川向こうに街のビル群が見えてくる。そのうしろには、傾きかけた太陽。夜が近い。ガスは家にいる兄のことを思った。クリスピン、あのろくでなしのヤク中は、ガスが母親のためにと最善をつくしている最中にあらわれ、リビングルームのソファで化学物質の汗をかいている。ガスの望みは、錆びたナイフをやつの肋骨のあいだに滑り込ませることだった。おれたちのヤサに病気を持ち込みやがって。兄は屍鬼《グール》、完璧なゾンビだが、マードレはあいつを放り出そうとしない。バスルームでヤクを打っていることなど知らないふりをしてそばに置き、クリスピンが家のものをくすねてまた姿を消すまでの時間を耐え忍ぶ。

この現ナマの一部はマードレのためにとっておかなきゃいけない。クリスピンがいなくなったあと、おふくろに渡そう。もうしばらく帽子にはさんだままにして、おふくろのためにとっておく。マードレをしあわせにする。なにか正しいことをする。

ガスはトンネルに入る前に携帯をとりだした。「フェリックス、頼む、来てくれ」

「どこにいる、兄弟《ブロ》？」

「もうすぐバッテリー・パークだ」

「バッテリー・パーク？　そりゃまた遠出したな、ガスト」

「いいから九丁目まで来て、ダウンタウンのほうに向かってくれ。豪遊だ。パーティやろうぜ。借りてる金だが、今日、ちょいと稼いだんだ。ジャケットかなんか着るものと、きれいな靴を持ってきてくれ。クラブに入れるようなやつ」

「了解――ほかには？」

「とにかく妹の貝《コンチャ》から指を引っこ抜いて、迎えにきてくれ、いいな《コンプレンデ》」

バンはトンネルを出て、マンハッタンをしばらく走ってから南に折れた。キャナルの南、チャーチ・ストリートを走りながら、番地の表示をチェックする。住所の番地はロフト・ビルディングだった。家の前に足場が組まれ、窓に建築許可証が貼ってあるが、まわりに工事車両は見当たらない。周囲は静かな住宅街。カードの指示のとおり暗証番号を入力すると、ちょうどバンが入れる高さまでガレージのスチール製シャッターが開き、ガスは地下へとつづく斜路にクルマを入れた。

クルマをとめ、しばらくじっと耳をそばだてた。ガレージは薄汚れて暗く、ガスの目には絶好の罠のように見えた。開いた出入口から射し込む薄い光の中で、舞い上がった埃が渦を巻いている。とっとと退散したい衝動にかられたが、安全をたしかめる必要がある。ガレージのシャッターがガラガラと下りてきて閉まるのを待った。

グラヴ・コンパートメントから紙片と封筒をとり、ポケットに突っ込むと、一本めのビールの残りを飲み干してアルミの空き缶を押しつぶし、バンを降りた。ちょっと考えてからまたクルマにもどり、ハンドル、ラジオのダイヤル、グラヴ・コンパートメント、外と中のドアハンドルのほか、手を触れたかもしれない箇所すべてをぼろ布で拭った。

ガレージの中を見まわす。いまの明かりは、換気扇のブレードのあいだから射し込む光だけ。そのかすかな光に照らされて、埃が霧のように漂っている。ガスはイグニション・キーを拭い、それからクルマの反対側とうしろにまわって、念のため、ドアがロックされていることをたしかめた。

しばらく考えてから、好奇心に負けて、キーを試してみた。ドアのロックは、イグニション・キーとは合わなかった。ガスの心の一部はほっとした。

テロリストだ。これでおれもくそテロリストの仲間入りをしたのかも。爆弾を満載したバンを運転して。

いまやれることは、このバンを運転してここから出ていくことだ。最寄りの警察署の前に駐車し、フロントガラスにメモを残して立ち去る。爆弾があるかどうかは警察に調べさせればいい。

しかし、連中には住所を知られている。マードレの住所を。いったい何者なんだ？

ガスは怒りにかられた。恥辱の熱が背中にかっと燃え上がる。白いバンの横腹を一発こぶしで殴り、やり場のない不満をぶつけた。ばしんという音が静寂を破る。ガスは運転席にキーを放り投げると、ひじを使ってドアを閉め、またばしんという音を響かせた。

だが、そのとき——すみやかに静寂がもどるかわりに——なにかが聞こえた。あるいは聞こえたような気がした。バンの中で。換気扇の隙間から射し込む最後の光を頼りに、ガスはロックされた後部ドアの前に歩み寄り、くっつきそうなほど耳を近づけた。なにか。まるで……腹が鳴るような音。それとおなじ種類の、うつろな、怒れる飢え。うずき。

ああくそ、知ったことか。腹をくってバンから離れた。済んだことは済んだこと。爆弾だろうがなんだろうが、一一〇丁目より南で爆発するならどうだっていいじゃないか。

バンの内側から、鈍い、しかしはっきりしたドンという音が響き、ガスは思わず一歩下がった。その拍子に、小脇に抱えていた、二本めの缶ビール《セルベッサ》を入れた紙袋が落ち、缶の口が開いてガレージの床にビールが噴き出した。

噴出の勢いが弱まり、ぶくぶくと泡が出るだけになると、ガスは缶を拾い上げようと身をかがめ、ぐっしょり濡れた紙袋に手を触れたところで凍りついた。

バンがごくわずかに傾《かし》いだ。シャシのスプリングが一度だけ鳴った。

なにかが車の中で動いた。あるいは重心を移した。

ガスは、ビールの缶をそのままにして背筋をのばし、地面の砂利をこすりながらすり足で後退した。数歩離れると、リラックスしようと気持ちを入れ替えた。おれが度を失うのを見て笑いものにしようとだれかがこっそり観察しているのだと思うことにした。

ガスはきびすを返し、閉じたガレージのシャッターのほうにおちついて歩き出した。

バンのスプリングがまた軋み、一瞬、歩調が乱れたが、立ち止まることはなかった。

シャッターの横にある黒い操作盤に手をのばした。手のつけ根の部分を使って赤いプランジャー・スイッチを押したが、なにも起こらない。

さらに二回押した。最初はゆっくりと軽く、次は速く強く。プランジャーのスプリングは、ずっと使っていなかったみたいに反応が鈍い。

バンがまた軋んだが、ガスはあえてふりかえらなかった。

ガレージのシャッターはスチール製ののっぺりした一枚板で、どこにもハンドルはなく、ひっぱりあげることもできない。蹴ってみたが、ガタガタ鳴る音もほとんどしなかった。

それに応えるように、バンの中から、またギーギー鳴る音が響き、それにつづいてズシンと音がした。ガスはプランジャーのところに駆けもどり、またスイッチをつづけざまに何度も押した。ようやくモーターがカチッと鳴り、滑車がまわる音がして、チェーンが動き出した。

シャッターが上昇しはじめた。

半分も上がりきらないうちにガスは外に出て、カニのようにこそこそと歩道を歩きながら息を整えた。ふりかえって、ドアが完全に開き、しばらくその状態で静止してから、また自動的に降りてくるのを見守った。シャッターがしっかり閉まり、ガレージからなにも出てこないのを確認してから、ガスは周囲を見まわし、神経をおちつかせると、帽子の具合をたしかめ——それから罪悪感にかられた早足で歩き出した。一刻も早く、バンから一ブロックでも遠く離れたかった。道を渡ってヴィージー・ストリートに出ると、コンクリート・ブロックと工事フェンスで囲まれた街区にぶつかった。ワールド・トレード・センターの跡地。掘削作業が終わり、その穴が、ロウアー・マンハッタンの曲がりくねった通りのただなかに、巨大なたらいさながらぱっくり口を開け、そのまわりにクレーンや工事用トラックがふたたび集合している。

ガスはさむけを振り払い、携帯電話を開いて耳に当てた。

「フェリックス、いまどこだ、アミーゴ？」

「九丁目。ダウンタウンに向かってる。どうした？」

「なんでもない。いいからすぐ来てくれ。いまさっき自分がしでかしたことを忘れたいんだ」

ジャマイカ病院メディカル・センター隔離病棟

イーフはジャマイカ病院メディカル・センターに憤然と乗り込んだ。

「どういう意味だ、いなくなったとは？」

「ドクター・グッドウェザー」と病棟管理者の女性がいった。「どうしようもなかったんですよ。ここを出るなと強制するわけにもいかず」

「ボリバルのいけすかない弁護士を入れないように見張りを立てろといったはずだぞ」

「見張りは立てました。本物の警察官をね。彼は命令書に目を通して、これはどうしようもないと。それに――ロック・スターの顧問弁護士じゃありません。ミセス・ラスの法律事務所ですよ。向こうはわたしの頭越しに病院の理事会にかけあったんです」

「だったらどうしてこっちに連絡がなかった？」

「連絡をとろうとしたんです。連絡担当の方に電話しました」

イーフはさっとふりかえった。ジム・ケントはノーラと並んで立っていた。びっくりした顔で携帯電話をとりだし、着信履歴を確認する。

「見当たらないな……」目を上げ、申し訳なさそうな顔で、「日蝕の黒点活動のせいかも。着信はありません」

「伝言を残しました」と病棟管理者。

ジムがまたチェックする。「ちょっと待って……聞き逃している伝言がいくつかあるかもしれない。これだけいろいろあると、イーフ——すみません、おれの見落としのようです」

それを聞いて、イーフの怒りが萎えた。ミスをおかすなど、まったくジムらしくない。それも、こんなだいじなときに。右腕とたのむ助手をにらみつけた。怒りが深い失望にとってかわる。

「この件を解決するためのもっと有力な持ち駒四人があっさりドアから出ていったとはな」

「四人じゃありませんよ」と病棟管理者がうしろからいった。「三人だけです」

イーフは彼女に向き直った。「どういう意味だ?」

隔離病棟の中で、ドイル・レッドファーン機長はビニールのカーテンに囲まれたベッドに腰かけていた。げっそりやつれているように見える。青白い両腕は、ひざにのせた枕の上。看護師によると、機長はのどの痛みとしつこい吐き気を訴えて、いっさい食事をとっておらず、水を一口することさえ拒否しているという。水分は腕の点滴だけで補っている。

イーフとノーラは、完全な防護服ではなく、マスクに手袋という姿で、機長の脇に立っていた。

「組合がここを出ろとうるさくてね」とレッドファーン。「航空会社のポリシーは、『悪いのはいつもパイロット』。過密スケジュールだの、整備コスト削減だの、航空会社の責任はぜったい認めない。今回の件では、なにがなんでも、モールズ機長の責任を追及するだろう。それにたぶん、わたしの責任を。しかし――どうもおかしい。体の中が。自分みたいな気がしない」

「レッドファーンさんのご協力がきわめて重要なんです」とイーフ。「残ってくださったことにはいくら感謝してもしきれません。もとどおり健康な体にもどれるよう最大限の力をつくします」

レッドファーンがうなずく。そのようすを見て、首が凝っているのがわかった。イーフは患者のあごの下に手をのばし、リンパ節を触診した。かなり腫れている。機長の体はまちがいなくなにかと闘っている。機上の死と関係のあるなにかと――それとも、旅先で無関係なべつの病気に感染しただけなのか？

「あんなに真新しい、どこもかしこもぴかぴかの美しい飛行機なのに。それが、ああも完全にシャットダウンしてしまうとは。さっぱり理由がわからない。破壊工作にちがいない」

「酸素と水のタンクは調べましたが、どちらもクリーンでした。乗客の死や電源の切断につながるようなものはなにも出ていません」イーフは機長の腋窩を触診して、さらにゼリー・ビーンズ大のリンパ節を見つけた。「着陸のことはまだなにも思い出しませんか」

「なにも。必死に思い出そうとしてるんだが」

「コックピットのドアがロックされていないことについて、なにか心当たりは？」

「なにも。連邦航空局規則に反している」

「乗務員休憩室には入りました？」とノーラ。

「簡易寝台？　ああ。大西洋上で仮眠をとった」

「そのとき、座席の背を倒したかどうか覚えてますか」

「わたしが行ったときは、もう倒してあったよ。横になろうと思ったら、足をのばすスペースがいるから。なぜそんなことを？」

「なにかふつうとは違うことに気づきませんでしたか」とイーフ。

「上で？　いや、なにも。たとえばどんな？」

イーフはうしろに下がった。「大きなキャビネットについてなにかご存じですか」

レッドファーン機長は首を振り、考え込むような顔になった。「さっぱり。しかし、その口ぶりだと、なにか心当たりがあるようだね」

「いや、そういうわけでは。こちらも五里霧中です」イーフは腕を組んだ。ノーラがブラックライトのスイッチを入れ、レッドファーンの両腕を照らしている。「だからこそ、現状では、ここに残ることに同意していただくことがきわめて重要なんです。これから徹底的に検査させていただきたいと思っています」

レッドファーン機長は、自分の皮膚を照らす藍色の光を見つめたまま、「協力すればなにがあったのかつきとめられるというのなら、モルモットにでもなんにでもなるよ」

イーフは感謝のしるしにうなずいた。

「この傷はいつ？」とノーラがたずねた。

「傷って？」

ノーラはレッドファーンののどの正面のところを見ている。レッドファーンはあごを上げた。ノーラは、ブラックライトの光のもと、ディープ・ブルーに見える細い線に指先で触れた。「まるで切開手術の痕みたいに見えるわ」

レッドファーンはそれに手を触れた。「なんにもないが」

じっさい、ノーラがブラックライトを消すと、線は見えなくなった。ノーラがまたスイッチを入れ、イーフは線をたしかめた。長さは十二、三ミリ、幅は二ミリほど。傷の状態からして、つい最近のもののようだ。

「今夜、のちほど画像診断を実施します。MRIでなにかわかるでしょう」

レッドファーンはうなずき、ノーラがブラックライトのスイッチを切った。

「ええと、その……あとひとつ……」レッドファーンは口ごもり、束の間、パイロットらしい自信が消えた。「思い出したことがある。でも、役には立たないと思う。こんな話をしても……」

イーフはごくわずかに肩をすくめた。「話していただけることならなんでも役に立ちますよ」

「その……意識を失ったときのことなんだが……夢を見たんだ。とても古い夢……」機長は、ほとんど羞恥にかられたようにあたりを見まわし、それから低い声でまた話しはじめた。「子どものころ……夜……祖母の家の大きなベッドで寝ていた。毎晩、真夜中に、近くの教会の鐘が鳴ると、大きな古い衣装簞笥から幽霊が出てくるのを見た。毎晩、かならず――黒い頭と長い腕と骨ばった肩を突き出して……わたしを見つめる……」

のも忘れてただじっと聞いていた。

「ぎざぎざの口と、薄くて黒い唇……それがわたしを見て……ただ……にっこりする」

イーフとノーラは、告白の意外な内容と夢見るようなその口調のせいで、相槌を打つのも忘れてただじっと聞いていた。

「いつもそこで悲鳴をあげ、祖母が部屋の電気をつけて、自分のベッドに連れていってくれる。まる一年つづいたよ。わたしはその霊のことをミスター蛭《リーチ》と呼んでいた。というのも、彼の皮膚が……あの黒い皮膚が、近所の小川でよく見つかる、血を吸ってぱんぱんにふくれあがった蛭《ひる》そっくりだったからだ。わたしを診察した児童精神科医は、それを〝夜の恐怖〟と呼び、ほんとうはそんなもの存在しないんだから信じてはだめだといった。だが……ミスター・リーチは毎晩もどってきた。わたしは毎晩、枕の下に潜り込んで隠れようとした――が、無駄だった。彼が部屋の中にいるのがわかった……」レッドファーンは顔をしかめた。「数年後、うちの家族は引っ越して、祖母は衣装箪笥を処分した。それ以来、一度も彼の姿を見ていない。二度と夢に見ることもなかった」

イーフは彼の話に注意深く耳を傾けていた。「失礼ですが、機長……いったいその話が今回の一件とどういう……」

「いまその話をするところだよ」と機長はいった。「着陸と覚醒のあいだに起きたことで唯一思い出したのは、彼がもどってきたことなんだ。夢の中で。また見たんだよ、その、ミスター・リーチを……そして彼は、にっこりしていた」

間奏曲2　燃える穴

悪夢はいつもおなじだった。エイブラハム（若い自分のこともあれば、老いた自分のこともある）は、大地に口を開けた巨大な穴の前に裸でひざまずいている。眼下では死体が燃え、ひとりのナチ将校が、ひざまずく囚人の列に沿って歩きながら、それぞれの後頭部に一発ずつ銃弾を撃ち込んでゆく。

燃える穴は、トレブリンカの名で知られる絶滅収容所の診療室の裏にあった。病気や老衰で働けなくなった囚人は、赤十字が描かれた白いペンキ塗りのバラックに連れていかれ、その中を通って穴へと導かれる。若いエイブラハムはそこで多くの死を目のあたりにしたが、彼自身が死に近づいたのはただ一度だけだった。

エイブラハムはなるべく目立たないように心がけ、黙って働き、ひとりぼっちで過ごした。毎朝、指に針を刺して、血のしずくを両頬になすりつけ、点呼のときにできるだけ健康そうに見せかけた。

エイブラハムがはじめて穴を見たのは、診療室の棚を修理しているときだった。十八歳のとき、エイブラハム・セトラキアンはユダヤ人《イエロー・パッチ》であり、職人だった。彼はだれにも媚びず、だれの飼い猫でもなく、木工の腕がいい、たんなる奴隷だった。強制収容所では、木工の腕は生きるための才になる。彼はナチの大尉にとって多少の利用価値があり、無慈悲、無差別、無期限にこき使われた。有刺鉄線のフェンスを張り巡らし、図書室に書棚をしつらえ、鉄道線路を補修した。四二年のクリスマス・シーズンには、ウクライナ人の看守長のために精巧なパイプを彫った。

エイブラハムを穴から遠ざけているのは木工の腕だった。夕暮れには穴の輝きが見え、ときには彼の作業場でも、おがくずのにおいに混じって、肉と石油の燃えるにおいがした。恐怖がエイブラハムの心臓を支配するのとおなじように、穴はそこに住処を定めていた。

セトラキアンはいまもなお、自分の中にそれを感じる。恐怖に鷲掴みにされるたびに——暗い通りを横切るとき、夜に店じまいするとき、あるいは悪夢からはっと目を覚ますとき——ぼろぼろの記憶が甦る。裸でひざまずき、神に祈っていた自分。夢の中で、うなじに押しつけられる銃口を感じた。

絶滅収容所に、殺すこと以外の機能はなにもなかった。トレブリンカは駅のように見せかけてあり、壁には旅行のポスターや時刻表を貼り、有刺鉄線のフェンスには緑の植物を這わせていた。彼が到着したのは一九四二年の九月で、それ以来、すべての時間を仕事に費やした。〝命を稼いでいる〟と心の中では思っていた。エイブラハム・セトラキアンは静かな男だった。若いが、育ちがよく、知恵と思いやりの心にあふれていた。可能なかぎり多くの囚人に手を貸し、心の中でいつも祈っていた。日々、残虐行為を目のあたりにしても、神がすべての人間を見守っていると信じていた。

しかし、ある冬の夜、死んだ者の瞳の中に、エイブラハムは悪魔を見た。そして、世の中のありようが自分が思っていたのとはちがうことを理解した。

真夜中過ぎのこと、収容所は、かつてないほど静まりかえっていた。森のつぶやきは絶え、冷たい空気が骨に沁みた。エイブラハムは寝台の上で静かに重心を動かし、周囲の闇を見つめた。そのとき、それが聞こえた。

ズサッ・ズサッ・ズサッ。

ブッベが話してくれたのとまったくおなじ音……なぜかそのために恐怖が倍加した。息ができなくなり、心臓に燃える穴を感じた。バラックの片隅で、闇が動いた。それが、そびえ立つ痩せた影が、インクを流したような闇から剝がれて、眠る囚人たちの上をこちらに滑ってくる。

ズサッ・ズサッ・ズサッ。

サルデュー。あるいは、かつてサルデューだったもの。その皮膚は萎《しな》びて黒く、ゆったりした黒いローブの折り目に溶け込んでいる。インクのしみが命を吹き込まれて動き出したように見える。それは、重さのない霊体さながら、床の上をやすやすと移動した。鉤爪のような足先が木の床をかすかにこする。

しかし、こんなことはありえない。この世界は現実だ——悪は現実で、しじゅうまわりを囲んでいる——が、これは現実ではありえない。これはお祖母さんのお話《ブッベ・マイセ》だ。ブッべのおとぎ話。

ズサッ・ズサッ・ズサッ。

ものの数秒で、死んでひさしいそれがエイブラハムの向かいの寝台に手をのばした。もう、そのにおいを嗅ぐことができる。枯れ葉と土と黴のにおい。漆黒の闇からそれが姿をあらわしたとき、その黒ずんだ顔の一部が垣間見えた。そしてそれは前に身を乗り出し、若くて働き者のポーランド人、ザダワスキの首のにおいを嗅いだ。それの身長はバラックの天井にまで達し、頭は梁のあいだにある。興奮し、腹を空かせた、うつろな息づかい。それが次の寝棚に移動し、近くの窓から射し込む月明かりに照らされて、一瞬、その顔の輪郭が浮かび上がった。

乾し肉の一片を光にすかしたときのように、黒ずんだ皮膚が半透明になった。全身が干からび、光を反射するのは両の瞳だけ――輝くふたつの球が、息を吹きかけると真っ赤に燃え上がる石炭さながら、間欠的に輝く。乾いた唇のあいだから、まだらになった歯茎と、ありえないほど鋭く尖った、黄色っぽくて小さい二列の歯が覗いた。

それが立ち止まった下には、最近やってきたグロドノ出身の老人、ラディスラフ・ザヤクが横たわっていた。結核を患い、その体は痩せ細っている。エイブラハムは、ザヤクがやってきて以来、収容所生活のこつを教えたり、検査からかばってやったりしていた。結核患者というだけでも、ただちに処刑される理由になる。だが、エイブラハムは、ザヤクは自分の助手だといいはり、危ないと思ったときは、ナチス親衛隊《SS》の監督官やウクライナ人の衛兵の目から隠すようにしていた。しかし、ザヤクはもう死んだも同然だった。その肺は力つき、なお悪いことに、生きようとする意志をなくしている。自分の中に閉じこもり、めったにしゃべらず、いつも静かに涙を流している。彼は、エイブラハムの生存にとって重荷になっていた。エイブラハムがいくら励ましても、もはや老人が元気を出すことはない――エイブラハムは、彼が押し殺した咳に肩を震わせ、夜明けまで嗚咽するのを聞いていた。

しかしいま、ザヤクの前にそびえ立つそれは、彼を観察した。老人の不規則な呼吸はそれを満足させたようだった。死の天使のごとく、それは老人の細い体にその闇をのばし、口蓋をものほしげにコッコッと鳴らした。

そのあとそれがなにをしたのか、エイブラハムには見えなかった。音は聞こえたが、彼はそれを聞くことを拒否した。巨大な存在は、老人の頭と首の上に満足げにかがみこんだ。ザヤクの姿を見て、エイブラハムはなにをしているのかをさとった……餌をとっている。ザヤクの老いた体がかすかに痙攣したが、不思議なことに、老人が目を覚ますことはなかった。

そして、二度と目覚めなかった。

エイブラハムはあえぎ声をこぶしで押し殺した。餌をとっている存在は、彼を気にかけていないようだった。それは、さまざまな病人や衰弱した人間のそばで時間を費やした。夜が終わるまでに、三つの死体があとに残された。それは力がみなぎり、皮膚がしなやかになったように見えたが、色はあいかわらず黒いままだった。

エイブラハムは、それが闇にまぎれて消えるのを見た。それから、用心深く起き上がると、遺体のそばに行った。かすかな光のもとで調べてみたが、外傷はなかった――例外は、首に残る、ほとんど目に見えないほど細い線だけ。もしあの恐怖を自分の目で目撃していなければ、気がつかなかっただろう。

そのとき、やっと思い当たった。あの存在。あれはもどってくる——またすぐに。この収容所は肥沃な餌場で、それは、だれからも顧みられない忘れられたどうでもいい人間たちを食《は》んでいる。それは彼らを餌にするだろう。彼ら全員を。

だれかが立ち上がって止めないかぎり。

だれか。

エイブラハム・セトラキアンが。

動き

物置小屋

753便の生存者、アンセル・バーバーは、妻のアン・マリーとふたりの子ども、八歳のベンジー、五歳のヘイリーといっしょに、ブルーの更紗をかけたソファに並んですわっていた。ニューヨーク州フラットブッシュにある三寝室の自宅のサンルーム。二頭の大きなセントバーナード、パップとガーティまで団欒に加わった。今日だけは特別に家に上がることを許された二頭は、一家のあるじが帰宅したことに大喜びで、アンセルのひざにのしかかり、人間サイズの前足でうれしそうに胸を叩いている。

アンセルはエコノミークラスの通路側、39Gの席にすわっていた。ベルリンの南西の街、ポツダムで開かれた、データベース・セキュリティの講習会に、費用会社持ちで参加した帰りだった。コンピュータ・プログラマのアンセルは、数百万人の顧客のクレジットカード番号が流出した電子盗難事件のあと、ニュージャージーに本社を置く大手通販会社と四カ月の契約を結んでいた。海外に出るのは生まれてはじめてとあって、出張のあいだじゅう、家族のことが恋しくてならなかった。四日間の講習にはフリータイムと観光ツアーが組み込まれていたが、アンセルはホテルから一歩も出ず、ノートパソコンといっしょに部屋にこもり、ウェブカムを使って子どもたちと話をしたり、ネットで見知らぬ他人とハーツをプレイしたりして過ごした。

妻のアン・マリーは温室育ちの迷信深い女で、753便の悲劇的な事件は、飛行機とよろず新しいことに対する持ち前の抜きがたい恐怖心に根拠を与えるだけの結果になった。アン・マリーは車を運転しない。彼女の日々の生活には、強迫観念にも似たルーティンが何十もあった。たとえば、家の中のすべての鏡に手を触れ、くりかえし磨くこと。これには悪運を祓う効果がある。彼女は四歳のとき、自動車事故で両親を亡くし――アン・マリーひとりだけがその事故を生き延びた――独身の伯母に育てられたが、その伯母は、彼女がアンセルと結婚するわずか一週間前に世を去った。ふたりの子どもが生まれたことも、アン・マリーの孤立を深め、恐怖を増幅しただけだった。その結果、アン

・マリーは安全なわが家に閉じこもって何日も過ごし、外界とのやりとりが必要なことはすべてアンセルに頼るようになっていた。

飛行機で起きた事件のニュースは、彼女をうちのめした。アンセルが生き延びたことは、歓喜の力で彼女を復活させた。アン・マリーにとってそれは、信仰の力としか思えない体験だった。毎日くりかえしやっているおまじないの効力を証明し、絶対的な必要性を裏づける奇跡だった。

当のアンセルはといえば、家に帰ることができて心底ほっとしていた。ベンジーとヘイリーはどちらも父親の体によじのぼろうとしたが、首に残る痛みのせいで、アンセルは子どもたちをひきはがさなければならなかった。体のこわばりは――筋肉は、限界を超えてねじりつづけたロープのような感じがした――のどを中心に、あごのつけ根から耳にまで広がっている。ロープを何度もねじると短くなる。体の筋肉が、まさにそのロープになっている感じだった。凝りがほぐれることを期待して、アンセルは首をのばした。

ゴキ……ベキ……ポキ……

痛みのあまり、思わず体をふたつに折った。この激痛に見合うほどの効果はなかった。

それからしばらくして、ガスレンジの上にある高い薬戸棚からイブプロフェンの徳用サイズ瓶をとりだしたとき、アン・マリーがそばにやってきた。アンセルは、この鎮痛剤の一日分の推奨服用量にあたる六錠をいっぺんに口の中に放り込み、なんとかのどにつかえずに飲み下した。

アン・マリーのおびえた目からは、すべての明るさが消えていた。

「どうしたの？」

「なんでもない」と答えたものの、のどの痛みがひどすぎて、首を振ることもできない。しかし、妻を心配させないほうがいい。「首が凝ってるんだ。たぶん、飛行機で頭を倒していたせいだな」

アン・マリーは両手を握りしめて戸口に立っていた。「退院するのが早すぎたんじゃない？」

「おれがいなきゃやっていけないくせに」と思わずいいかえした。思ったよりきつい口調になってしまった。

ゴキ、ベキ、ポキ――

「でももし……もし病院にもどらなきゃいけなくなったら？　もしも、入院しろといわれたら？」

こちらの労力を使って妻の不安をなだめるのは消耗する行為だった。

「仕事は休めないよ。うちが経済的にぎりぎりなのはわかってるだろ」

夫婦共働きがふつうのこの国で、一家の収入源はアンセルだけだった。しかも、アンセルは副業を持つわけにいかない。買い物に行く人間がいなくなってしまう。

「わかってるでしょ……あなたなしじゃ生きていけないの」

ふたりは、アン・マリーの病気について話し合ったことがなかった。すくなくとも、病気という観点からは一度も。

「わたしにはあなたが必要なの。わたしたちにはあなたが必要なの」

アンセルは、首ではなく腰を曲げ、おじぎをするようにして上体でうなずいた。

「まったく、他の乗客みんなのことを考えるとなあ」

長いフライトをともにした同乗者の姿を思い浮かべた。ふたつ前の列には、三人の成人した子どもとその両親がすわっていた。通路をはさんだ横の席にいた年配のカップルは、フライトのあいだじゅう、ほとんどずっと眠って過ごし、白髪のふたつの頭がひとつの枕を共有していた。ブリーチした金髪の客室乗務員は、ダイエット・ソーダをうっかりアンセルのひざにこぼした。

「つまりさ、どうしておれなんだ？　おれが生き残ったことになにか理由があるのか？」

「理由はあるわ」妻は両のてのひらを自分の胸に押しつけた。「わたしよ」

後刻、アンセルは二頭の犬を裏庭の犬小屋にもどした。夫婦がこの家を買うことにしたいちばんの理由がこの庭だった。子どもたちと犬たちが存分に遊べるだけの広さがある。パップとガーティは、アンセルが妻と知り合う前から飼っている犬で、アン・マリーはアンセルに恋をしたのとおなじぐらい、二頭の犬にも恋をした。二頭も無条件でアン・マリーになついた。アンセルとふたりの子どもも、おなじようにアン・マリーを愛した。もっとも、長男のベンジーは、最近、折に触れて、母親の奇行に疑問を投げかける──とくに、リトルリーグの野球チームの練習と試合のスケジュールをめぐって大げんかになったときは。アン・マリーがすでにベンジーからちょっと距離を置いていることにアンセルは気づいていた。パップとガーティは、たっぷり餌をもらっているかぎり、けっして彼女に反抗しないだろうが、子どもたちが成長して、母親を必要としなくなるのが心配だった。なぜアン・マリーが子どもより犬のほうに大きな愛情を注いでいるように見えるのか、その理由をきちんと理解しないまま母親離れをしてしまうかもしれない。

庭の古い物置小屋は、床板の真ん中をぶち抜いて、鉄の杭が打ち込んであり、そこに二本の鎖がとりつけられていた。数カ月前、雌犬のガーティがいなくなり、しばらくしてから、背中と足を打撲傷だらけにして帰ってきたことがあった。だれかに棒でひどくぶちのめされたらしい。それ以来、犬の安全を守るために、夜間は鎖でつないでおくようにしている。アンセルはゆっくりと――首と頭を一直線に保ち、痛みを最小限にして――二頭の餌と水を小屋の床に置き、犬が食べているあいだ、大きな頭のふさふさした毛のあいだに片手を滑らせた。この幸運な一日の最後に、たしかな現実の手ざわりをしっかり味わいたかった。二頭の首輪を鎖につないでから、小屋の扉を閉め、自分の家を裏庭からながめながら、自分のいない世界を想像しようとした。今日は子どもたちがわんわん泣くのを見て、自分もいっしょになって泣いてしまった。家族はなによりも彼を必要としている。

突然の激痛が首を貫き、全身を揺るがした。犬小屋のへりをつかんで、倒れそうになる体を支え、しばらくそのままの姿勢で、凍りついたように立ちつくした。体をふたつに折って、震えながら、ナイフで切り裂くような燃えさかる痛みをやり過ごそうとした。ついに痛みが去ったあと、片耳に貝殻をあてたような耳鳴りが残った。指先でおそるおそる首をさわってみる。すこしでも動かせるようになればと、首をのばしてみた。頭をできるかぎりうしろにそらし、夜の空を見上げる。頭上には飛行機の航行灯と、星々。おれは生き延びたんだ。アンセルは心の中でそうつぶやいた。最悪の瞬間は去った。

この痛みもすぐに昔話になる。

その夜、アンセルはおそろしい夢を見た。子どもたちがこの家の中で獰猛なけだものに追われている。アンセルが助けに駆けつけると、自分の手が怪物の鉤爪になっている。はっと目を覚ますと、アンセルが汗でぐっしょり濡れていた。急いでベッドを出たが、また激痛に襲われただけだった。

ゴキ
耳、あご、のどがおなじひとつの痛みで融合し、唾を飲むこともできない。

ベキ
食道収縮の痛みは、ほとんど目が見えなくなるほどだった。

それから、渇き。いままで感じたこともないような――やみがたい衝動。

また動けるようになると、アンセルは廊下を横切って暗いキッチンに入った。冷蔵庫を開け、背の高いグラスにレモネードを注いで一気に飲み干す。それからもう一杯。さらにもう一杯……ほどなくピッチャーからじかに飲みはじめた。しかし、いくら飲んでも、この渇きはまるでおさまる気配がない。どうしてこんなに汗をかく？

寝間着のしみは強いにおいを放ち――どことなく麝香《じゃこう》に似ている――汗には琥珀の色合いがあった。ここはすごく暑い……。

冷蔵庫にレモネードのピッチャーをもどすとき、肉をマリネしてある皿に目がとまった。オイルとビネガーが混じる血のすじを見て、とたんに唾が湧いた。頭の中に思い浮かべたのは、それを焼いたところではなく、そのままかぶりついて歯を立て、生肉を引き裂いて咀嚼するところだった。それと、血を飲むところ。

ポキ

ふらふらと廊下を歩いて、子どもたちのようすを覗いた。息子のベンジーはスクービー・ドゥーのシーツの下でまるくなっている。娘のヘイリーは、落とした絵本をとろうとマットレスの横から片手を垂らしたまま、静かな寝息をたてている。ふたりの姿を目にして肩の凝りがほぐれ、いくらか呼吸が楽になった気がした。体のほてりを冷まそうと、アンセルは裏庭に出た。汗の引いた肌に夜気が冷たい。家に帰り、家族といっしょにいることが、なによりの癒しになる。家族が助けになってくれる。家族が支えてくれる。

マンハッタン、ニューヨーク市検屍局

検屍官は血のしみひとつない姿でイーフとノーラを出迎えた。それだけをとっても奇妙なことだった。ふつう、検屍官の防水ガウンや、ひじまであるゴムの袖は血まみれになる。だが、今日はちがう。検屍官の外見は、ベヴァリーヒルズの婦人科医といっても通りそうだ。

ゴセット・ベネットと名乗った検屍官は、茶色の肌にもっと濃い茶色の瞳をしていた。プラスチックの防護シールドにおおわれた顔は、意志が強そうな感じだった。

「ちょうどとりかかったところだよ」と検屍官は解剖台のほうに手を振った。解剖室は騒がしい場所だ。モルグは、無菌状態が保たれた静かな手術室の対極にある。鋸《のこぎり》のうなりや水の流れる音、指示を叫ぶ医師の声に満ちあふれ、いつもあわただしい。「例の飛行機からうちに運ばれてきた遺体のうち、とりあえず八体」

排水溝がついた冷たいステンレス製の解剖台八つに遺体が並んでいる。解剖の進み具合はさまざまだった。二体は完全に〝カヌー〟、つまり、胸部を切開されて、臓器をとりだされ、からっぽの状態になっている。とりだされた臓器は、口の開いたプラスチックバッグの中に並べられ、人間の刺身の盛り皿を用意する人食い人種さながら、病理医がまな板の上で組織標本を切り取っている。

傷がついた首は切開され、舌は引き出され、顔はラテックス製のマスクのように半分までめくり下ろされて、円鋸《まるのこ》で切開された頭蓋骨がむきだしになっている。脳のひとつは、脊髄から切り離されるところだった。こうしてとりだした脳をホルマリン溶液に浸して硬化させるのが解剖の最終段階になる。モルグの係員がひとり、詰め綿と、太い外科用縫合糸をつけた大きな手術針を持って立ち、頭蓋骨をもとどおり縫合する作業にかかっている。

柄の長い園芸用の高枝剪り鋏《きばさみ》が解剖台から解剖台へとまわされ、金属製の踏み台に上がったべつのスタッフが、胸部を切開された遺体の上から一本ずつ肋骨を剪断《せんだん》していく。こうすることで、胸部全体が胸骨ごとそっくり持ち上げられるようになる。パルメザン・チーズとメタンと腐った卵を混ぜ合わせたような、不思議なにおいが漂っていた。

「電話をもらったあと、遺体の首を調べはじめた」とベネット。「いままでのところ、すべての遺体に、電話で聞かされたのとおなじ裂傷が見られる。しかし、どれも瘢痕《きずあと》にはなっていない。見たこともないほど正確でクリーンな、開いたままの傷口だ」

ベネットは、台の上に横たえられた、まだ解剖されていない女性の遺体の前にふたりを導いた。高さ十五センチの金属ブロックが首の下にあてがわれ、胸は弓なりに反って、頭がうしろに倒れ、首の部分が長く伸びている。イーフは手袋をした指で女性ののどの皮膚に触れた。

指の腹にかすかな線――紙で切った傷とおなじぐらい細い――を感じ、親指と人差し指でそっと傷を開いた。定規で引いたような正確なラインと傷口の深さにイーフはショックを受けた。指を離すと、眠たげなまぶたか臆病な笑みのように、裂け目はゆっくりと閉じた。

「こんな傷をつくれるものは？」とイーフはたずねた。

「自然のものではありえないね。わたしの知るかぎりは」とベネット。「メスで切開したような精密さだろ。位置も長さも、正確に計算されているように見える。それなのに――端の部分は丸みを帯びている。つまり、外見上は、ほとんど器質性のものだ」

「傷の深さは？」とノーラ。

「きれいな裂け目が総頸動脈壁をまっすぐ切開しているが、そこで止まっている。反対側には達せず、頸動脈を切断してはいない」

「どの遺体でも？」ノーラは息を呑んだ。

「これまで調べたかぎりでは。いまのところ、すべての遺体にこの裂傷が見つかっている。もっとも、白状すれば、あらかじめ聞いていなかったら、気がつかなかったかもしれない。とくに、この遺体に起きている他のあらゆる異常事態に鑑《かんが》みると」

「ほかにはなにが？」

「その話はちょっと待ってくれ。遺体の裂傷は、首の正面、もしくは側面についている。ただし、一例、女性で、心臓の上に傷がついている遺体があった。もうひとりの男性は、裂傷がなかなか見つからず、太腿上部の内側、大腿動脈の上でようやく見つけた。どの傷も、皮膚と筋肉に切れ込みを入れ、正確に大動脈の内側で終わっている」

「針とか？」とイーフ。

「だが、もっと細い。もっと……もっとくわしく調べる必要がある。まだ手をつけたばかりだからね。それに、不気味なことはほかにも山ほどある。これには気がついただろ？」

ベネットは冷蔵室のドアを開けた。内部は、車が二台入れるガレージよりも広かった。五十台ほどのストレッチャーが並んでいる。そのほとんどにボディバッグが載せられ、遺体の胸もとまでファスナーが開けてある。いくつか全開になっている袋もあった。中の遺体は全裸で――すでに各種の計測と写真撮影は済んでいる――いつでも解剖台に載せられるようになっている。753便とは関係のない遺体も七、八体あり、むきだしのままストレッチャーに横たわり、標準の黄色い足首タグがつけられていた。

冷蔵庫が果実や野菜を新鮮なまま保存し、コールドミートの盛り合わせが傷むのを防ぐのとおなじく、この冷蔵室は遺体の腐敗速度を低下させる。しかし、753便の遺体は、まったく腐敗していなかった。死後二十時間を経たいまも、イーフがはじめて機内に入ったときとほとんど変わらない状態に見えた。黄色いタグがつけられた遺体は膨満し、あらゆる開口部から腐臭を漂わせ、皮膚が暗緑色に変わり、水分が蒸発して革のようになっている。

「死人にしてはじつに見栄えのいい連中だよ」とベネットがいった。

イーフは、冷蔵室の気温とは関係のないさむけを感じた。ノーラといっしょに、三列めまで歩を進めた。遺体の外見は、生きているようだとはいえないが——全体に萎び、血の気が失せて青白くなっている——死んでから時間が経っているようには見えなかった。死者特有の顔だが、外見だけから判断すると、亡くなって三十分と経っていないと思うところだ。

ベネットのあとについて冷蔵室を出て、解剖室にもどり、さっきとおなじ女性の遺体の前に行った。年齢は四十代のはじめ、ビキニラインのすぐ下に十年ほど前のものと思われる帝王切開の傷跡があるのをのぞけば、体に目立った特徴はない。解剖の準備が整えられたところだったが、ベネットはメスのかわりに、モルグではけっして使われることがない医療器具を手にとった。聴診器。

「しばらく前に、これに気がついた」とイーフに聴診器をさしだす。イーフがイヤピースを耳にはめると、ベネットは解剖室にいる全員に向かって、作業を中断して静かにするよう命じた。病理の助手が小走りに水道のところへ行って水を止めた。

ベネットは聴診器のチェストピースを遺体の胸、胸骨のすぐ下に押し当てた。イーフは、なにを聴くことになるのかとびくびくしながら耳をすましたが、なにも聞こえない。もう一度、ベネットに目を向けたが、その顔にはなんの表情も浮かんでいなかった。イーフは目を閉じ、神経を集中した。

かすかに……ごくかすかに……うごめく音。なにかが泥の中でのたうっているような……。ゆっくりしたその音は、いらだたしいほどかすかなので、空耳じゃないという確信が持てない。

イヤピースをノーラにさしだし、音を聴かせた。

「蛆《うじ》？」といって、ノーラは聴診器をはずした。

ベネットは首を振った。「じつのところ、蠅などの体内侵入はいっさいない。それが腐敗の起きていない理由のひとつでもある。しかし、ほかにも興味深い、異常なことがある……」

ベネットは、スタッフ全員に作業にもどっていいと指示し、サイド・トレイのひとつから、大きな6番のブレードをつけたメスを手にとった。しかし、標準的なY字切開をはじめるかわりに、琺瑯《ほうろう》引きのカウンターから保存用の広口瓶をとり、それを遺体の左手の下にあてがった。メスの刃をやにわに手首の下側に滑らせ、オレンジの皮を剝くようにスライスした。

最初の切り口から、オパールのように光る白っぽい液体が噴出し、ベネットの手袋や腰を濡らした。そのあとは腕から着実に流れ出す液体が瓶の底に流れ落ちた。最初はかなりの勢いだったが、心臓といっしょに血液の循環も止まっているため、一〇〇cc足らず溜まったあとは、ぽたぽた垂れるだけになった。ベネットは腕の位置を低くして、さらに液体を排出させた。

硬化した傷口に対する驚きは、流れる液体に対する驚きにたちまちとってかわられた。血液ではありえない。死後、体内の血は一カ所に集まり、凝固する。エンジン・オイルのように排出されることはない。それに、白くなることもない。ベネットは、遺体の腕を体の脇にもどし、広口瓶をとってイーフのほうにさしだした。

警部補……この死体……こ、これは……。

「最初は、タンパク質が分離しているのかもしれないと思った。水の上にオイルの層ができるみたいに」とベネットがいった。「だが、それともちがう」

滲出液は、血管の中に発酵したミルクが流れていたんじゃないかと思うような、どんよりした白だった。

け、警部補……うわ、まさか!

イーフは自分が見ているものが信じられなかった。

「みんなこんなふうなの?」とノーラがたずねた。

ベネットはうなずいた。「血を抜かれている。血液はまったくない」

イーフは瓶の中の白い物質に目をやり、ミルクの味を想像して胃がむかついた。

「それだけじゃない」とベネット。「内臓温度は上昇している。どういうわけか、753便の遺体はまだ熱を発生させている。加えて、いくつかの臓器に黒ずんだ箇所が見つかった。壊死ではなく、ほとんど……あざのような」

ベネットは、オパールのように輝く液体の瓶をカウンターにもどし、女性の病理アシスタントに声をかけた。アシスタントは、テークアウトのスープを入れる容器に似た、不透明のプラスチック・カップを持ってやってきた。彼女が蓋をとると、ベネットは中から臓器をとりだし、まな板に載せた。一見、精肉店で調理した小ぶりのロースト肉のようだが、それは、解剖されていない心臓だった。手袋をした指の先で、ベネットは、冠動脈がつながる場所を指した。

「弁が見えるか? まるで、開いたまま生育したみたいだろう。しかし、生きていたら、こんな状態で心臓が機能したはずがない。閉じたり開いたり血液を送り出したりすることは不可能だ。したがって、先天的にこうだったということはありえない」

イーフはぞっとした。この異常は、命に関わる欠陥だ。解剖学者ならだれでも知っていることだが、人間は人によって外見がちがうのとおなじぐらい、体の中もちがっている。だが、どんな人間も、こんな心臓を抱えて大人になるまで生き延びることはできない。

「この患者の医療記録は？」とノーラがたずねた。「比較対照できるようなデータはある？」

「まだなにも。たぶん、朝まで無理だろう。しかし、これのおかげで、仕事のペースはスローダウンした。がっくり落ちた。しばらく作業をストップして、夜のあいだはここを閉めることにした。明朝、応援が来るまで待つつもりだ。細かいものもひとつずつすべてチェックしたい。たとえば――これ」

ベネットは、ふたりをともなって、解剖が終わった遺体のもとへ行った。中肉の成人男性。首はのどまで切開され、喉頭と気管が露出し、喉頭のすぐ上に声帯が見えている。

「喉頭前庭ヒダが見えるか？」とベネットがたずねた。

〝仮声帯〟とも呼ばれる喉頭前庭ヒダは、粘液を分泌するぶあつい膜で、下にある真声帯を守るのが唯一の役目だ。外科手術で切除したあとでも、もとどおり完全に再生しうるという、解剖学的にきわめて珍しい特徴を持っている。

イーフとノーラは身を乗り出し、遺体の喉頭に顔を近づけた。前庭ヒダから、ピンク色がかった肉の突起が生えているのが見えた。腫瘍のようないびつなものではなく、のどの奥から、舌と枝分かれするようにしてのびている。見たところ、下あごから自然に生えてきた新しい器官のようだ。


解剖室を出ると、いつもより熱心に手を洗った。ふたりとも、モルグで見たものに深い衝撃を受けていた。イーフが先に口を開いた。

「いつになったらまともな毎日にもどれるんだろうな」完全に乾いた両手を外の空気に触れさせてから、遺体の裂傷が位置しているのどのあたりをさわってみた。

「首すじにまっすぐの深い刺傷。それに、死体の腐敗を遅らせる一方、死後の自発的な組織成長を促すらしいウイルス？」

「まったく新しいなにか」とノーラがいった。

「それとも――ものすごく古いなにか」

ふたりはイーフのエクスプローラーがとめてある搬入口のほうに歩き出した。駐車禁止エリアだが、ダッシュボードの上に緊急血液輸送用の許可証が出してある。空からは、日中のあたたかさの名残りが消えようとしていた。

「他のモルグも調べてみなきゃ」とノーラがいった。「おなじ異常が見つかっているかどうか」

イーフの携帯電話のアラームが鳴った。ザックからのメール。

いまドコ????? Z

「ああくそ」とイーフ。「すっかり忘れてた……今日は養育権の面談だったった……」

「いま?」とノーラが思わず口にした。「オーケイ。行って。あとで落ち合いましょう」

「いや——電話するよ——だいじょうぶだろう」イーフはあたりを見まわした。自分がふたつに分裂したような気がする。「機長ともういちど話をする必要がある。他の被害者の刺し傷は開いたままなのに、どうして彼の傷はふさがっているのか。この一件の生理病理学的な謎を解明しないと」

「それに、他の生存者も」

イーフは、彼らがいなくなったことを思い出し、渋い顔になった。「あんなヘマをしでかすとはジムらしくないな」

「体の具合が悪くなったら、生存者はきっともどってくるわよ」とノーラはジムをかばった。

「ただし——そのときには手遅れかもしれない。彼らにとっても、われわれにとっても」

「どういう意味、われわれにとっても、って？」

「この件の真相をつきとめるのに、ということだよ。どこかに答えがあるはずだ。説明。合理的な解釈。ありえないことが起きている。その理由をつきとめて、拡大を防止する必要がある」

一番街に面した検屍局正面玄関前の歩道では、ニュース番組のクルーが生中継の準備をしていた。かなりの数の野次馬が集まっている。不安そうな空気は、角を曲がったところからでもはっきり伝わってくる。

そのとき、ひとりの男が群衆を割って出てきた。白髪の老人で、長すぎるステッキを携え、銀の柄よりも下の部分を、錫杖《しやくじよう》を持つようにしてつかんでいる。レストラン・

シアターの舞台に立つモーゼのようだ。ただし、その服装は、一分の隙もない古風なフォーマル・ウェアだった。薄手の黒いコートにギャバジンのスーツ、ベストのポケットからは金時計の鎖が垂れている。そして——上品な身なりには似合わず——指先部分を切り落としたグレーのウールの手袋。

「ドクター・グッドウェザー？」と老人は口を開いた。

こちらの名前を知っている。イーフは老人の顔をもういちど見やり、「どこかで会ったことが？」とたずねた。

老人は、スラブ風とおぼしきアクセントで答えた。「あなたのことはテレビで拝見した。いずれここに来ることになるのはわかっていた」

「わたしを待っていたんですか？」

「話がある。非常に重要な用件です。重大な」

イーフは、老人の長いステッキの握りに目を奪われた。狼の頭をかたどった銀細工。

「あいにく、いまはちょっと……オフィスのほうに連絡して、アポイントメントをとっていただければ……」イーフはせわしなく携帯電話を操作しながら歩き出した。

老人は不安そうだった。興奮を抑えて、なんとか冷静に話そうとしているような態度で、せいいっぱい紳士的な笑みを浮かべ、ノーラとイーフに向かって自己紹介をはじめた。

「エイブラハム・セトラキアンといいます。といっても、聞き覚えはないだろうが」老人はステッキでモルグのほうを示し、「その中で、あなたがたは彼らを見た。あの飛行機の乗客を」

「なにかご存じなんですか」とノーラ。

「たしかに」老人は感謝するような笑みをノーラのほうに向けた。またモルグに目をやり、長いあいだ話すチャンスを待っていた男が、どこから話しはじめればいいのかとまどっているようにちょっと口ごもってから、「彼らは生前とあまり変わらぬ姿だった。ちがいますかな」

イーフは電話が通じる前に携帯のフリッパを閉じた。老人の言葉が、心の中の不合理な恐怖と共鳴した。「変わらぬ姿とは？」

「死者ですよ。腐敗しない遺体」

イーフは興味を引かれてというより懸念を覚えて、「では、そういう噂が広がっているのか」

「どんな噂も聞いてはおりませんよ、ドクター。わたしは知っている」

「〝知っている〟と」

「教えてください」とノーラ。「ほかになにをご存じなんですか」

老人はひとつ咳払いして、「見つかりましたか……棺は？」

ノーラがびくっとしたのがわかった。「いまなんと？」とイーフはたずねた。

「棺。もし見つかっているなら、まだ彼を押さえていることになる」

「彼って？」とノーラ。

「壊しなさい。ただちに。調査のために保管していてはいけない。一刻も早く棺を破壊しなければならない」

ノーラは首を振った。「消えてしまったの。行方不明です」

セトラキアンは苦い失望を噛みしめるようにごくりと唾を呑んだ。「恐れていたとおりだ」

「どうして壊すんです？」とノーラ。

イーフはそこで割って入り、ノーラに向かって、「こんなところでそんな話をしているのをだれかに聞かれて噂が広がったら、それこそパニックが起きかねない」老人のほうに向き直り、「あんたは何者だ？　どこからそんな話を聞きつけた？」

「わたしは質屋です。なにも聞いてはいない。知っている」

「知っている？」とノーラ。「どうして知ってるの？」

「おねがいする」ノーラのほうが与《くみ》しやすいと見たのか、老人は彼女のほうに集中した。「これから申し上げることは、軽々に口にすることではない。やむにやまれぬ思いで、うそいつわりなくいう。その中にある遺体だが」とモルグを指さし、「夜のとばりが降りる前に処分しなければならない」

「処分する？」ノーラははじめて否定的な反応を見せた。「どうして？」

「焼却をおすすめする。火葬。単純で確実だ」

「あの男だ」通用口のほうから声がした。モルグの係官が、ニューヨーク市警の制服を着たパトロール警官を連れてこちらにやってくる。セトラキアンに向かって。

老人は彼らを無視し、口調を速めた。「おねがいする。すでに手遅れになりかけている」

「あそこ」モルグの係官は大股に近づいてくると、警官に向かってセトラキアンを指さした。「あの男です」

警官はセトラキアンに向かって愛想よく、なにげない態度で声をかけた。「失礼ですが」

セトラキアンはそれを無視し、ノーラとイーフに向かってなおも訴える。「協定は破られた。いにしえの、聖なる盟約が。もはや人間ではない人間、忌まわしきものによって。歩き、貪り食う、忌まわしきもの」

「失礼ですが」と警官。「ちょっとお話をうかがえますか？」

セトラキアンは手をのばし、イーフの手首をつかんで、注意を促した。「彼はもうここに来ている。新世界に、この街に、まさにこの日に。今夜。わかるかね。彼を止めなければならない」

ウールの手袋に包まれた老人の指は、鉤爪のように曲がっていた。イーフはその手をもぎ離した。乱暴な動きではなかったが、老人はバランスを崩し、たたらを踏んだ。その拍子にステッキの先が警官の顔をあやうくかすめて肩にぶつかり、そのとたん、警官の無関心な態度が怒りに変わった。

「ようし、そこまでだ」警官はステッキを奪いとると、老人の腕をつかんだ。「行こう」

「彼をここで止めねばならん」連行されながら、セトラキアンがなおもいつのる。

ノーラはモルグの係官のほうを向いた。「どういうこと？　なにをやってるの？」

係官は首から下げたラミネート加工の身分証——赤い文字でＣＤＣと書いてある——を提示してから、「遺族だといって中に入ろうとしたんですよ。遺体を見たいと要求して」係官は連行されていく老人を見ながら、「死体愛好家かなんかですかね」

老人はなおも訴えつづけている。「紫外線だ」と肩越しに叫ぶ。「紫外線で死体を調べれば……」

イーフは凍りついた。いま聞いたのか？

「わたしが正しいことがわかるはずだ」とパトロール・カーに押し込まれながら、老人が叫ぶ。「焼却しろ。いますぐ。手遅れになる前に……」

パトロール・カーのドアがばたんと閉じ、警官は運転席について、車を出した。

超過手荷物

イーフの電話が通じたときには、五十分間の面談予定のうち、すでに四十分が過ぎていた。彼とケリーとザックは、家庭裁判所から任命された担当セラピスト、ドクター・インガ・ケンプナーからヒアリングを受ける予定だった。彼女のオフィスは、アストリアに戦前から建つ褐色砂岩のビルの一階に入っている。そこに行かずに済むことになって、イーフは心のどこかでほっとしていた。養育権問題について、今日そこで最終判断が示されるはずだった。

イーフはドクターのオフィスのスピーカーフォンを通して事情を訴えた。「説明させてください――週末ずっと、非常事態でかかりきりになっていたんです。ケネディ空港の乗客死亡事件で。どうしようもなくて」

「面談にいらっしゃれなかったのは今回がはじめてではありませんよ」

「ザックはどこに？」

「外の待合室にいます」とドクター・ケンプナー。

彼女とケリーは、イーフ抜きでいままで話をしてきたわけだ。すでに決断は下されている。はじまりもしないうちに、すべてが終わってしまった。

「いいですか、ドクター・ケンプナー――おねがいしたいのは、ヒアリングの予定を組み直して……」

「ドクター・グッドウェザー、あいにくですが」

「いや――待って――おねがいします」イーフは必死に食い下がった。「たしかにわたしは完璧な父親じゃありません。それは認めます。正直でしょ？　じっさい、〝完璧な〟父親になりたいと思っているかどうかもよくわからない。この世界になんのちがいももたらさないような、ごくふつうの平均的な子どもを育てるつもりもない。しかし、わたしに可能なかぎり最高の父親になりたいと思っています。ザックはそれに値するからです。そして、いまはそれがわたしの唯一の目標です」

「見たところ、状況はその反対ですね」とドクター・ケンプナーがいった。

イーフは心の中で毒づいた。ノーラはほんの一メートルほど横に立っている。イーフは怒りにかられ、自分が奇妙に無防備になっている気がした。

「聞いてください」イーフは必死に冷静さを保とうとしながら、「いまの状況に合わせて、ザックを中心に生活を再設計してきたことはご存じでしょう。このニューヨーク・シティにオフィスをかまえたのは、ひとえにザックの母親の近くに住んで、息子が両親双方と会えるようにするためです。仕事は――通常の場合には――平日は定時出勤定時退社だし、非番の日を含めて、スケジュールもきっちり決まっています。週末は倍の仕事をして、当直日一回について二日のオフをとれるようにしています」

「この週末は、断酒会の会合に出たんですか？」

イーフは黙り込んだ。タイヤからいっぺんに空気が抜けてしまったような気分。「わたしの話を聞く気はないと？」

「アルコールに対する欲求はありますか？」

「いいえ」口の中でつぶやき、必死で自分を抑えた。「もう二十三ヵ月、一滴も飲んでませんよ。ご存じでしょう」

「ドクター・グッドウェザー、どちらのほうが息子さんをより愛しているかという問題ではありません。こういうケースでは、つねにそうなんです。おふたりが息子さんのことをこんな深く気にかけているのはすばらしいことです。ザックに対する愛情は明らかです。しかし、しばしばそうなるとおり、養育権問題が法的な争いになることを避ける方法は見当たらないようです。ニューヨーク州が出しているガイドラインにしたがい、わたしは判事に対して勧告を出すことになります」

イーフは苦い唾を呑んだ。口をはさもうとしたが、彼女はしゃべりつづけている。

「あなたは、養育権に関する裁判所のもともとの和解案に異を唱え、あらゆる段階で闘ってきました。ザカリーに対する愛情の大きさを示すものだと思います。それだけでなく、個人的な生活もめざましく改善しました。どちらも明白ですし、見上げた行動です。しかし、養育権の調停に関するかぎり、あなたはすでに終審裁判所にまでたどりついたのです。もちろん、訪問権に関しては疑問の余地なく……」

「いや、いや、いや」イーフは、迫りくる車に押しつぶされようとしている男のようにつぶやいた。週末のあいだずっと抱いていたのとおなじ、絶望的な虚脱感。彼は記憶を遡った――ザックといっしょにアパートメントで中華料理を食べ、ビデオゲームを遊んでいたあの夜に。なんとすばらしい気持ちだったことか。

「要点は、ドクター・グッドウェザー」とドクター・ケンプナー。「これ以上つづけることにほとんど意味を見出せないということです」

イーフはノーラのほうを向いた。ノーラは電話の内容を瞬間的にさとり、こちらを見上げた。

「おしまいだといってくれてかまいませんよ」イーフは電話に向かってささやいた。

「でも、終わってないんだ、ドクター・ケンプナー。けっして終わりは来ない」そういって、イーフは電話を切った。

イーフは顔をそむけた。ノーラが彼の気持ちを尊重してそっとしておいてくれるのはわかっていたし、そのことに感謝していた。彼の目には、ノーラに見られたくない涙があふれていたからだ。

第一夜

わずか二、三時間後、マンハッタンにあるニューヨーク市検屍局本部ビルの地下モルグで、ドクター・ベネットは長い長い一日を終えようとしていた。くたくたになっていて当然だが、むしろ元気いっぱいだった。なにかとてつもないことが起きている。ふつうなら絶対確実な死と腐敗の法則が、まさにこの部屋の中で書き換えられている。こいつは現代医学では説明できない。人間の生理を超えている……奇跡の領分にまで入っているかもしれない。

予定どおり、今夜の解剖はすべて中止されていた。それ以外の作業は続行中で、上のフロアのオフィスでは法医学分析官が仕事をつづけているが、モルグに残っているのはベネットひとりだった。昼間、ＣＤＣの医師たちの訪問中に気づいたことがあった。採取した血液サンプル――というか、標本瓶に集めたオパール色の液体に関することだ。ベネットはそれを、デザートの最後の一個を隠すようにして、共用の標本冷蔵庫の奥、ガラス容器のうしろに保管していた。

キャップをはずしたその標本瓶をシンクのそばにある検査カウンターに置き、スツールに腰を下ろして観察した。しばらくすると、一七〇ccほどの白い体液が波立ちはじめ、ベネットは身震いした。大きく深呼吸して気持ちをおちつかせる。どうしたものかと考えて、頭上の棚から、おなじ広口瓶をひっぱりだした。おなじ分量の水をそちらの瓶に満たし、となりに並べた。液体表面の乱れが、前の道路を走るトラックかなにかの影響ではないことをたしかめる必要がある。

じっと見つめて、待った。

まただ。ねっとりした白い液体が波立ったが――たしかに見た――それより粘性の低い水の表面はまったく動かない。

血液サンプルの中で、なにかが動いている。

ベネットはちょっと考えた。シンクの排水口に水を捨て、ねっとりした白い血を、片方の瓶からもう片方の瓶に慎重に注いだ。液体は、シロップのようにゆっくりと着実に移動してゆく。液体の中に、なにかがあるようには見えなかった。最初の瓶の底は残った白い血にうっすらとおおわれているが、ほかにはなにもない。

新しい瓶をカウンターに置き、もう一度じっと見つめる。

長く待つ必要はなかった。表面が波打ち、ベネットはスツールから飛び上がりそうになった。そのとき、背後で物音がした。なにかをひっかくような、こすれるような音。さっとふりかえった。いま発見したことのせいで神経過敏になっている。頭上の照明は、背後のステンレスのテーブルを照らしていた。テーブルの表面はぴかぴかに磨かれ、床の排水溝もきれいに掃除されている。753便の犠牲者たちは、モルグの反対側にある冷蔵室に収容されている。

たぶんネズミだ。この建物から害獣を追い出すすべはない――あらゆる方法をすでに試していた。おそらく壁の中だろう。それとも床の排水溝の下。ベネットはもうしばらく耳をすまし、それから瓶に注意をもどした。

瓶から瓶へまた液体を移したが、今回は半分でやめた。それぞれの瓶に入っている量はほぼおなじになっている。ベネットはその両方を照明の下に持っていって、生命の徴候はないかとミルクのような表面に目を凝らした。

いた。最初の瓶。小魚が一匹、濁った池の水面をつついたような感じ。

ベネットは、さらに数十秒、もう片方の瓶を見つめていたが、そちらには変化がなかった。その中身を排水口に空けて、残った瓶の中身をもう一度ふたつのガラス容器に分けた。

おもての通りからサイレンの音が響き、ベネットはぎくっとした。救急車が通り過ぎ、それにつづく沈黙の中で、また音がした。背後で、なにかが動くような音。またふりかえり、パラノイアとばからしさが半々の気分になった。部屋はからっぽだ。無菌状態で、静かだ。

それでも……なにかがあの音をたてている。ベネットはスツールから静かに立ち上がり、音の発生源の方角をつきとめようと、頭をあちこちに向けた。冷蔵室の鋼鉄のドアに注意を引かれた。全身の神経を集中させ、二、三歩、そちらに向かって進んだ。

がさがさ。ごそごそ。内側から聞こえてくるような音。この地下室では長い時間を過ごしてきた。死体のそばにいるからといって、いまさらびくついたりはしない……が、そのとき、753便の遺体が見せた死後の自発的組織成長のことを思い出した。

そういう不安のせいで、死者に関する昔ながらのタブーが甦り、プロ意識が吹き飛んで、本能がむきだしになったのだろう。死者を切り刻む。遺体を損壊し、頭蓋骨から顔をひきはがす。臓器を切除し、性器を切り離す。無人の部屋の中で、ベネットはひとり笑みを浮かべた。ということは、おれも結局、根っこのところではノーマルな人間だったというわけか。

心の奥の恐怖が感覚をおかしくしている。たぶん冷却ファンの不調かなにかだろう。冷蔵室の中には安全スイッチがある。大きな赤いボタン。もしだれかがうっかり中に閉じ込められてしまったとしても、それを押すだけで外に出られる。

ベネットは広口瓶のほうに向き直った。観察しながら、もうしばらく待つ。ラップトップを上から持ってくれればよかった。こうして待っているあいだに思いついたことや観察結果を書き留められたのに。

ぴとん。

今回は準備ができていた。心臓はびくっとしたが、体は動かない。今度もまた最初の瓶。もう片方の瓶の中身を捨てて、残った液体をまた二分した。これで三度め。それぞれの瓶に入っている液体の量は、およそ二〇ｃｃ。

液体を注いでいる最中、なにかが最初の瓶から二番めの瓶にこぼれ落ちるのを見たような気がした。なにかとても細いもの。長さは四センチもない。もし目の錯覚でなければ……。

蛭。吸虫。こいつは寄生虫性の疾病なのか？　自分たちの繁殖に奉仕させる目的で宿主の体をつくりかえてしまう寄生虫の例はたくさんある。解剖台の上で見た異様な死後の変化は、それが原因なんだろうか。

ベネットは問題の瓶をかざし、ライトの光にすかして白い液体を揺すってみた。目を近づけて、注意深く観察する……うん、たしかに……一度ならず二度、なにかが中でうごめくのが見えた。のたうった。針金のように細く、液体とおなじように白く、動きが非常に速い。

分離する必要がある。ホルマリンに浸して、研究し、正体をつきとめる。もしこの中に一匹いるなら、全体では数十匹、もしかしたら数百匹いるかもしれない。もしかしたら……何匹になるかは神のみぞ知る。こういうやつが体の中をうようよしている遺体が何体も、その冷蔵室に――。

ガタンという鋭い音がそちらから響き、びくっとした拍子に手を滑らせて広口瓶をとり落としたが、割れはしなかった――カウンターにぶつかってはねかえり、シンクに落ちて、中身がこぼれた。ベネットは口汚く毒づきながら、ステンレス・スチールの流しに目を凝らして、虫をさがした。そのとき、左手の甲にあたたかいものを感じた。さっきは気がつかなかったが、白い血の飛沫を浴びていたらしく、それがいまになって感覚を刺激している。燃えるような熱さではなく、おだやかなピリピリ感だが、不快ではある。皮膚に影響が出る前にと、急いで水道の水を出して液体を洗い流し、白衣で拭った。

それから、さっとふりかえって、冷蔵室のほうを向いた。さっき聞いたガタンという音が電気系統の異常でないことは明らかだ。キャスターつきのストレッチャー同士がぶつかったような音。ありえない……また怒りが湧き上がった。せっかく見つけた虫は、排水口の奥に消えた。新しく血液サンプルを採取して、この寄生虫を分離しなければ。この発見はおれのものだ。

白衣の裾でなおも手を拭きながら、冷蔵室のドアのところへ行ってハンドルを引き、封印を解除した。かびくさい冷気がしゅっと音をたてて吹き出し、ドアが大きく開いた。


ジョーン・ラスは、他の生存者といっしょに隔離病棟から解放されたあと、車を呼んで、コネティカット州ニューケーナンのウィークエンド・ハウス（持ち主は、彼女の法律事務所の創立パートナーのひとり）に直行した。途中、運転手に命じて車を二度とめさせて、窓から嘔吐した。インフルエンザとストレスのダブルパンチ。しかし、こんなのはなんでもない。なにしろ、いまやわたしは、被害者兼弁護士なのだから。被害の当事者にして、運動の、頼りになる指南役。遺族と四人の幸運な生存者の側に立ち、損害賠償を求めて闘う。エリート法律事務所、カミンズ・ピーターズ&リリーは、バイオックス訴訟や、ワールドコムの賠償額さえ上回る、史上最大の対企業損害賠償請求の四〇パーセントを目前にしている。そうなれば、昇進は確実。

法律事務所パートナー、ジョーン・ラス。

ブロンクスヴィルでいい暮らしをしていると思っていられたのは、ニューケーナンを知るまでの話だった。ジョーンの自宅があるブロンクスヴィルは、マンハッタンのミッドタウンから北に二十五キロ、メトロノースで二十八分の距離にある、ウェストチェスター郡の緑豊かな高級住宅街だ。夫のロジャー・ラスはクルーム&フェアスタインの国際金融部に勤めていて、ほとんど毎週のように海外出張に出ている。

ジョーンもかつてはあちこち飛びまわっていたが、子どもたちが生まれてからは、世間体を慮って、あまり海外には出ないようにしている。しかし、当時のことを懐かしく思っていたし、先週のベルリン出張（ホテルはポツダム広場のリッツ・カールトン）はおおいに楽しんだ。ホテル暮らしに慣れているロジャーとジョーンは、自宅でもおなじライフスタイルを採用している。バスルームには床暖房、階下にはスチーム・サウナ、二週間ごとに生花の交換サービスと庭の手入れ、もちろんハウスキーピングとランドリー・サービスは毎日。足りないのは、夜のベッドメイキングのとき枕の上にキャンディを置いていくサービスぐらいだ。

数年前、ブロンクスヴィルに家を買って越してきたことは、夫婦の人生にとって大きな一歩だった。ここなら建物の新築は認められていないし、法外な税金を課せられることもない。しかしいま、ニューケーナンの味を知ってしまうと――法律事務所首席パートナーのドーリー・カミンズが封建領主のごとく君臨する地所には三つの棟が建ち、養魚池、厩舎、乗馬トラックまでついている――その帰り道には、ブロンクスヴィルが古風で田舎っぽく……いささか陳腐にさえ思えてしまう。

いまは自宅にもどり、夕刻の不安なうたた寝から目を覚ましたところだった。ロジャーはまだシンガポールにいる。家の中からずっと物音が聞こえていて、とうとうそのせいで目が覚めてしまった。不安で心がおちつかない。間近に迫った会議のせいだろう。もしかしたら人生で最大の正念場になるかもしれない。

書斎を出て、壁に手をつきながら階段を降り、キッチンに入ると、有能な子守りのニーヴァが、夕食後の惨状をかたづけているところだった。濡らした布巾でテーブルの上の食べかすを拭きとっている。

「まあ、ニーヴァ。かたづけならわたしがやったのに」と、心にもない言葉をかけてから、薬がしまってある背の高いガラス扉のキャビネットにまっすぐ歩み寄った。ニーヴァは、となり町のヨンカーズに住んでいるハイチ人のお祖母ちゃんで、たしか六十代のはずだが、外見からは年齢不詳。足首まで届く丈の長い花柄のドレスに、コンバースの履きやすいスニーカーというのがいつものいでたちだ。ニーヴァは、ラス家の中にあってもっとも必要とされるおちつきを与える係だった。ロジャーはしじゅう出張、ジョーンは仕事で帰りが遅く、子どもたちは学校や課外活動。家族それぞれがてんでばらばらに動いている。ニーヴァは一家の要石で、ジョーンにとっては家の中をうまく切り回すための秘密兵器だった。

「ジョーン、顔色がよくないよ」

陽気なハイチ訛りのせいで、〝ジョーン〟は〝ジョン〟に、〝ない〟は〝ね〟に聞こえる。

「あら、ちょっと疲れてるだけよ」ジョーンはモトリン数錠とフレクサリル二錠を口に放り込み、対面キッチンのカウンターに腰を下ろして、〈ハウス・ビューティフル〉を開いた。

「食べなきゃ」とニーヴァ。

「のどが痛くて呑み込めないの」

「ならスープだ」とニーヴァは託宣を下し、スープの用意にとりかかった。ニーヴァは、子どもたちにとってだけでなく、一家全員の母親がわりだった。ジョーンにしても、母親はほしい。実の母は——二度離婚して、いまはフロリダ州ハイアレアのアパートメントで暮らしている——その仕事に向いていなかったのだから。子煩悩な母親のようなニーヴァの態度が鼻につくときは、子どもたちといっしょに外出させればそれであっさり解決する。人生で最上の贈りもの。

「ヒコーキの話、聞いたよ」ニーヴァが缶切りから顔を上げ、ジョーンのほうを見た。

「よくない。悪いもの」

ジョーンはニーヴァの熱帯生まれらしい素朴な迷信に頬をゆるめ——あごに走った鋭い痛みにその笑みを凍りつかせた。

スープを入れたボウルがブーンとうなる電子レンジの中で回転しているあいだに、ニーヴァがジョーンのところへようすを見にやってきて、がさがさの茶色い手をジョーンのひたいにあてた。それから、灰色の爪の指先で、首すじのリンパ節を探る。ジョーンは痛みに体を引いた。

「ひどく腫れてる」とニーヴァ。

ジョーンは雑誌を閉じた。「ベッドにもどったほうがいいかも」

ニーヴァはうしろに立ったまま、妙な顔でこちらを見ている。「病院にもどったほうがいい」

思わず笑い出しそうになったが、痛むのがわかっていたから辛抱した。クイーンズにもどるって？

「信じて、ニーヴァ。ここであなたに世話してもらってたほうがずっと早くよくなるから。それに――病気のときは家族がいちばんの薬。あの病院の一件はぜんぶ、航空会社の代理人の保険戦略よ。なにもかも向こうの利益のため――わたしじゃないわ」

腫れてひりひりする首をさすりながら、ジョーンは目前の訴訟を思い描き、ふたたび精神が高揚するのを感じた。キッチンを見まわす。おかしな話だ。あれほど多くの時間と費用を注ぎ込んで改修し改装した家が、こんなに急に……みすぼらしく見えるなんて。カミンズ・ピーターズ・リリー……＆ラス法律事務所。

そのとき、子どもたちがキッチンに入ってきた。キーンとオードリー。なにかおもちゃのことで口げんかしている。ふたりのかん高い声が頭にがんがん響き、手の甲で思いきり張り飛ばしてやりたくなった。どうにかその衝動を抑えつけ、いつものように、子どもに対するむしゃくしゃを、怒れる自分のまわりに壁を築くように急ごしらえででっちあげた熱狂へと注ぎ込んだ。子どもたちを黙らせるために声を張り上げて、

「あなたたち、ポニーほしくない？　それと自分専用の池」

気前のいい賄賂が子どもたちを黙らせるのだとジョーンは思っていたが、実際は彼女

のつくり笑顔がもたらす効果だった。百パーセントの憎悪をむきだしにした、鬼のような顔とにらみが子どもたちをおびえさせ、黙らせる。

ジョーンにとって、束の間の静寂は無上の喜びだった。

クイーンズ–ミッドタウン・トンネルの出口に裸の男がいるという911通報があり、NYPDのパトロール・カーに10–50の無線コードが発令された。薬物濫用者の通報を意味する、優先度の低いコードだった。八分後、現場に到着した1–7のユニットは、いつもの土曜の夜とくらべてもひどい渋滞にぶつかった。数人のドライバーがクラクションを鳴らし、アップタウンの方角を指さした。彼らが怒鳴る声によれば、被疑者(足首に赤いタグをつけただけの全裸で、肥満している)はすでに移動したという。

「子どもも乗ってるのに！」と、でこぼこのダッジ・キャラバンを運転している男が叫んだ。

パトロール・カーを運転しているカーン巡査がパートナーのルーポに向かっていった。

「きっとパーク・アヴェニュー系だろ。セックス・クラブの常連。週末の変態プレイの前にXをキメすぎたんだ」

ルーポ巡査はシートベルトをはずして助手席のドアを開けた。「交通整理をしてくる。

色男のほうはまかせた」

「ありがとうよ」カーン巡査は、バタンと閉まったドアに向かっていった。回転灯をつけ、渋滞している車が場所を空けて通してくれるのを辛抱強く待つ。無理に急ぐほどの給料はもらっていない。

交差する通りに目を光らせながら、三八丁目通りを流した。野放しになっている全裸の太った男を見つけるのはそうむずかしくないはずだ。歩道の通行人はごくふつうで、べつだんパニックも起きていない。一軒のバーの外で煙草を吸っていた協力的な市民が、ゆっくり進んでくるパトロール・カーに気づいて歩み寄ると、通りの先のほうを指さした。

第二、第三の通報が入った。ともに、裸の男が国連本部ビルの前を徘徊しているというもの。そろそろケリをつけようと、カーン巡査はアクセルを踏んだ。国連加盟国すべての国旗がライトアップされている前を通過し、北側の外来者入口に向かう。NYPDのブルーのバリケードや自動車爆弾防止用のセメント製プランターがいたるところに並んでいる。

カーンはバリケードの近くにいる暇そうな警官たちのそばに車を寄せた。「太った裸の男をさがしてるんだけど」

ひとりの警官が肩をすくめた。「心当たりの電話番号だったら何軒か教えてやれるけどな」

ゲイブリエル・ボリバルは、リムジンでマンハッタンの新居にもどった。トライベッカのヴェストリー・ストリート沿いに建つ、二棟つづきのタウンハウスで、大々的な改装工事の最中。完成すれば、敷地面積千三百平米、全三十一室の大邸宅になる。モザイク張りのプール、十六人のスタッフが住み込む使用人区画、地下レコーディング・スタジオ、二十六席の映画シアターつき。

改装が終わって家具が入っているのは、ボリバルが欧州ツアーに出ているあいだに大急ぎで仕上げられたペントハウスだけだった。下のフロアはまだ第一段階の工事が終わったところで、壁の漆喰塗りが終わった部屋もあれば、まだプラスチックのシートと断熱材におおわれたままの部屋もあり、あらゆる表面とあらゆる割れ目におがくずがついている。進行状況はマネージャーから報告を受けているが、ボリバルは旅の過程にはほとんど興味がなかった。興味があるのは目的地だけ。まもなく完成する、豪奢でデカダンな宮殿。

〝イエスが泣いた《ジーザス・ウェプト》〟ツアーは尻すぼみになって終わった。全公演全席ソールドアウトの宣伝がウソにならないようにするため、プロモーターは相当の気合いを入れてアリーナ席のチケットを売らなければならなかったが、なんとか完売した。そのあと、ドイツでツアー用チャーター機が故障し、他の連中といっしょに待つくらいならと、ボリバルは航空会社の定期便で帰国することを選択した。その大まちがいの後遺症がいまだに尾を引いている――それどころか、どんどん悪くなっている。

ボリバルは、セキュリティ担当者と、クラブからお持ち帰りした女の子三人をともなって正面玄関をくぐった。ボリバルの宝物のうち、大きなものはすでにいくつか運び込まれている。天井高六メートルの玄関広間の左右に鎮座する、黒い大理石の豹二頭。ジェフリー・ダーマーの持ちものだったというふれこみの、産業廃棄物用の青いドラム缶二個。大きくて値の張る、額縁入りの絵画が数枚――マーク・ライデン、ロバート・ウィリアムズ、チェット・ザー。壁からぶら下がる照明スイッチのボタンを押すと、大理石の階段の上を這うケーブルにとりつけられた工事用ライトが点灯して、階段の手前に立つ、翼を生やした巨大な嘆きの天使像を照らし出した。チャウシェスク時代にルーマニアの教会から〝救出〟されたという話だが、来歴ははっきりしない。

「すごくきれい」影になった天使の顔を見上げて、女の子のひとりがいった。

ボリバルは、腹部の激痛に襲われ、天使像のそばでよろめいた。ただの腹痛ではない。

まるで、となりの臓器からパンチを食らったようだ。天使の翼につかまって体を支えるボリバルのまわりに女の子たちが集まってきた。

「まあたいへん」女の子たちの手を借りて立ち上がり、ボリバルは痛みを追い払おうとした。クラブでだれかになにか飲まされたのか？　前にそういうことがあった。ゲイブリエル・ボリバルを籠絡しようと――メイキャップの下の伝説の素顔を見ようと――女の子が酒に薬物を仕込んだのだ。ボリバルは三人の女の子を押しのけ、ボディガードも手を振って追い払い、痛みを押してまっすぐ立った。委細かまわず、ボリバルは銀をかぶせたステッキを女の子たちに向かって振り、白地に青いすじの入る大理石の階段をペントハウスに向かって昇らせた。

勝手に飲みものをつくったり客用バスルームで化粧を直したりする女の子たちを放っておいて、ボリバルは自分のバスルームにこもり、隠し場所からバイコディンを発掘した。きれいな白い錠剤二錠を口に放り込み、スコッチで飲み下す。首すじをこすり、ひりひりするのどをマッサージしながら、声はだいじょうぶだろうかと思った。大鴉をかたどった蛇口をひねり、流れる水で顔を冷やしたかったが、まだメイキャップをしたままだ。ノーメイクでクラブに行っても、だれもボリバルだと気づかない。鏡に映る病的な白いメイク、痩せ衰えたように見せる類のシャドウ、コンタクトレンズがつくる死者の黒い瞳孔を見つめた。彼はじっさい美しい男で、どんなにメイクしてもそれは隠せない。成功の秘密の一端がそこにあるのは自分でもわかっていた。彼のキャリア全体が、美をとりだし、それを損なうことで成り立っている。超越的な音楽で耳を誘惑したと思ったら、次の瞬間にはそれをゴシックの絶叫やインダストリアル・ディストーションでひっくりかえす。若者はそれに対して反応する。美の損壊。善の転覆。

美しき堕落《ビューティフル・コラプション》。次のアルバム・タイトルに使えるかもしれない。

『The Lurid Urge（毒々しき衝動）』は、全米発売第一週で六十万枚売れた。ポストmp3時代としてはたいへんなセールスだが、それでも前作の『Lavish Atrocities（惜しみなき暴虐）』とくらべるとまるまる五十万枚近く落ちた。ファンは、ボリバルの奇矯なふるまい（ステージ上でも私生活でも）に飽きはじめている。いまのボリバルは、もはや、ウォルマートがたびたびＣＤ販売を中止し、敬虔なアメリカ市民が——彼自身の父親を含めて——断固反対したような、〝反すべて〟ではない。彼の父親がウォルマートと合意を結ぶことで、なにもかもがどんなに退屈かというボリバルのテーマを証明したのは大笑いだ。にもかかわらず、宗教右派をべつにすると、人々に衝撃を与えるのは年々むずかしくなっている。ボリバルのキャリアは壁にぶつかっているし、そのことはよくわかっていた。コーヒーハウス・フォークへの路線転換をまじめに考えているわけ芝居ではないが――もっとも、そうなればまちがいなく世界に衝撃を与えるだろう――芝居がかった解剖やステージ上の嚙みつきや切り裂きは、もう新鮮さを失っている。アンコールとおなじく、お約束になってしまった。観客に立ち向かうのではなく、迎合している。大衆の先を行かなければならない。追いつかれたら、踏みつぶされてしまう。

しかし、パフォーマンスの過激さを追求するのもすでに限界。これ以上どうすればいい？

また声が聞こえた。リハーサルしていないコーラスのような、苦痛に満ちた無数の声。ボリバルの苦痛のこだま。バスルームの中でくるっとふりかえり、ほかにだれもいないことをたしかめた。強く頭を振る。貝殻を耳に当てたときのような音だ。ただし、海のこだまのかわりに、地獄の辺土で苦しむ魂たちのうめきが聞こえる。

バスルームを出ると、ミンディとシェリーがキスしていた。クレオはグラスを手に大きなベッドに横たわり、天井を見上げてにこにこしている。その全員がいっせいに期待の視線を向けてくる。ボリバルはベッドに這い上がると、カヤックを漕ぐように腹這いで進みながら、これこそいまのおれに必要なものだと考えていた。システムをきれいにする力強いパイプ掃除。ブロンドのミンディが最初にやってきて、ボリバルのつややかな黒髪に指先を滑らせたが、ボリバルはなんとなくクレオを選び、白い手を彼女の首の茶色い肉に這わせた。クレオはトップを脱ぎ捨て、ボリバルの尻を包むしなやかなレザーのパンツに両手を滑らせた。

「ずっとファンだったの、最初の――」

「しいっ」新顔とのお決まりのやりとりを省略しようと、ボリバルは相手を黙らせた。

バイコディンが効いてきたらしく、頭の中の声がくぐもって、太鼓を叩くようなノイズになった。ほとんど電流のパルスのようだが、いくらか振動が混じっている。

あとのふたりもそばにやってきて、カニのように手を動かし、体に触れ、探索し、衣服を剝ぎとって、その下の男性をあらわにする。ミンディがまた髪に指をからめてきたとき、ボリバルは痛みを感じたようにびくっと身を引いた。シェリーがきゃあきゃあいいながらズボンの前ボタンをはずしている。女たちを征服するたび、とてつもないサイズとテクニックに関する噂が広まっているのは知っていた。シェリーはレザーのパンツの上から股間に手を滑らせた。失望のうめきは上がらなかったが、驚きに息を吞むこともない。まだ股間はまったく反応していなかった。病気だということを考えても、解せない話だった。もっとひどい体調のときでさえ、何度となく、できることを証明してきたのに。

ボリバルはクレオの肩、首、のどに注意をもどした。美しい――が、それ以上だった。

口の中に強烈な感覚が突き上げてくる。吐き気ではない。おそらくその反対。セックスへの渇望と食物への欲求が融合した連続体のどこかに位置する欲求。しかし、もっと大きい。抑えがたい欲望。うずくような渇望。犯したい、奪いたい、貪りたいという衝動。

ミンディがボリバルの首に歯を立てた。ボリバルはとうとう彼女に注意を向けると、その背中をシーツに押しつけた——最初は怒りにまかせて、だがそのあとはやさしい手つきを自分に強いて。ミンディのあごを持ち上げて首をのばし、温かい指をなめらかなのどに滑らせる。皮膚の下に若い筋肉の力を感じる——それがほしかった。胸や尻や性器を求める以上に、のどを求めていた。頭にとり憑いたリズムは彼女から発している。のどに口をあてがった。唇で試し、キスをしたが、足りなかった。歯を立てて甘嚙みした。目標は正しいようだが、方法が……根本的にまちがっている。

求めているのは——もっと……。

あのリズムがいまや彼自身の全身で振動していた。いにしえの儀式で叩かれる太鼓のように、皮膚が打たれている。ベッドがぐるぐる回転し、彼の首と胸は欲求と反発に揺れ動く。しばし放心した。最高のセックスの最中に訪れるアムネジアのように。ただし、われに返ったのは、女の悲鳴のせいだった。ボリバルは両手で女の子の首をつかみ、キスの域を超えた強さで吸っていた。皮膚の表面から血が流れ、半裸の女の子ふたりが彼女の体をボリバルから引き離そうとしていた。

ボリバルはすっくと立ち上がった。最初は、ミンディののどの赤いあざにぎょっとしたが、この乱交におけるただひとりの男性という立場を思い出し、その権威に訴えた。「出ていけ！」と怒鳴った。娘たちは服をつかんで部屋を出た。ブロンドのミンディは、階段を降りるあいだじゅう、すすり泣いていた。

ボリバルはよろよろとベッドを離れ、バスルームのメイキャップ・ケースの前に行った。革張りのスツールに腰を下ろし、毎晩の処置を実施した。メイクが落ちても――ティッシュにメイクがついているのでそれとわかる――鏡の中の顔はほとんど変わらない。もっと強くこすり、爪で頬をひっかいたが、なにもとれない。メイクが皮膚に染みついてしまったのか？　それともいまのおれはこんな病人みたいに痩せ細っているのか？

シャツを脱いで自分の体を点検した。大理石のように白い肌に、緑色っぽい血管がジグザグに走り、鬱血が紫色がかったしみをつくっている。

目の中からメイク用のソフトコンタクトレンズを慎重にとりだし、保管ケースの液体に浸した。ほっとする思いで何度か目をしばたたき、指先で目を叩く。そのとき、妙な感じがした。鏡に顔を近づけて目をしばたたき、自分の瞳をたしかめた。

瞳孔は死人の黒。コンタクトレンズをつけたままの状態とほとんど変わらない。ちがいといえば、いまのほうが質感があること――もっとリアルに見える。そして――まばたきしたとき、目の中にさらに動きがあることに気づいた。鏡に向かってまっすぐ立ち、目を閉じるのがこわいような気持ちで、目を大きく見開いた。

　まぶたの下に瞬膜が形成されていた。まぶたの下で閉じる半透明の第二のまぶたが眼球の上を水平に動く。白内障じみた膜状の濁りが黒い瞳孔を隠し、ボリバルのおびえた視線を閉ざしているように見えた。


　オーガスティン・〝ガス〟・エリザルディは、ピンチフロントのカウボーイ・ハットをとなりの席に置いて、ダイニング・エリアの奥にぐったりすわっていた。タイムズスクエアの一ブロック東にある、間口のせまい軽食堂。窓の内側でハンバーガーのネオンサインが光り、テーブルには赤と白のチェックのテーブルクロス。マンハッタンでお値打ちの食事。店に入り、正面のカウンターで注文し――メニューはサンドイッチ、ピザ、グリル各種――代金を払い、受けとった料理をトレイに載せて、ぎゅうぎゅうにテーブルが詰め込まれた窓のない食事コーナーへと持っていく。

　まわりの壁には、ゴンドラが描かれたヴェニスの風景が描かれている。フェリックスはねっとりしたマカロニ・チーズの皿をがつがつ貪っていた。彼はそれしか食べない。

チーズのオレンジ色が毒々しければ毒々しいほど好みに合うらしい。ガスは半分食べかけの自分の脂ぎとぎとバーガーに目を落としたが、急にコークが飲みたくなった。カフェインと砂糖で、ガツンと一発、体に活力を注入しよう。

例のバンの件は、まだ釈然としない。テーブルの下で帽子をひっくり返し、内側のバンドをもう一度たしかめた。あの気取り屋から最初にもらった十ドル札五枚と、バンを街まで運転して稼いだ五百ドルが、まだバンドにはさんだままになっていて、ガスを誘惑している。この半額でもあれば、フェリックスとふたり、どんちゃん騒ぎでたっぷり楽しめる。残りの半分は家に持ち帰ってマードレに渡す。マードレが必要な金。マードレに使える金。

問題は、ガスが自分を知っていることだった。問題は、使うのを半分で止めること。

問題は、自分で使わない金を持ち歩くこと。

いますぐフェリックスに頼んで家まで送ってもらうべきだ。この稼ぎの半金をとっとと処分する。ろくでなしの兄貴のクリスピンには知らせず、こっそりマードレに渡す。

あのクラック中毒野郎は、悪鬼のようにカネのにおいを嗅ぎつける。

しかし、こいつは汚いカネだ。まちがったこと——なにをしたのか自分でもわからないが、どう考えてもよくないことだ——をして稼いだカネをマードレに渡すのは、呪いを押しつけるようなものじゃないか。汚いカネは、とっとと使って、きれいさっぱりなくしてしまうのがいちばんだ。悪銭は身を滅ぼす。

ガスは引き裂かれていた。いったん飲みはじめたら、歯止めがきかなくなるのはわかっている。フェリックスは火に油を注ぐ係。夜が明けるまでに五百五十ドルは燃えつきる。マードレのためになにかいいものを買って帰るかわり、二日酔いの頭と、ぼこぼこにへこんだ帽子と、からっぽのポケットで帰宅することになる。

「なにぼんやりしてるんだよ、ガスト」とフェリックスがいった。

ガスは首を振った。「おれの最悪の敵はおれだよ、兄弟《マノ》。あしたの意味も知らずにくんくんにおいを嗅ぎながら通りを歩いているバカ犬みたいなもんだ。おれには暗黒面があるんだよ、アミーゴ。ときどきそいつに支配されちまう」

フェリックスは自分の特大コークをすすった。「だったらこんなギトギトの店でなにやってる？　とっとと街にくりだして、今夜のお嬢さんたちをひっかけようぜ」

ガスは帽子の内側に手を突っ込み、折りたたんだ紙幣がはさんである革張りのへりに親指を滑らせた。このカネのことはフェリックスも——いまのところまだ——知らない。まあ、百ドルだけなら。二百ドルをふたりで山分け。ちょっきり二百ドルだけひっぱりだし、残りは手をつけない。それがリミットだ。「遊びにはカネがいる。だよな」

「くそったれ」

ガスは目をそらし、観劇用にめかしこんだ、となりの席の家族連れを見やった。食べかけのデザートを残したまま、そそくさと席を立とうとしている。フェリックスの言葉遣いのせいだな、とガスは思った。中西部出身のガキどもの顔に浮かぶ表情からして、都会のしゃべりをナマで聞くのははじめてだったんだろう。ふん、知ったことか。この街に来たら、午後九時以降は子連れで出歩かないことだ。でなきゃ、子どもにモノホンのショーを見せることになりかねないぜ。

フェリックスはようやく残りのマカロニ・チーズをかたづけた。ガスは現ナマ入りの帽子を頭にのせると、連れだっておもてに出た。四四丁目を歩きながら、フェリックスが煙草を吸いつけたとき、悲鳴が聞こえた。それでふたりの歩調が速まることはなかった。マンハッタンのミッドタウンでは日常茶飯事だ。だがそのとき、太った全裸の男が七番街とブロードウェイの角で道路を横断するのが目に入った。

フェリックスは大笑いして、あやうく口から煙草を落としそうになった。「ガスト、あのバカ見たか？」ショーの客引きに呼ばれた見物人みたいに、フェリックスは早足で前に出ていく。

ガスはそれほど興味を引かれず、フェリックスのあとにゆっくりついていった。

タイムズスクエアの人々の海がふたつに割れ、そのあいだを男の生白いたるんだ尻が進んでゆく。目撃した女たちが笑い声混じりの悲鳴をあげ、てのひらで目や口や、その両方を隠している。若い独身女性の一団がてんでに携帯電話を出して写真を撮りはじめた。全裸男が向きを変えるたびに、新たな一団が、肉に埋もれ縮み上がったタマに目をとめ、大笑いした。

おまわりはどこにいるんだろう、とガスは思った。これがアメリカだ。肌が茶色いブラザーは、慎み深く小便をしようと玄関口に身をかがめただけでたちまち引っ張られるのに、白人男は世界の交差点を全裸で行進してもフリーパスか。

「汚えケツだな」フェリックスが野次を飛ばした。たいていは酔っぱらいだが、ほかにも物見高い連中がおおぜいいて、バカ男のあとをぞろぞろついて歩き、この野外劇を楽しんでいる。世界でいちばん明るい交差点——タイムズスクエアは二本の大通りが交差する大きなXの中心で、巨大なピンボール・マシンさながら、目をみはる広告写真やキャッチコピーに飾られたビルボードが林立し、車の流れがいつまでも途切れない——の照明がデブ男の目を眩ませ、方向感覚を失わせる。自由になったサーカスの熊みたいによろめきながら、男はやみくもに突進した。

フェリックスたち野次馬集団がげらげら笑いながら見守るなか、男は向きを変え、よたよたと彼らのほうに向かってきはじめた。前より大胆になったのか、それとも追いつめられた動物のようにパニックを起こしたのか、さっきよりさらに混乱し――息ができないというふうに、ときおり片手でのどをかきむしる――さらに苦しんでいるようすだった。なにもかも、陽気な見世物だったが、そのとき、笑っている女性のひとりに全裸のデブ男が飛びかかり、後頭部をつかんだ。

女性は悲鳴をあげて身をよじり、彼女の頭の一部がとれ、男の手の中に残った。一瞬、男が女性の頭をかち割ったかに見えたが、それは黒い縮れ毛のエクステだった。

この攻撃によって、野次馬の反応がお楽しみから一転、警戒感があらわになった。全裸男は偽物の髪の毛を片手に握ったまま、よろよろと車道に飛び出した。そのあとにつづく群衆は、いまや怒りをたぎらせ、怒声を浴びせながら追跡している。先頭はフェリックスで、男のあとを追って車線を横切り、中央の安全地帯にたどりついた。ガスもそれにつきあったものの、一団からは離されてしまい、クラクションを鳴らす車のあいだを縫って進んだ。

来いよ、もういいかげんにしろ、とフェリックスに呼びかけた。あんまりいい結末にはなりそうにない。

全裸男は、夜のタイムズスクエアを満喫しようと安全地帯に集まっている家族連れに向かって進んでゆく。一家は、猛スピードで走る車の群れに背後をさえぎられ、追いつめられた。父親が家族を守ろうと前に出たが、したたかに殴られた。その顔を見て、ガスは気づいた。さっきのレストランでとなりの席にいた観劇ファミリーだ。母親は、自分の身を守ることより、裸の男から子どもたちの目をふさぐことのほうに必死になっている。彼女は首のうしろをつかまれ、男の垂れた腹とゆさゆさ揺れる胸に引き寄せられた。男の口がキスを求めるように開く。が、そのあとも蛇の口のようにぱっくり開いたまま――くぐもったぽんという音がした。あごの関節がはずれてしまったらしい。

観光客一家にはなんの義理もないが、ガスは考えるより速く裸の男にうしろから近づき、頭に右腕をまわしてヘッドロックをかけ、思いきり締め上げた。たるんだ肉に包まれた男の首の下は驚くほど筋肉質だったが、体勢はガスのほうが有利だった。男が手を離し、母親は悲鳴をあげる子どもたちの前で夫の胸に倒れ込んだ。

今度はガスがにっちもさっちも行かなくなった。首をロックされた男は熊みたいな両腕をぶんぶん振りまわす。フェリックスが助けにきてくれた……が、そこで足を止めた。裸の男の顔をまじまじと見つめている。なにかひどく妙なことが起きているらしい。フェリックスのうしろにいる数人の野次馬も似たりよったりの反応で、おびえたように顔をそむける。しかし、ガスにはその理由がわからなかった。前腕の下で男の首がひどく不自然に脈打っている――まるでなにかを横向きに呑み込んでいる感じ。フェリックスのぞっとしたような表情を見て、全裸男が窒息しかけているのかもしれないと思い、ガスは締めつける力をちょっとゆるめた。そのとたん、男は狂人めいた馬鹿力で毛むくじゃらのひじを振り、ガスを投げ飛ばした。

ガスの体は歩道に叩きつけられ、帽子が飛んだ。あわててそちらに目をやったが、帽子は縁石を越えて車道を転がり、車の列にさえぎられて見えなくなった。ガスはぱっと立ち上がり、現金入りの帽子を追いかけようとした。だがそのとき、フェリックスの叫び声が響き、うしろをふりかえった。狂った大男がフェリックスの体に両腕をまわしてぎゅっと締めつけていた。その口をのどに近づける。フェリックスの手が尻のポケットからなにかをひっぱりだし、手首のスナップでぱちんと開くのが見えた。

フェリックスがナイフを使う前にガスはそばに駆け寄ると、デブ男の体に横から肩をぶつけた。相手の肋骨がひしゃげ、肉が波打つのを感じる。男といっしょにフェリックスも倒れた。フェリックスののどから血があふれているのが見えた。それと――さらにショッキングなことに――相棒の顔に浮かぶ純粋な恐怖の表情を見た。フェリックスは上体を起こし、ナイフを捨ててのどを押さえた。フェリックスがそんな顔をするのを見たのははじめてだった。いったいなんなのかわからないが、なにか妙なことが起きた――

――いままさに起きている――らしい。わかるのは、相棒をまともにするためには行動しなければならないということ。

ガスがナイフに手を伸ばし、黒い木製の柄を握ったとき、裸の男が立ち上がった。口からなにかが飛び出すのを押さえるかのように、片手で口もとをおおっている。なにかがのたうっている。たるんだ頬肉とあごに血が――フェリックスの血だ――ついていた。男はもう片方の手をこちらに突き出し、ガスのほうに歩いてくる。

男の動きは、その体格からは想像もつかないほど速く、ガスはなにをする間もなくうしろに突き飛ばされた。無帽の後頭部が歩道にぶつかり、一瞬、世界から音が消えた。タイムズスクエアのビルボード群が流れるようなスローモーションで閃く……ブラとパンティだけの姿の若いモデルがガスを見下ろしている……それから例の大男。ガスの上に立ちはだかっている。男の口の中でなにかがうごめく。うつろな黒い瞳がガスを見つめる……。

男は片ひざをつき、のどの奥からなにかを吐き出した。ピンク色がかった飢えたものがガスのほうに飛んでくる。カメレオンの舌のような、貪欲ですばやい動き。ガスは、悪夢の中でモンスターと戦う男のように、それに向かってナイフをふるい、必死に切りつけた。なんなのか見当もつかないが、とにかくそいつを撃退したかった。やっつけたかった。デブ男はタイヤが軋むような音をたて、よろめきながら後退した。ガスはなおもナイフを振りまわし、男の首に切りつけ、のどをリボンのように切り裂いた。ガスが蹴りつけると、男は口とのどを両手で押さえて立ち上がった。赤ではなく白い血が流れている。ミルクよりも濃厚で、まばゆく輝く、クリームのような物質。男はうしろ向きによろめき、縁石にぶつかってバランスを崩すと、車道を流れる車の列に飛び込んだ。

通りかかったトラックが急ブレーキをかけたが、最悪の結果を招いた。前輪のタイヤが男の顔に乗り上げたあと、後輪が割れた頭蓋骨の上でロックされた。

ガスはふらふらと立ち上がった。さっき頭を打ったせいでまだぼうっとしたまま、手の中にあるフェリックスのナイフを見下ろした。刃が白く濡れている。

そのとき、うしろから両腕をねじり上げられ、歩道に肩を押しつけられた。さっきの恐怖が甦り、ガスはやみくもに足を蹴って必死に抵抗した。

「ナイフを離せ！　離すんだ！」

首をひねってうしろを見ると、真っ赤な顔をした警察官が三人、のしかかっていた。さらにふたりが、そのうしろで銃をかまえている。

ガスはナイフを離した。両手が背中で拘束され、手錠をかけられた。アドレナリンが噴出する。「まったく、いまごろ来やがったのかよ！」

「抵抗するな！」といって、警官がガスの顔を路面に押しつける。

「あいつはその家族連れを襲ってたんだ――聞いてみろよ！」

ガスはうしろをふりかえった。

観光客の一家はどこにもいなかった。

野次馬の大半も姿を消している。フェリックスひとりが残り、安全地帯のへりにぼうっとした顔で腰かけて、のどを押さえている――青い手袋をした警官がフェリックスを押し倒し、その横に片ひざをついた。

フェリックスの向こう、走り過ぎる車のあいだに、小さな黒いものが転がってゆくのが見えた。帽子だ。汚いカネをバンドにはさんだまま――ゆっくり走ってきたタクシーがそれをぺちゃんこに轢きつぶす。これがアメリカだ、とガスは思った。

ゲアリー・ギルバートンはグラスにウィスキーを注いだ。親類縁者――父方母方双方の拡大家族――や友人たちはとうとう全員ひきあげて、冷蔵庫に押し込まれたテークアウトの料理のカートンと、ティッシュペーパーが山と入ったゴミ箱があとに残された。あしたになれば、みんなそれぞれ話のネタを抱えて自分の人生にもどっていくことだろう。

十二歳の姪があの飛行機に乗っていて……。

十二歳の従妹があの飛行機に乗っててさ……。

近所に住んでる十二歳の娘さんがあの飛行機に乗ってたのよ……。

ゲアリーは、フリーバーグ郊外の閑静な住宅街にある九室の自宅を、亡霊となって歩きまわっているような気分だった。椅子や壁にさわってみたが、なにも感じない。なにもかも、もうどうでもよかった。思い出はなぐさめになるかもしれないが、むしろ気を狂わせてしまう可能性が高い。

マスコミから、事件の最年少犠牲者について知りたいという取材の電話がじゃんじゃん入りはじめた段階で、ゲアリーはすべての電話線をひっこ抜いた。人間ドラマ。お嬢さんはどんなお子さんでしたか？　と彼らはたずねた。娘のエマについて一段落で説明するとしたら、それを考えるのにこれからの一生が必要だ。史上最長の一段落になるだろう。

妻のバーウィンのことより、みずからの分身ともいうべき存在だった娘のエマのことだけが心を占めていた。彼はバーウィンを愛していた。そして彼女は世を去った。しかし、彼の心は、いつまでも渦を巻いて排水をつづける洗面台のように、失われた幼い娘のまわりをぐるぐるまわりつづけていた。

その日の午後、友人の弁護士——この家を訪ねてきたのは、たぶん一年ぶりくらいだ——がゲアリーを書斎に引き込み、椅子にすわらせてから、おまえは大金持ちになるぞといった。エムのように若い犠牲者の場合、死亡によって失われた年数が大きいから、巨額の和解金《セツルメント》支払いが期待できる、と。

ゲアリーは返事をしなかった。ドルマークなど見えなかった。弁護士を叩き出すこともしなかった。ほんとうにどうでもよかった。なにも感じなかった。

ひとりにならずに済むように今夜は泊まっていこうという親族や友人からの申し出はすべて断った。だいじょうぶだからとみんなに請け合ったが、自殺という考えはすでに頭にあった。考えじゃない。ひそかな決意。必然。だが、それはもっとあとのこと。いまじゃない。自殺の不可避性は一種の癒しだった。彼にとってなんらかの意味がある、たったひとつの解決《セツルメント》。

このすべてを切り抜けるための唯一の頼りは、終わりがあると知っていることだ。すべての形式的手続きを終えたあと。エマにちなんだ記念運動場が完成したあと。育英会が発足したあと。ただし、いまは幽霊屋敷となったこの家が売却されるより前に。

リビングルームの真ん中に立っているとき、玄関ベルが鳴った。時刻はとうに真夜中を過ぎている。もし記者なら、襲いかかって殺してやる。単純な話だ。こんな時刻に、自宅に土足で上がり込んでくる？　そんな闖入者は、ばらばらに引き裂いてやる。

ドアをさっと引き開け……その瞬間、鬱屈した狂気はいっぺんに消え失せた。

玄関マットの上に、少女がはだしで立っていた。愛する娘、エマが。

ゲアリー・ギルバートンの顔が驚愕のあまりくしゃくしゃになった。娘の前に両のひざをつく。エマの顔にはなんの反応も、なんの表情もない。ゲアリーは娘に手をのばし――そこでためらった。手を触れたら、シャボン玉みたいにぽんとはじけて、今度こそ永遠に消えてしまうのでは？

おそるおそる娘の腕に触れ、細い二頭筋をつかんだ。ドレスの布地を感じる。エマは現実の存在だ。ここにいる。肩をつかんで引き寄せ、両腕を体にまわして抱きしめた。

それから体を離し、もう一度その顔を見つめ、そばかすのある顔にへばりついている髪を払いのけた。なんでこんなことがありえる？　外を見まわし、だれがエマを連れてきたんだろうと、霧の立つ前庭に目を凝らした。

ドライブウェイには一台の車もない。去ってゆく車のエンジン音も聞こえない。ひとりなのか？　母親はどこだ？

「エマ」

ゲアリーは立ち上がると、娘を中に入れてドアを閉め、電気をつけた。エマはぼうっとしたような顔だった。母親が旅行用に買ったドレスを着ている。そのせいで、ずいぶん大人びて見える。はじめて試着したとき、ゲアリーの前でくるっとまわってみせてくれた。片方の袖には土がついている――それと、たぶん血。ゲアリーは娘にうしろを向かせて、全身を点検した。はだしの足――靴は？――に血がつき、体じゅうが泥だらけで、てのひらにひっかき傷、首にはいくつも青あざがある。

「どうしたんだ――エム？」娘の顔を両手のてのひらではさんでたずねた。「いったいどうやって……？」

また安堵の波に襲われてふらっと倒れそうになり、娘の体をぎゅっとつかんだ。抱き上げて、ソファに運び、そこにすわらせた。娘は傷つき、妙に受動的になっている。笑顔でやんちゃな、いつものエマらしいところがまったくない。

エマの態度がおかしいとき母親がいつもそうするように、エマの顔を手でさわってみた。熱い。肌がねばつくように感じるくらい熱く、ほとんど透きとおって見えるほど色が白い。皮膚の下に血管が見える。目立つ赤い血管は、前に見たことがないものだった。

瞳の青い色がいつもより薄れているように見える。頭に怪我をしたんだろう、たぶん。ショックを受けている。

病院に連れていこうかという考えが頭をかすめたが、もう二度と娘をこの家の外に出したくない。

「おかえり、エム」とゲアリーはいった。「すぐによくなるよ」

手をひっぱって立たせると、娘をキッチンへ連れていった。食べもの。テーブルのエマの椅子にすわらせると、カウンターから目を配りつつ、娘の大好物のチョコチップ入りワッフルをふたつトーストした。エマは両手をだらんとまっすぐ下に垂らしてすわり、目はこちらを向いているが、なにも見ていない。バカみたいなお話も、授業中のおしゃべりもなし。

トースターからワッフルが飛び出し、ゲアリーはそれにバターをこってり塗ってシロップをかけ、皿にのせてエマの前に置いた。自分の席にすわって、娘を見つめる。三番めの席、ママの椅子はからっぽ。もしかしたら、また玄関ベルが鳴って……。

「食べなさい」エマはまだフォークを手にとってもいない。ワッフルの端のほうを切って、口の前に持っていってやった。エマは口を開けない。

「食べたくない？」ゲアリーは、ワッフルを自分の口に運び、もぐもぐ嚙んでみせた。それからもう一度エマの口の前に持っていったが、反応はおなじ。ゲアリーの目から涙があふれ、頬を伝う。娘の身になにかひどくおかしなことが起きているのはもうわかっていた。しかし、すべての不安を押しのけた。

エマはここにいる。もどってきたんだ。

「おいで」

エマを連れて階段を上がり、エマの寝室に向かった。ゲアリーが先に中へ入る。エマは戸口の内側で足を止めた。その目に浮かぶ表情は、見慣れたものを認知したというよりも、遠い記憶を刺激されたというように見えた。時の流れを遡り、若いころの自分の部屋を訪れた老女の目。

「寝たほうがいい」ゲアリーはチェストの引き出しをかきまわして娘のパジャマをさがした。

エマは両手をだらんと垂らしたまま、戸口のところに立っている。

ゲアリーはパジャマを手に持ってふりかえった。「パパが着替えさせてあげようか」

ひざ立ちになると、娘のドレスをひっぱりあげ、頭から脱がせた。いつになくしとやかな十二歳の娘はまったく抵抗しなかった。ひっかき傷がさらに見つかった。胸には大きなあざがひとつ。足の指のあいだには血がこびりついている。素肌に触れると体が熱い。

病院はだめだ。もう二度と、おれの目の届かない場所にはやらない。

バスタブに水をため、その中に娘をすわらせた。すぐ外にひざまずき、石けんをなすりつけたフェイスタオルを娘の擦過傷の上にそっと押し当てたが、エマは身じろぎもしなかった。汚れてぺったり張りついた髪をシャンプーし、きれいにすすいでからコンディショナーで整えた。

エマは黒い瞳でこちらを見上げたが、信頼している表情ではなかった。なんらかのトランス状態にある。ショック。トラウマ。

きっとよくなる。

体を拭いてパジャマを着せ、洗面所の隅にある籠から大きな櫛をとって、ブロンドの髪をまっすぐに梳いた。

櫛が髪にひっかかっても、エマは顔をしかめることも文句をいうこともなかった。

おれは幻を見てるんだ、とゲアリーは思った。とうとう現実との接点を失ってしまった。

そして、なおも娘の髪をくしけずりながら思った。幻だろうが狂気だろうが、かまうもんか。

娘のベッドのシーツとキルトの上がけを剝がし、そこに娘を横たえた。エマがまだ幼児だったとき、よくそうしていたように、首のところまで上がけをひっぱりあげ、体をくるみこむ。エマは眠っているようにじっとしていたが、その黒い目はぱっちり開いていた。

ちょっとためらってから、ゲアリーはベッドの上にかがみこんで、まだ熱いひたいにキスをした。

まるでエマの亡霊みたいだ。望ましい亡霊。愛することのできる亡霊。

感謝の涙がこぼれ落ちて、エマのひたいを濡らした。「おやすみ」と声をかけたが、返事はなかった。エマは、ナイトランプのピンク色がかった光を浴びてじっと横たわり、天井を見上げている。父親に気づくこともなく。目を閉じることもなく。眠りを待つこともなく……ほかのなにかを待っている。

ゲアリーは子ども部屋を出て、自分の寝室に向かった。服を着替え、ひとりでベッドに入る。ゲアリーも眠れなかった。彼もまた、待っていた。だが、なにを待っているのか、自分でもわからなかった。

それを耳にするまでは。

寝室の入口から、きいっという低い音が聞こえた。枕の上で頭を動かすと、エマのシルエットが見えた。娘がそこに立っている。影から抜け出し、こちらにやってくる。夜の闇に包まれた部屋の中に立つ、小さな人影。エマはゲアリーのベッドのそばに佇み、盛大にあくびをするかのように、大きく口を開いた。
おれのエマがもどってきてくれた。ゲアリーにとって、だいじなのはそれだけだった。

ザックはなかなか眠れなかった。だれもが口をそろえていうとおり、ザックは父親によく似ていた。まだ若すぎて胃に潰瘍こそできないけれど、すでに世界の重みを肩に担っている。いつも一生懸命の、思いつめた少年で、そのためにつらい思いをしてきた。むかしからずっとそうだと、イーフにいわれたことがある。赤ん坊のザックは、心配そうに顔をしかめてゆりかごからじっと父親を見返していたという。意志の強そうな黒い瞳はいつもまっすぐ相手の目を見つめていた。そして、ザックがちょっと心配そうな表情を浮かべると、いつも父親は大笑いした——ゆりかごの中にいた心配そうな赤ん坊とあんまりそっくりだから、と。

この二、三年、ザックは別居、離婚、養育権争いにまつわる苦しみを味わってきた。いま起きていることはなにひとつ自分の責任じゃないんだと納得するにはしばらく時間ががかかった。それでも、心はもっとよくわかっていた。奥深く心を掘り下げれば、すべての怒りが自分と結びついているのを知っていた。背後で交わされるささやき声の口論……深夜の怒声のこだま……壁を叩くくぐもった音で目を覚ます夜……。そんな数年間がザックの心をすり減らした。そして、十一歳の老齢に達したいま、ザックは不眠症に悩まされている。

家の中の物音をiPod nanoで閉め出し、寝室の窓から外をながめて過ごす夜もある。窓を細めに開けて、耳の奥の血管に血が流れる音が聞こえるほど神経を集中して、夜の小さな物音に耳をすます夜もある。

ザックは、むかしながらの男の子らしい願いを胸に抱いていた。夜の通りは、人間に見られていないと思うと、その秘密をさらけだす。幽霊、殺人、情欲。しかし、いままでのところ、地平線からまた太陽が昇ってくる前にザックが見たものといえば、通りの向かいの家にあるテレビの、眠けを誘う青いちらつきだけだった。

世界にはヒーローもモンスターもいない。しかし想像の中では、ザックはその両方を探求した。睡眠不足が祟って、昼間はしじゅううとうとしていた。学校でもぼうっとしていることが多く、そういうことには目ざとい他の子どもたちはすぐさまザックにあだ名をつけた。ありがちな〝まぬけ〟から、もっと芝居がかった〝屍少年《ネクロボーイ》〟まで、各グループがそれぞれいろんなニックネームで呼んだ。

そしてザックはそういう屈辱の日々をぼんやりしたままやり過ごし、やがてパパがまた訪ねてくるようになった。

イーフといっしょだと居心地がよかった。なにもしゃべらなくても――いや、とりわけ黙っているときが楽だった。ママは完璧すぎるし、目ざとすぎるし、やさしすぎた。ママが口に出してはいわない、なにもかもザック自身のためという基準は、満たすことが不可能だった。そしてザックは、生まれたときから自分がママをがっかりさせてきたことを不思議と知っていた。男の子だったこと――パパに似すぎていること。それがママの失望の原因だった。

イーフといっしょだと、ザックは生きているという感じがする。ママがいつも知りたがっているような、腹の底の正直な思いを、パパになら打ち明ける。たいしたことじゃない。ただ、他人にはいえないこと。父親のためにとっておくくらいは重要なこと――だから、ママにはしゃべらずに、パパと会ったときにしゃべる。

いま、ベッドカバーをかけたままのベッドに横たわり、ザックは未来に思いを馳せた。もうこうなったら、家族が二度ともとどおりにならないのはまちがいない。チャンスはゼロだ。問題は、いまよりどのぐらい悪くなるか。要するに、これがザックだった。いつもこんなふうに考えている。事態はこれ以上どのぐらい悪くなりうるか？

答えはいつもおなじ。ずっと悪くなる。

すくなくとも、関係している大人たちの軍団はとうとうザックの人生から去っていった。セラピスト、判事、ソーシャル・ワーカー、母親のボーイフレンド。彼ら全員が自分たちの必要性とばかげた目的のために、ザックを人質にとっていた。彼ら全員がザックのことを〝気にかけ〟、彼のしあわせを願いながら、だれひとりとして実際にはクソの役にも立たなかった。

iPodから流れる「マイ・ブラッディ・ヴァレンタイン」が静かになり、ザックは耳からイヤフォンを抜いた。外の空はまだ明るくなる気配がないが、ザックはとうとう疲れを感じた。いまは疲労感がうれしかった。なにも考えられなくなるのがうれしかった。

そこでザックは寝支度をした。だが、ベッドに潜り込んだとたん、足音が聞こえた。ぴた、ぴた、ぴた。アスファルトの上をはだしで歩くような音。ザックは窓から外を覗き、男を見た。全裸の男。

通りを歩いてくる男の肌は月の光のように青白く、ぺちゃんこになった腹部にジグザグの皮膚線条が走っている。

かつて太っていたのは明らかだ——しかし、一気に体重を落としたため、余った皮膚にあちこちでしわが寄り、実際のプロポーションを見定めるのもむずかしいぐらいになっている。

高齢だが、年寄りには見えなかった。禿げかけた頭に残る髪の毛はうまく染められていないし、両脚には静脈瘤が浮き出ているから、見たところ七十歳前後のようだが、若者を思わせる足どりと姿勢だった。ザックはそういうことすべてに気づき、そういうことすべてを考慮した。イーフによく似ている。母親なら、いますぐ窓から離れて911に電話しなさいといっただろう。イーフなら、その妙な男の姿にまつわるあらゆるディテールを指摘しただろう。

青白い人物は、通りの向かいの家のまわりをまわっている。くぐもったうめき声と、それにつづいて裏庭のフェンスがガタガタ揺れる音が聞こえた。男がもどってきて、向かいの家の正面玄関のほうに歩いていく。警察に電話しようかと考えたが、そんなことをしたら、ザック自身に関するさまざまな疑問が浮上するのは避けられない。不眠症のことはママに隠しておかないと、心配されるのはもちろん、何日も何週間も、医師の診察だの検査だのに悩まされることになる。

男は通りの真ん中に出てきて、そこで立ち止まった。両腕はだらんと垂れ下がり、胸はぺちゃんこ――息さえしないのか？――髪の毛は夜のそよ風になびき、〝男性専用〟ヘアカラーで染まっていない赤茶色の毛根を夜気にさらしている。

男はザックの窓のほうを見上げ、その奇妙な一瞬、ふたりの視線が交差した。ザックの心臓が早鐘のように鳴った。男を正面から見たのはこのときがはじめてだった。さっきまではずっと、男の体の側面か、皮膚のたるんだ背中しか見えていなかった。しかしいま、胸部全体が——そしてその前面に走るY字の傷が——目に入った。

それに、その目——膜がかかったようにどんよりした、死んだ瞳は、おだやかな月光のもとでさえくすんで見える。だが、最悪なのは、そこに凶暴なエネルギーが宿り、すばやくあちこち動いた視線が、やがてザックに固定されたことだった——いわくいいがたい感情をこめ、ザックを見上げている。

ザックはひるみ、窓辺から身を引いた。傷跡と、こちらを見返すあのうつろな瞳が死ぬほどこわかった。あの表情はいったい……？

あの傷のこと、あれがなにを意味しているのかは知っていた。解剖の傷跡だ。でも、どうしてそんなことが？

窓のへりからもういちど用心深く外を覗いてみたが、通りはもうからっぽになっていた。体を起こし、通り全体に目を走らせる。男は消えていた。

ほんとうにいたんだろうか。もしかしたら睡眠不足の末期症状かもしれない。裸の男の死体が通りを歩くのを見るなんて。離婚家庭の子どもがセラピストに相談したいと思うような症状じゃない。

そのとき思い当たった。飢え。それだ。こちらを見上げていたあの死んだ目には、強烈な飢えがあった。

ザックはシーツの下に潜り込み、枕に顔を埋めた。男の不在はザックの心をおちつかせるどころか、反対にますます不安を募らせた。男は消えた。そのかわり、いまはあらゆる場所にいる。キッチンの窓を破って階下に侵入しているかもしれない。そしてもうすぐ階段を上がってくる。ゆっくりゆっくりと昇り――もう足音が聞こえるんじゃないか？――それから廊下を歩いて、この部屋のドアの前にやってくる。錠を静かに揺さぶる。あとからとりつけた、なかなかうまくロックできない錠。そしてまもなく、あいつはザックのベッドにやってきて――それから？　ザックは男の声とその死んだ視線を恐れた。というのも、男は、二本の足で歩いているにもかかわらず、もう生きていないのだというおぞましい確信があったからだ。

ゾンビ……。

ザックは枕の下に隠れた。頭と心臓が猛烈に活動している。恐怖と、早く朝が来てぼくを救ってほしいという祈り。学校を恐れるのとおなじくらいの強さで、朝が来るのを願った。

通りの向かいの家で、テレビの明かりがぱちんと消え、ガラスの割れる音が無人の通りに遠くこだました。

アンセル・バーバーは、自宅の二階をうろつきながら、ひとりごとをつぶやいていた。眠ろうとしてベッドに入ったときのままのＴシャツとボクサーショーツ姿。髪の毛はしじゅうかきむしったりひっぱったりしているせいで、てんでばらばらな方向に飛び出している。自分の身になにが起きているのかわからない。妻のアン・マリーは熱が出てるんじゃないかといって口中体温計を持ってきたが、赤く腫れた舌の下にそんなものを差し入れるなど、想像するだけで耐えられなかった。耳ではかる子ども用の体温計もあったが、測定が終わるまでじっとすわっていることもできなかった。アン・マリーは体温測定に熟練したてのひらを夫のひたいに当て、熱を――相当な高熱を――感知したが、そんなことは自分でもわかっていた。

アン・マリーが度を失っているのは、彼にもわかった。妻はそれを隠そうともしていない。彼女にとって、あらゆる病気は、家族という聖域に対する侵略攻撃だった。子どもが吐いただけで、アン・マリーは、血液検査の結果が芳しくなかったり、正体不明のしこりができたりしたときのような恐怖の表情を浮かべる。これだ。いつかかならず襲ってくると彼女が予期していたおそろしい悲劇のはじまりだ。

アン・マリーの奇矯さを受け入れるアンセルの寛容の精神は、著しくレベルが下がっていた。いまの彼は深刻な事態に直面している。必要なのは、余計なストレスではなく、妻の助けだ。いまのおれは強い人間になれない。アン・マリーにリーダーシップを発揮してほしい。

子どもたちさえも、父親の目に浮かぶうつろな表情におびえて、距離をとっていた。いや、もしかしたら——なんとなく気づいていたことだが——病気のにおいのせいかもしれない。自分では、流し台の下で錆びている缶入りの古くなった料理油のにおいに似ているような気がした。ときおり子どもたちが、階段のいちばん下、手すりのうしろに隠れて、二階の踊り場を横切る自分を見ているのに気がついた。

子どもたちの不安を鎮めてやりたかったが、事情を説明しているうちに自分が癇癪を起こし、事態をさらに悪化させそうな気がした。不安をやわらげるいちばん確実な方法は、早くよくなることだ。意識の混濁と苦痛の波を乗り切ることだ。

娘の部屋の中で足を止め、壁の紫色がどぎつすぎると思いながら廊下に引き返した。踊り場にじっと——できるかぎり静かに——立ち、耳をすます。あのゴンゴンという音に。なにかを叩く音——低くて近い。頭の中でドクドクと鳴り響く頭痛の音とは完全に独立している。たとえていえば……田舎町の劇場で、映画の音声が途切れて静かになったとき、背後の映写室からフィルムのまわるカタカタという音が急に聞こえてくるような感じ。その音で現実にひきもどされ、映画の出来事はほんとうのことじゃないんだと自分ひとりが真実に気づくような……。

強く頭を振り、それにともなう痛みに顔をしかめ……その苦痛を漂白剤のように使って、思考の混濁を洗い流そうとした……が、ゴンゴンゴン。ドンドンドン。まわりじゅうにそれがある。

犬たちもだ。まわりで妙なふるまいを見せている。パップとガーティ、体が大きくて不器用なセントバーナード。見慣れない動物が庭にやってきたときのように、うなり声をあげる。

しばらくして、ひとりで寝室に入ってきたアン・マリーが、夫婦のベッドの足もとのほうにすわり、壊れやすい卵を包むように両手で頭を抱えている夫を見つけた。

「眠らなきゃだめよ」とアン・マリーはいった。

アンセルは、暴れ馬の手綱を握るように自分の髪の毛をぎゅっとつかみ、妻を怒鳴りつけたい衝動を抑えつけた。のどがおかしい。そのせいで、ちょっとでも横になると、喉頭蓋が張りついて気道をふさぎ、息ができなくなる。そのたびに激しく咳き込んで、どうにか呼吸を回復した。いまは、眠っているうちに窒息死するんじゃないかと不安だった。

「なにかしてほしいことは？」妻は、片手を自分のひたいに押し当て、戸口に立っている。

「水を持ってきてくれ」ひりひりするのどから洩れる声は、しゅうしゅうと蒸気のように熱かった。「ぬるま湯だ。アドヴィルを溶かして。痛み止めならなんでもいい」

アン・マリーは動かなかった。心配そうな顔でこちらを見つめている。「ちょっとでもよくなったりしない……？」

妻の臆病さは、ふつうなら強い保護欲をかきたてるが、いまは怒りをかきたてるばかりだった。

「アン・マリー、いいから水を持ってきてくれ。それと、子どもたちを外へ連れていけ。でなくても、とにかくおれのそばに近づけるな！」

アン・マリーは泣きながら出ていった。

妻が子どもたちを連れ、もう暗くなった裏庭へと出ていく音を聞いてから、アンセルは片手で手すりをつかんで体を支えながら、おそるおそる階下に降りた。

シンクの横のカウンターに畳んだナプキンを敷いて、水を入れたグラスが置いてあった。溶かした錠剤で水がちょっと濁っている。両手でグラスを持って口に近づけ、無理やりにでも飲み下そうとした。口の中に水を注ぎ、のどが飲み込まざるを得ないように仕向ける。だが、水がいくらかのどを通ったところで噎《む》せてしまい、残りは咳といっしょに流し台の窓ガラスに向かって吐き出した。裏庭を見下ろすガラスの上を水が伝い、ブランコに乗る子どもたちとそのうしろのアン・マリーの姿を歪ませた。妻は腕組みしたまま、暮れゆく空をぼんやり見上げ、ときおり、ヘイリーのブランコをうしろから押してやっている。

コップが手から滑り落ち、中身がシンクにこぼれた。アンセルはキッチンを出てリビングルームに向かい、麻痺したようにソファに沈み込んだ。のどが腫れて、前以上に気分が悪い。

病院にもどらなければ。アン・マリーにはしばらくひとりでがんばってもらうしかない。ほかにどうしようもなければ、女房だってなんとかできるはずだ。もしかしたら、そのほうが彼女のためだったということにさえなるかも……。

アンセルは意識を集中し、家を出る前にやっておくべきことを考えようとした。ガーティがリビングルームの戸口にやってきて、低くあえいでいる。そのうしろから部屋に入ってきたパップが暖炉のそばでうずくまった。パップがうなるような低い声を出し、アンセルの耳の中にドンドンというノイズが鳴り響いた。

そして、アンセルは気づいた。音の発生源は犬たちだ。

いや、そうだろうか。ソファから降りると、四つん這いになってパップのほうに進み、近寄って聞き耳を立てた。ガーティは哀れっぽい鳴き声をあげて壁ぎわに後退したが、パップはぎこちない姿勢でうずくまったままだった。犬ののどの奥でうなり声が強くなり、アンセルが左手で首輪をつかんだ瞬間、パップは立ち上がって逃れようとした。

ドン……ドン……ドン……

犬の中だ。どういうわけか。どこか。なにか。

パップがくんくん鳴きながら逃げようとする。だが、ふだんめったに腕力に訴えることがない大男のアンセルが、空いている右腕をセントバーナードの首にまわし、ヘッドロックの体勢で押さえつけた。犬の首すじに耳を当てる。犬の毛が耳道の中に入ってくすぐったい。

そうだ。ゴンゴンゴンという脈動。犬の血流？

それがノイズだ。鳴きながら逃れようともがくパップの首に、アンセルはさらに強く耳を押しつけた。つきとめなければ。

「アンセル？」

さっとふりかえると――動きが急すぎて、目が眩むような白熱した痛みに襲われた――アン・マリーが戸口に立っていた。そのうしろにベンジーとヘイリー。ヘイリーは母親の脚に抱きついて立ち、息子のほうはひとりで離れて立って、ふたりともこちらを見つめている。アンセルの腕の力がゆるみ、パップが体を引き抜いた。

アンセルはまだ床に両ひざをついたままだった。「なんの用だ？」と怒鳴る。

アン・マリーは恐怖に凍りついたように、戸口に立ちつくしている。「べ、べつに……なんにも……子どもたちを散歩に連れていってくるわ」

「いいとも」子どもたちの視線にさらされて、アンセルは意気をくじかれた。のどがつまり、声がざらざらになる。「パパはだいじょうぶだよ」と手の甲で唾を拭いながらいう。「よくなるから」

アンセルは犬たちがいるキッチンのほうに顔を向けた。ゴンゴンゴンの音が復活し、愛想よくしようという考えがたちまち吹き飛んだ。いままで以上に大きい。脈動している。

やつら。

むかつくような恥辱が心の奥から湧き上がり、アンセルは身震いした。こぶしをこめかみに当てる。

「犬は外に出すわ」とアン・マリー。

「だめだ！」リビングルームの床にひざまずいたまま、開いたてのひらを妻に向け、必死に自分を抑えた。「だめだ」とさっきよりおだやかな口調でいう。息を整え、ノーマルに見えるようにと努力しながら、「だいじょうぶだから。犬はそのままにしておいてくれ」

アン・マリーはなにかいいたげな顔でためらっていたが、やがてきびすを返し、子どもたちといっしょに出ていった。

アンセルは壁に手をついて立ち上がり、一階のバスルームへよろよろ歩いていった。ひもをひっぱり、鏡の上の照明をつけると、自分の目を見つめた。赤い毛細血管が走る黄ばんだ象牙の卵がにらみ返してくる。

ひたいと唇の上の汗を拭い、大きく口を開けて、のどの奥を覗いてみた。腫れた扁桃腺か白っぽいできものが見えるだろうと予想していたが、黒くしか見えない。痛みをこらえて舌を上げ、その裏側を見た。舌のつけ根は深紅に染まり、炭のように熱くひりひりと燃えている。指でさわってみると、脳天にドリルを突き刺したような激痛があごの両側を貫き、首のすじを伝って走り抜けた。のどが抵抗するように痙攣し、吠えるような荒々しい咳とともに口から黒いものが飛び出して鏡にはねかかった。血だ。なにか白いものが混じっている。痰だろう。いくつか、ほかより黒っぽい点も見える。体から腐り落ちた欠片《かけら》かなにか、固体の残留物を吐き出したかのようだ。そういう黒っぽいかたまりのひとつに手をのばして、中指の先で鏡からこそげとった。鼻の下に近づけてにおいを嗅いでから、中指と親指のあいだですりつぶす。変色した血のかたまりみたいだ。それを舌先にのせ、それと意識しないうちに味わっていた。小さくてやわらかなかたまりを口の中でぐるぐる動かし、それが溶けてしまうと、鏡についたかたまりをもうひとつとって、また味わった。たいして味はしないが、舌に残る感覚にはどこか癒しに似た効果があった。

身を乗り出し、冷たい鏡にこびりついた血の汚れを舐めた。舌が痛むはずだが、その反対に、口とのどのひりひりがやわらいだ。舌の裏側のもっとも敏感な部分さえ、ジンジンする程度にまで痛みがおさまっている。ゴンゴンゴンの音も、完全になくなりはしないものの、小さくなっていた。赤いしみのついた鏡に映る自分の姿を見つめ、どういうことなのか理解しようとした。

苦痛の小休止は、いまいましいほど短かった。のどを万力で締めつけるような痛みが復活し、アンセルは視線を鏡からひきはがして、ふらふらと廊下に出た。

ガーティがおびえたような鳴き声をあげ、アンセルから離れようと廊下をあとずさり、リビングルームに逃げ込んだ。パップは裏口のドアをひっかき、外に出たがっている。アンセルがキッチンに入るのを見ると、パップは逃げていった。アンセルはずきずきするのどの痛みに耐えて佇み、それからドッグフード保管用の棚に手をのばし、ミルクボーンの箱を下ろした。いつもそうするように、箱から出した骨のかたちの犬用ビスケットを指のあいだに一本はさんで、リビングルームに入っていった。

ガーティは、階段の昇り口の、板張りの踊り場に、いつでも駆け出せる体勢でうずくまっていた。アンセルは踏み台に腰を下ろし、犬のおやつを振ってみせた。

「おいで、ガーティ」意に反して、感情の欠けた耳障りなささやき声になる。

ガーティが空気中のにおいを嗅ぎ、革のような鼻孔がふくらんだ。

ドン……ドン……

「おいで、ガーティ。ごちそうだよ」

雌犬は四本の足でゆっくりと立ち上がった。小さく一歩、前に足を踏み出し、それからまた止まって、においを嗅いだ。この取引はなにかがおかしいと本能的に察知している。

しかし、アンセルはビスケットを差し出したまま動かず、ガーティはそれで安心したようだった。頭を低くし、油断なく目を光らせながら、ラグの上をゆっくりと進んでくる。アンセルは励ますようにうなずき、ガーティが近づくにつれ、頭の中のドンドンが強くなる。

「さあ、ガーティ、おいで」

ガーティが寄ってきて、ぶあつい舌でビスケットをひと舐めした。アンセルの指にも舌が触れる。ガーティは、ごちそうを求め、主人の愛情を求めてもういちど舐めた。アンセルは反対の手を犬の頭に置いて、彼女のお気に入りのやりかたで撫でてやった。撫でながら、アンセルの目に涙があふれる。ガーティはさらに身を乗り出し、アンセルの指からクッキーをとろうと口を近づけた。その瞬間、アンセルは首輪をつかみ、上からのしかかった。

体の下でセントバーナードがもがき、うなり声をあげ、嚙みつこうとする。ガーティのパニックがアンセルの怒りの起爆剤になった。あごの下に手を当てて犬の頭を思いきりうしろにそらし、口を閉じさせておいてから、毛皮におおわれた首すじに歯を立てた。思いきり嚙む。絹のような、わずかに脂っぽい毛皮をアンセルの歯が貫き、傷口が開いた。犬のうなり声にもかまわず、アンセルはガーティの毛皮と、ぶあつくやわらかな肉の感触を味わった。たちまちそれが熱い血の奔流にとってかわる。嚙みつかれた痛みで雌犬は狂ったように暴れるが、アンセルはあごをつかむ手をゆるめず、大きな頭をさらに高く持ち上げ、のど笛を完全に露出させた。

アンセルは犬を飲んでいた。嚥下することなく飲みつづける。吸収する。自分でも気がついていなかった新しいメカニズムがのどの中で作動しはじめたような感じだが、どういうことなのかわからない。わかるのは、いま感じている満足だけ。痛みを忘れさせてくれる喜び。それに力。そう――力だ。ある生きものからべつの生きものへと生命が流れ込むような……。

パップがうなり声をあげて部屋に入ってきた。悲しげな低音。すぐにやめさせないと、近所の住人に不審がられる。アンセルは体の下で弱々しく痙攣するガーティをそのままにしてぱっと立ち上がると、新たに獲得した活力と敏捷さでパップに襲いかかり、フロアランプが倒れるのにもかまわず、逃げる大型犬に追いすがり、廊下で捕まえた。

二頭めのセントバーナードを飲む悦楽は、たとえようもない快感だった。圧力の変化によってサイフォン管の中で吸い上げがはじまるときのように、自分の中でスイッチが入るのを感じた。

液体はなんの苦労もなく体内に流れ込み、アンセルを満たした。

吸収が終わると、椅子の背にもたれ、麻痺したようにぼうっとして、われに返るまでにしばらく時間がかかった。足もとの床に横たわる犬の死骸を見下ろし、とつぜんはっと目が覚め、さむけに襲われた。

後悔がどっと押し寄せてくる。

立ち上がり、ガーティを見た。それから自分の胸に目を落とし、犬の血にぐっしょり濡れたTシャツをひっぱった。

どうしたんだ、おれは？

市松模様のラグに散った血が、汚い黒いしみになっている。もっとも、たいした量ではない。そのとき、自分が血を飲んだことを思い出した。

まずガーティのそばに行って、毛皮に手を触れ、死んでいること――自分が殺してしまったこと――をたしかめた。それから、嫌悪感を抑えつけ、汚れたラグを犬の死体に巻きつけた。それを持ち上げて両腕に抱え、キッチンを抜けて裏口から出ると、ステップを降りて、裏庭の犬小屋に運んだ。中に入ると、両ひざをついてラグを広げ、ガーティの死体をそのままにして、パップのもとに引き返した。

犬小屋の壁ぎわ、ペグボードに道具類がかけてある下に、二頭の死骸を並べて横たえた。嫌悪感は、他人のもののように遠かった。首すじは凝っているが痛みはなく、のどの熱は引き、頭はすっきりしている。血まみれの手に目をやった。どういうことなのか理解できないものの、事実は受け入れざるを得ない。

自分がやったことによって、体の具合がよくなった。

アンセルは家の中にもどり、二階のバスルームへ向かった。血まみれのTシャツとボクサーショーツを脱ぎ、古いスウェットの上下を着た。アン・マリーと子どもたちはいつ帰ってきてもおかしくない。寝室で替えのスニーカーをさがしているとき、ゴンゴンの音がもどってきた。耳で聞いたわけではない。感じた。それがなにを意味するかに気づいてぞっとした。

玄関ドアのほうから声がした。

家族が帰ってきたのだ。

あわてて階下に降り、ぎりぎりのタイミングで、姿を見られることなく裏口から外に出た。裏庭の芝生をはだしの足で踏みながら、頭の中を満たす脈動する感覚から逃れようとする。

ドライブウェイに向かいかけたが、暗い通りのほうから話し声が聞こえてきた。犬小屋の両開きのドアは開けっ放しにしてある。アンセルはとっさにその中に飛び込み、内側からドアを閉めた。ほかにどうすればいいかわからない。

横の壁のほうにはガーティとパップの死体。アンセルの唇から、あやうく叫び声が洩れるところだった。

おれはなにをしてしまったんだ？

ニューヨークの冬の寒さで小屋のドアが歪み、上下に細い隙間ができている。上の隙間から外を覗くと、キッチンの窓越しに、ベンジーが流し台の蛇口からコップに水を汲んでいるのが見えた。ヘイリーの小さな手がコップにのびる。

いったいおれの体になにが起きてるんだ？

おかしくなってしまった犬みたいなもの。狂犬病の犬。

狂犬病の一種にかかってしまったのか。

今度は話し声がする。裏のポーチの防犯灯が点灯し、子どもたちが犬の名前を呼びながらステップを降りてくる。アンセルはあわてて犬小屋の中を見まわし、隅に立てかけてある熊手をとると、できるだけ静かに、できるだけすばやく、ドアの内側の把手に差し込んでつっかい棒にした。子どもたちを外に締め出す。自分を内側に閉じ込める。

「ガーティーーーッ！　パーーーップ！」

本気で心配しているような響きはまだない。この二カ月でも、何度か犬たちがいなくなったことがある。だからアンセルは小屋の地面に鉄の杭を打ち込んで、夜はしっかり鎖でつないでおけるようにしてあった。

子どもたちの呼ぶ声が、頭の中で鳴り響くゴンゴンゴンの音に呑み込まれた。若い血管を循環しつつ脈動する血液の着実なリズム。力強く搏動して血液を送り出す小さな二個の心臓。

なんてことだ。

ヘイリーが犬小屋の前にやってきた。娘のピンクのスニーカーがドアの下の隙間から覗き、アンセルは思わずうしろに下がった。ヘイリーがドアをひっぱる。ガタガタ音がしたが、ドアは開かない。

ヘイリーが兄を呼ぶ。ベンジーがやってきて、八歳の力のありったけをこめてドアを揺さぶった。犬小屋の四つの壁が震えたが、熊手のつっかい棒はなんとか持ちこたえた。

ゴンゴン……ゴンゴン……ゴン……

子どもたちの血。おれに呼びかけている。アンセルは身震いし、目の前にある鉄の杭に意識を集中した。土台のどっしりしたコンクリート・ブロックごと、二メートル近い深さまで埋め込んである。夏の雷雨のあいだも二頭のセントバーナードをつないでおけるだけの強度がある。アンセルは壁の棚に目を走らせ、値札がついたままの予備の首輪に目をとめた。たしか、この小屋のどこかに古い鎖錠も置いてあったはずだ。

子どもたちが安全な距離まで離れるのを待って、アンセルは棚に手をのばし、鋼鉄の首輪をとった。

レッドファーン機長は、透明のビニールカーテンに囲まれたキャスターつきのベッドに、背中開きの患者用ガウン姿で横たわっていた。唇は渋面をつくるように開き、苦しそうに深く呼吸している。夜が近づくにつれて苦痛を訴えるようになり、レッドファーンは何時間か眠りつづけるだけの鎮静剤を投与されていた。画像診断のため、じっとしていてもらう必要があったからだ。イーフはカーテンの内側の照明を暗くしてから、ルーマ・ライトのスイッチを入れ、レッドファーンの首にもういちど藍色の光を当てた。例の傷を見るためだったが、照明が暗くなると、ほかにも気がついたことがあった。レッドファーンの皮膚の上に――いやむしろ、皮膚の下に――奇妙な波打つような動きがある。まだら模様か、皮下の乾癬《かんせん》みたいなものが、筋肉組織表面のすぐ下に黒とグレーの影をつけているように見える。

よく調べてみようとルーマ・ライトの光を近づけると、皮下の影が反応した。ブラックライトから逃れようとするように渦を巻き、のたうつ。

イーフはライトを引いてうしろに下がった。ブラックライトが当たっていないと、眠る男はノーマルに見える。

今度はレッドファーンの顔にブラックライトを当てた。皮膚の下のまだらが浮かび上がり、一種のマスクのように見える。機長の顔のうしろに潜んでいる第二の彼自身のような、年老いて奇形的な顔。残忍な相貌。患者が寝ているあいだ、その体内で目を覚ますよこしまなもの。ライトをもっと近づけると……今度もまた、内部の影は波立ち、ほとんど渋面のようなかたちをつくって、光を逃れようとする。

ブラックライトで目を覚ましたかのように、レッドファーンの目が開いた。イーフはびくっとして身を引いた。機長はふたり分のセコバルビタールを投与されている。意識を回復するはずがない。

レッドファーンの目は眼窩の中で大きく見開かれ、まっすぐ天井を見上げている。おびえているように見えた。イーフはライトの光をそらし、レッドファーンの視界に入るように移動した。

「レッドファーン機長？」

操縦士の唇が動いている。イーフは、レッドファーンの言葉を聞きとろうとベッドにかがみこんだ。

乾いた唇が動き、かすれた声が洩れる。「彼はここにいる」

「だれがいるんです、レッドファーン機長？」

レッドファーンの目は、眼前で演じられているおそろしい場面を凝視するかのように、じっと見つめている。

「ミスター・リーチ」と機長はいった。

数時間後、もどってきたノーラは、放射線科の廊下でイーフを見つけた。ふたりは、小児科の患者が描いていったクレヨン画がたくさん飾ってある壁の前で立ち話をした。イーフはレッドファーンの皮膚の下に見たもののことを話した。

「ルーマ・ランプのブラックライトって――波長の長い紫外線光でしょ？」

イーフはうなずいた。彼もまた、モルグの外で話しかけてきた老人のことを考えていた。

「自分の目で見たい」とノーラ。

「レッドファーンはいま放射線科だ。ＭＲＩ用に、さらに鎮静剤を投与しなきゃいけなかった」

「飛行機の検査結果が出た」とノーラ。「飛散していた液体だけど、あなたのいったとおりだった。アンモニアと燐と――」

「やっぱり――」

「でも、蓚酸と鉄と尿酸も検出された。血漿」

「なに？」

「未処理の血漿。それと、酵素がまるまるワンセット」

イーフは自分の体温をはかるようにひたいに手をやった。「消化酵素みたいな？」

「今度はなにを思い出す？」

「排泄物だな。鳥か、コウモリか。糞化石《グァノ》みたいな。でもどうして……」

ノーラは興奮と困惑が相半ばする表情で首を振った。「あの飛行機にだれが……なにが乗っていたのかはともかく……そいつがキャビンの中にでっかいクソをしたのよ」

イーフがその発言について考えているあいだに、手術衣《スクラブ》姿の男がイーフの名を呼びながら急ぎ足で廊下をやってきた。MRI検査室の放射線技師だ。

「ドクター・グッドウェザー――なにがあったのかわかりません。コーヒーを飲もうと思ってちょっと席をはずしたんです。五分もしないでもどったんですが」

「どういう意味だ？ なにがあった？」

「ドクターの患者さんです。検査室から姿を消しました」

ジム・ケントは、他のスタッフから離れて、階下にある閉店したギフトショップのそばに立ち、携帯電話で話していた。

「いまは画像診断中です」と電話の相手にいう。「かなりのスピードでどんどん悪化しているようです、サー。ええ。二、三時間もすれば検査の結果が出るはずです。いいえ

——他の生存者についてはまったく情報がありません。お伝えしておいたほうがいいかと思いまして。はい、いまはひとりです」

そのとき、患者用ガウンを着た長身で赤毛の男が、ふらふらと廊下を歩いていくのが目に入った。腕からのびる点滴チューブを床にひきずっている。見まちがいでないかぎり、あれはレッドファーン機長だ。

「サー、その……いまちょっと予想外の事態が……あとで連絡します」

通話を切り、耳からむしりとったイヤフォンをジャケットのポケットに突っ込み、二、三十メートル離れて男を尾行しはじめた。患者はしばらく歩調をゆるめ、尾行に気づいたかのようにうしろをふりかえった。

「レッドファーン機長？」とジムは声をかけた。

患者はそのまま歩きつづけて角を曲がり、ジムはあとを追った。だが、おなじ角を曲がると、その先の廊下は無人だった。

ジムはドアの表示をたしかめた。階段室と書かれたドアを開け、せまい階段の下を見下ろした。点滴チューブが階段を降りていくのが見えた。

「レッドファーン機長？」ジムの声が階段にこだました。イーフに電話しようと、階段を下りながら携帯電話をとりだしたが、もう地下に入っているため、ディスプレイの表示は圏外だった。ドアを開けて地下一階の廊下に出たが、携帯電話に気をとられて、横から走ってくるレッドファーンには気づかなかった。

病院を捜索する途中、階段からドアを開けて地下一階の廊下に出たノーラは、壁にもたれ、両足を投げ出して床にすわっているジムを見つけた。顔には眠そうな表情が浮かんでいる。

レッドファーン機長は、ジムのかたわらにはだしで立っていた。患者用ガウンのむきだしの背中をこちらに向けている。口にぶら下がっているなにかから、少量の血が床に滴り落ちた。

「ジム！」と声をかけたが、まったく反応を見せない。だが、レッドファーン機長はぎくりとしたように体をこわばらせた。こちらを向いたとき、口の中にはなにもなかったが、顔色は一変していた。さっきまでは青白かったのに、いまは血色がよく、頬が紅潮している。患者用ガウンの前は血のしみがつき、唇のまわりも血で染まっている。発作かなにかを起こして、舌の一部を自分で嚙みちぎってしまったんだろうか。

だが、そばに近づくと、その診断は怪しく思えてきた。瞳孔は死んだように黒く、白くあるべき鞏膜が赤い。口はあごの関節の位置が下にずれたみたいに、妙な具合に開いている。

それに加えて、体から発散される熱が尋常ではなかった。人体が発するノーマルな自然の熱をはるかに超えている。

「レッドファーン機長」ノーラは何度も何度も呼びかけたが、正気づくようすはなかった。膜のかかった目に飢えた表情を浮かべ、無言でこちらに向かってくる。ジムは床にぐったりくずおれたまま動かない。レッドファーンは明らかに危険だ。ノーラは武器になるものがないかとあたりを見まわしたが、目についたのは非常用電話だけだった。緊急コードは555。

受話器をつかんだところでレッドファーンが襲いかかってきて、ノーラは床に突き飛ばされた。手に持ったままの受話器のコードが壁からまっすぐにのびている。レッドファーンはノーラにのしかかり、狂人の怪力で両腕を床に押しつけた。その顔に力がみなぎり、のどが痙攣する。自分の上に嘔吐するんじゃないかとノーラは思った。

ノーラが悲鳴をあげた瞬間、階段室のドアが開き、イーフが飛び込んできた。そのままの勢いでレッドファーンに体をぶつける。機長はノーラの上から吹っ飛ばされて、床に寝そべる格好になった。イーフは体勢を立て直すと、床から起き上がろうとしている機長に向かって、警告するように手を突き出した。

「待て」

レッドファーンはシャーッという音を発した。蛇のような音ではなく、のどから洩れる声だった。のっぺりとうつろな黒い目。その顔に笑みが浮かびはじめる。いや、おなじ表情筋を使っているため、笑みのように見えたが、その口はどこまでも開きつづけた。下あごがありえない位置まで下がり、生肉のようなピンク色をしたなにかがのたくり出てきた。舌よりも長く、筋肉質で、もっと複雑な構造を持ち……のたうっている。腹の中に生きたまま呑み込まれた巨大なイカが一本の足を口からとびださせ、必死にあがいているようにも見える。

イーフはぱっと飛びすさった。点滴スタンドをつかんで体を支える。レッドファーンの口から伸びるものを近づけまいと、そのスタンドを持ち上げ、突き棒のようにかまえた。レッドファーンが鋼鉄のシャフトをつかむ。次の瞬間、機長の口の中のものがとびだしてきた。点滴スタンドの二メートル弱の全長を超えて伸びてくる。イーフはかろうじて体をかわした。その突起物——肉のとげのように先が細くなっている——の先端が壁にぐちゃっとぶつかる音がした。レッドファーンは点滴スタンドをつかんで脇に投げ捨て、イーフはそれといっしょにあとずさって、うしろにある部屋に入った。

レッドファーンもつづいて入ってきた。黒と赤の目には、まだ飢えたような表情がある。この男を撃退する役に立つものがないかとイーフは必死にあたりを見まわしたが、見つかったのは、棚の充電器にセットされた冠状鋸《トレフィン》だけだった。回転する円形のブレードがついた手術器具で、解剖時、頭蓋骨を切開するのに使う。スイッチを入れるとヘリコプター型のブレードがブーンと回りはじめた。レッドファーンが迫ってくる。とげの大部分は口の中にひっこんでいるが、一部はまだ口から垂れ、その左右にある肉の袋が脈動している。また襲ってくる前に、イーフはそのとげを切り裂こうとした。

狙いがはずれ、ブレードが機長の首の肉を切り裂いた。白い血があふれだす。モルグで見たのとおなじく、動脈から噴出するのではなく、だらだらとこぼれ落ちている。回転するブレードに付着した体液が自分にはねかかる前に、イーフはトレフィンを投げ捨てた。レッドファーンは首の傷口を手で押さえている。イーフは手近にあった中でいちばん重そうなもの――消火器を持ち上げた。底の部分を使って、レッドファーンの顔を殴る――おぞましいとげが第一のターゲットだった。さらに二度叩きつけ、三度めの攻撃で脊椎が折れるゴキッという音が響き、レッドファーンの頭はがっくりうしろに倒れた。

レッドファーンの体がぐったりと床に崩れ落ちる。イーフは消火器を放り出してよろよろと後退し、恐怖の眼《まなこ》で惨状を見つめた。

ノーラが点滴スタンドの残骸を手に、廊下から飛び込んできた。レッドファーンが床に倒れているのを見ると、スタンドを投げ捨て、イーフに駆け寄った。イーフはノーラを両腕に抱きしめた。

「だいじょうぶか?」

ノーラはうなずき、片手を口に当ててレッドファーンを指さした。イーフがそちらに目をやると、首から蛭の群れが這い出していた。血をいっぱいに吸ったように赤い蛭が何匹も、レッドファーンの首の傷口からあふれだしてくる。部屋の電気をつけたとたん、いっせいに逃げ出すゴキブリの群れのように。イーフとノーラは、開いた戸口のところまであとずさった。

「いったいなにが起きたんだ?」とイーフ。

ノーラはようやく口に当てた手を離した。「ミスター・リーチよ」

そのとき、廊下からうめき声が響き——ジムだ——ふたりはあわてて手当てをしにいった。

間奏曲3　反乱――一九四三年

　灼熱の八月がカレンダーを焼き焦がす。吊り天井に梁を渡す大工仕事をしているエイブラハム・セトラキアンは、なによりそれを重荷に感じていた。太陽は毎日こんなふうに容赦なく照りつけてくる。しかし、それ以上に、夜がいやだった。寝台、故郷の夢……。かつてはそれが絶滅収容所の恐怖から逃れる唯一の休息時間だったのに、いまはふたつの、おなじように無慈悲な主人の人質となっている。

　黒いもの、サルデューは、週に二度、エイブラハムのバラックを定期的に訪れ、給餌するようになっていた。おそらく、他のバラックでもおなじようにしているのだろう。サルデューがもたらす死は、衛兵にも囚人にもまったく気づかれなかった。ウクライナ人の衛兵は死体を自殺として処理したし、ＳＳにとっては、台帳に記入する文字が変わるだけのことだった。

サルデューの最初の訪問からの数カ月、エイブラハムは、あれほどの悪を自分が打ち負かすという考えにとり憑かれ、調べられるかぎりのことを調べていた。地元の囚人から聞き出した話では、周囲に広がる森のどこかに、古代の地下墓地があるという。それがあいつのねぐらにちがいない。夜ごとそこからやってきて、おぞましい渇きを満たしているのだ。

エイブラハムが真の渇きを理解したとすれば、それはこの日だった。給水係は、囚人のあいだをたえず巡回しているが、それでも囚人の多くは熱中症の餌食になる。燃える穴は、その日も多くの人体を与えられた。

エイブラハムは、なんとか必要なものを集めた。生木のホワイトオークと、その先端につける少量の銀。ストリゴイ、吸血鬼を殺すための古い方法だった。何日もかけて木の先端を尖らせてから、銀を装着した。それをこっそり自分の宿舎に持ち込むだけで、二週間がかりの計画の大半を要した。自分の寝台のすぐうしろの空いているベッドにそれを隠した。どう見ても武器だから、もし衛兵に見つかったら、その場で処刑されるだろう。

ゆうべ、サルデューはいつもより遅い時刻に収容所にやってきた。エイブラハムは、息を殺してじっと横たわり、それが衰弱したルーマニア人から給餌しはじめるのを辛抱強く待った。

嫌悪感と良心の呵責を抱きつつ、赦しを求めて祈った——だがこれは、彼の計画にとって必要なことだった。飢えを満たしたあとなら、それの警戒もゆるむだろう。

宿舎の東の壁にある鉄格子つきの小さな窓から、間近に迫った夜明けの青い光が射し込んでくる。エイブラハムが待ちわびていた時刻。人差し指の先に針を刺して、かさかさの皮膚の上に深紅の半球をあふれさせた。しかし、次に起きたことにはまったく準備ができていなかった。

それが物音をたてるのは、一度も聞いたことがなかった。いつも完全な静寂の中で不浄な食事をとった。しかしいま、若いエイブラハムの血のにおいに、それはうめき声をあげた。その音は、乾いた木切れをひねったときにぽきぽきと軋む音か、詰まりかけた排水管に水がしぶきをあげながら流れてゆく音を思わせた。

ものの数秒で、それはエイブラハムの横に来ていた。

エイブラハムが用心深く杭を求めてうしろに手をのばしたとき、両者の視線が交差した。彼は、ベッドに近寄ってくるそれに目を向けざるを得なかった。

それは彼にほほえみかけた。

「われわれが生けるものの目を覗いて食事をしてから、長い年月が過ぎた」とそれはいった。「長い年月……」

その息は土と銅のにおいがした。その舌は口の中でカチカチと鳴った。その深い声は、たくさんの声が混じり合ったもののように聞こえた。人間の血を潤滑剤にしたかのように流れ出してくる。

「サルデュー……」その名を胸の中だけにとどめておくことができず、ひとりでに声が洩れた。

ぴかぴか光るビーズのような目が大きく見開かれ、ほんの一瞬、ほとんど人間の目のように見えた。

「この体の中にいるのはサルデューひとりではない」とそれがいった。「どうして彼に呼びかける？」

エイブラハムはベッドのうしろの杭を探り当て、ゆっくりと引き出し……。

「人間は、神と相まみえる前に自分自身の名前で呼ばれる権利がある」若さ特有の正義感にかられて、エイブラハムはいった。

それは愉快げにのどを鳴らした。「では、若者よ、おまえは自分の名をわたしに告げるがよい……」

エイブラハムは行動に移った。だが、杭の銀の先端がベッドにこすれて音をたて、それの心臓に突き刺す一瞬前に気づかれてしまった。

それは鉤爪をのばし、あと一センチで先端が胸に触れるというところで杭をつかんだ。

エイブラハムは反対の手で殴りかかり、杭をとりもどそうとしたが、その手も止められた。それはとげの先端でエイブラハムの首の横を切り裂いた――文字どおりまばたき一回の速さで小さな傷口をつくり、体を麻痺させる物質を注入した。

それはエイブラハムの体を両手でしっかりとつかみ、ベッドから持ち上げた。

「しかし、おまえが神と相まみえることはない」とそれはいった。「わたしは個人的に彼のことをよく知っているがね、あいにく、彼はもういない……」

エイブラハムは、それの鉤爪に万力のような力で両手を締めつけられ、失神寸前だった。この収容所でかくも長く彼を生き延びさせてくれた手が。苦痛で脳が破裂しそうになり、肺は空気を求めてあえぐが、悲鳴が口をつくことはない。

そのとき、それがエイブラハムの目を深く覗き込み、彼の魂を見た。

「エイブラハム・セトラキアン」とそれはのどの奥から声を出した。「気概に満ちた若者にしては、なんとやわらかで、なんと心地よい名前だ……」それはエイブラハムの顔に近づいた。「しかし、なぜわたしを倒そうとする、少年よ？　それほどの怒りをなぜわたしに向ける？　まわりを見ればわかるだろう。わたしが不在のあいだは、さらに多くの死がある。ここでは、わたしは怪物ではない。神だ。おまえの神とわたしの神――〝父〟のかくも長き不在……おまえの目の中に、おまえがもっとも恐れるものが見えるぞ、若きエイブラハム。そしてそれは、わたしではない……穴だ。いまから、わたしがおまえを穴に食わせ、神がそれを止めるためになにもしなかったらどうなるか、おまえの目に見せてやろう」

そして、ボキボキという残忍な音とともに、それは若いエイブラハムの両手の骨を砕いた。

若者は床に倒れ込み、折れた指を胸に抱えて、激痛に体をまるめた。その上に、陽光が薄く射し込んでいる。

夜明け。

それはシャーッと音を出し、もう一度、エイブラハムに近づこうとした。が、宿舎の囚人たちがベッドの上で目を覚ましはじめ、若いエイブラハムが意識を失う直前、それは姿を消した。

エイブラハム・セトラキアンは、点呼の前に、傷つき血を流しているのを発見され、診療室に運ばれた。怪我をして診療室に行った者は二度ともどらない。両手を骨折した大工など、収容所ではなんの役にも立たない。監督官はただちにエイブラハムの処分を承認した。彼は、点呼に応えられなかった他の囚人たちといっしょに燃える穴へとひきずっていかれ、ひざまずいて整列させられた。

濃く脂っぽく黒い煙が、無慈悲に照りつける頭上の熱い太陽を隠していた。エイブラハムは裸にされ、穴のへりまで連行された。骨折した手を抱え込み、穴を見つめ、恐怖に身震いした。

灼熱の穴ぐら。飢えた炎がねじれ、煤煙が催眠的なバレエの動きで立ち昇る。そして、処刑ラインのリズム——銃の発射音、弾倉が回転する音、薬莢が地面にぶつかるくぐもった金属音——がエイブラハムを死のトランス状態に誘い込んだ。目に映るのは、肉と骨を剝ぎとり、人間をただの物質へと還元してしまう炎。廃棄し、破砕し、焼却しうる肉の袋——炭素へとたやすく還元できる。

それは恐怖のエキスパートだが、人間がもたらすこの恐怖は、他のどんな非情な運命をも凌駕している。無慈悲だからというだけでなく、合理的かつ強制抜きに実行されるからだ。それは選択だった。この殺害は、戦争とはなんの関係もなく、悪以外のどんな目的にも利することはない。人間が他の人間にこの行為をなすことを選び、その欲望を論理的で組織だったやりかたで満足させるために、理由と場所と神話を発明したのだ。

列をつくって並ぶ男たちの後頭部にナチ将校が機械的に銃弾を撃ち込み、その体を前方の穴ぐらに蹴り落としていくあいだに、エイブラハムの意志はくじけた。吐き気を感じた。臭いのせいでも、眺めのせいでもない。自分の心の中に、もう神はいないのだと――絶対の確信をもって――知ったせいだった。心の中には、この穴ぐらしかない。

みずからの蹉跌《さてつ》と、みずからの信仰の敗北に涙しながら、若者はうなじにルガーの銃口が押しつけられるのを感じた。

首すじに触れる、もうひとつの口。

そのとき、銃声が響いた。庭の向こうで、囚人の作業員のひとりが監視塔を占拠し、収容所全体を制圧して、目につく制服の将校をかたっぱしから銃撃しはじめている。

うしろにいた男は、エイブラハムを穴のへりに残して逃げ出した。

となりにいたポーランド人が立ち上がって走り出し――そして、若いエイブラハムの体に意志が甦った。両手を胸に押しつけ、彼もまた、裸で走り出した。カモフラージュされた有刺鉄線のフェンスに向かって。

そこらじゅうで銃弾が飛び交っている。衛兵も囚人も血を噴いて倒れてゆく。穴以外の場所からも煙が立ち昇り、収容所のいたるところで火の手が上がっている。エイブラハムはフェンスにたどりつき、だれか知らない人間の手でひっぱりあげてもらい、反対側に飛び降りた。

横たわっているまわりでは、ライフルやマシンガンの銃弾が地面をえぐり、今度もまた、見知らぬ人間の手がのびて助け起こし、立ち上がらせてくれた。

そして、身も知らぬ恩人たちが銃弾に倒れてゆくなか、エイブラハムは走りに走り、気がつくと涙を流していた……神の不在の中で、彼は〝人〟の真実を知った。人を殺す人、人を助ける人。どちらも無名――災厄と恩寵。

選択の問題。

何キロも何キロも走りつづけた。オーストリア軍の増援部隊が接近してきても。足の裏は傷つき、足の指は石にぶつかって折れたが、フェンスを越えたいま、彼を止められるものはなにもなかった。心にはたったひとつの目的しかなかった。ついに森にたどりつくと、闇の中にくずおれ、夜に身を隠した。

夜明け

マンハッタン、東五一丁目、ニューヨーク市警一七分署

管区本部の雑居房で、壁ぎわのベンチに腰を下ろしたセトラキアンは、すこしでも居心地をよくしようと姿勢を変えた。ゆうべはガラス壁の保健室で一晩じゅう待たされた。そのときいっしょだった泥棒や酔っぱらいや変態どもは、いま、おなじ檻に閉じ込められている。長い待ち時間のあいだ、セトラキアンは検屍局本部の前で自分が引き起こした騒動についてとっくり考え、米国疾病対策機関の代表者であるドクター・グッドウェザーに接触する千載一遇のチャンスをふいにしたことをさとった。

もちろん、頭のおかしい老人にしか見えなかったにちがいない。冷静さを失っていた。

回転の止まりかけた独楽《こま》のように、精神状態が不安定になっている。恐怖と希望の境界線上でじっとこの瞬間を待ちつづけた歳月が長すぎたのだろう。

老いることの中には、自分自身の状態をたえずチェックすること、手すりをしっかりつかんでいること、自分がいまも自分だとたしかめることが含まれている。

いや。だいじょうぶ、ちゃんとわかっている。いまの自分にとって唯一の課題は、絶望のあまり狂気にかられずにいることだ。こうしてミッドタウンの警察署に囚われているあいだに、周囲では……。

頭を使え、能なしの年寄りめ。ここを出る方法を考えろ。おまえはこれよりはるかにひどい場所からも脱出したじゃないか。

頭の中で留置手続きデスクでの出来事をリプレイした。姓名と住所を告げ、治安妨害と不法侵入の容疑について説明を受け、ステッキ（「個人的にきわめて重要なものなのです」と巡査部長に説明した）と心臓疾患用の錠剤の所有物保管書類にサインしている最中、十八、九歳のメキシコ系の若者が背中にまわした両手に手錠をかけられて連行されてきた。手荒く扱われたと見えて、若者の顔は傷だらけで、シャツが破れていた。

セトラキアンの目を引いたのは、若者の黒いズボンとシャツにいくつか開いている焼け焦げの穴だった。

「いいかげんにしろよ、ったく！」刑事に前へ押し出されてきた若者は怒鳴った。「あのオカマ《ブート》はいかれてた。頭がおかしいんだよ。真っ裸で、通りを走ってた。人を襲ってたんだ。こっちにも迫ってきやがった！」刑事たちが若者を乱暴に椅子へと押し込んだ。「おまえらは見てねえだろ。あのクソ野郎は白い血を流してた。口の中にとんでもない……妙なもんがあったんだよ！ ありゃあ、人間じゃなかった！」

刑事のひとりがペーパータオルで顔の汗を拭きながら、セトラキアンの聴取を担当している巡査部長のパーティションにやってきた。「いかれメキシコ野郎だ。補導歴二回の強者《つわもの》で、十八になったばかり。今回は喧嘩で人を殺した。あいつと仲間とで男を襲って身ぐるみ剝いだ。タイムズスクエアのど真ん中で、被害者《マルガイ》を裸のままおっぽりだそうとしたんだな」

巡査部長は目玉をぐるっとまわしてみせただけで、キーボードを叩きつづけた。セトラキアンに次の質問をしたが、彼は聞いていなかった。椅子のかたさも、大昔に骨折した指がつくるいびつなこぶしも、ほとんど意識していなかった。対面したくないものと対面することを考えただけで、パニックに支配されそうになる。未来が見えた。引き裂かれる家族、絶滅、苦痛の黙示録。闇が光を統《す》べ、地上に地獄が出現する。

その瞬間、セトラキアンは、自分がこの惑星上でもっとも年老いた男になったような気がした。

とつぜん、どす黒いパニックが、それとおなじぐらいどす黒い衝動にとってかわられた。復讐。第二のチャンス。レジスタンス。戦い――来《きた》るべき戦争――は、彼、エイブラハム・セトラキアンからはじまる。

ストリゴイ。

疫病はすでに蔓延しはじめている。

ジャマイカ病院メディカル・センター隔離病棟

ジム・ケントは、私服のまま病院のベッドに横たわり、ぶつぶつ文句をいっていた。

「ばかばかしい。こんなに元気なのに」

イーフとノーラはベッドの両側に立っていた。

「だったら予防措置だと思え」とイーフはいった。

「なんにもなかったんですよ。きっと、ドアを開けたとたん、あいつに殴り倒されたんだ。一分ほど気を失ってたんだと思う。たぶん、軽い脳震盪で」

ノーラはうなずいた。「それだけよ、ジム。まだまだ働いてもらうから。ただ、念には念を入れてチェックしておきたいだけ」

「でも——どうして隔離を？」

「いいじゃないか」イーフは無理やり笑顔をつくった。「もうここにいるんだし。それに、この病院のまるまる一棟をひとり占めしてるんだぞ。ニューヨーク・シティ最高の待遇だ」

ジムの笑みからは納得していないことがうかがえた。「わかりましたよ」とようやくいう。「でも、せめて電話を持たせてもらえませんかね。仕事をしてるって気分になれるように」

「そいつは手配できると思う。いくつか検査が済んだら」

「それと——シルヴィアにおれはだいじょうぶだと伝えてください。パニックを起こしそうだから」

「そうだな」とイーフ。「ここを出たらすぐ連絡するよ」

病室をあとにしてから、隔離病棟を出る手前のところで、ふたりは足を止めた。

「彼に話さなきゃ」とノーラ。

「なにを？」訊き返したイーフの口調はちょっと鋭すぎた。「なにを相手にしているのかをまずつきとめる必要がある」

病棟の外に出ると、かたそうな髪を幅の広いヘアバンドでまとめた女性が立ち上がった。ロビーから持ち込んだプラスチックの椅子にすわって待っていたらしい。ジムの恋人のシルヴィアだ。東八十何丁目だかのアパートメントでジムと同居し、ニューヨーク・ポスト紙に星占いの記事を書いている。シルヴィアは五匹の飼い猫、ジムは一羽のフィンチをアパートメントに持ち込み、緊張に満ちた家庭生活を営んでいるらしい。

「入れる？」とシルヴィアがたずねた。

「悪いけど、隔離病棟の規則でね——医療関係者以外は立ち入り禁止なんだ。でも、ジムからの伝言で、もう具合はよくなったからって」

シルヴィアはイーフの腕をつかんだ。「で、ほんとのところはどうなの？」

イーフは如才なく、「健康そのものに見えるよ。いくつか検査をしたいだけだ、念のために」

「意識を失ったって聞いたわ。ちょっとぼうっとしてたって。どうして隔離病棟に？」

「ぼくらの仕事のやりかたは知ってるだろ、シルヴィア。あらゆる悪い可能性を排除する。一段階ずつ進む」

シルヴィアは同性からの保証を求めるようにノーラを見た。

ノーラはうなずいて、「できるだけ早く家に帰れるようにするから」

病院の地下に降りると、モルグの入口で事務の女性が待っていた。「ドクター・グッドウェザー。これはまったく異例の事態です。このドアが施錠されることはありませんし、病院側としては、なにが起きているのかつねに連絡を受けることを強く求めます」

「あいにくですが、ミズ・グレアム」とイーフは相手の職員IDの名前を読んで、「これはCDCの公的な任務ですので」役人みたいに地位をふりかざすのは嫌いだが、政府に雇われているという立場が有利に働く場合もある。「ご協力に感謝します」といってモルグに入り、ドアをロックした。

照明が自動的に点灯した。レッドファーンの遺体は、シーツをかぶせられてスチールの台に載っている。イーフは照明スイッチのそばにある箱の中から手袋をとり、解剖器具のカートを開いた。

「イーフ」ノーラが手袋をはめながら、「死亡証明書もまだなのよ。いきなり解剖するわけにはいかないわ」

「手続きを踏んでいる時間はない。ジムがどうなるかわからないんだ。それに――そもそもレッドファーンの死をどう説明すればいいのかもわからない。どう見ても、ぼくがこの男を殺したということになる――自分の患者を」

「正当防衛でしょ」

「ぼくには正当防衛だとわかっている。きみにもわかっている。しかし、それを警察に説明している時間がないんだよ」

イーフは大きなメスを手にして、レッドファーンの胸のY字切開にとりかかった。左右の鎖骨から胸骨のてっぺんに向かって斜めにメスを入れ、そこから体幹の中心線に沿って、まっすぐ恥骨まで腹部を切開する。それから、皮膚とその下の筋肉をめくり上げ、胸郭と腹腔を露出させた。検屍解剖の手順をひとつずつ消化している時間はないが、レッドファーンの不完全なMRIにあらわれていたいくつかの異常についてたしかめる必要がある。

やわらかいゴムホースを使って、白い血のような漏出液を洗い流し、胸郭の下の臓器を目視する。胸腔は信じられないありさまだった。ごちゃごちゃと詰め込まれた不気味な黒いかたまりは、縮んだ臓器にくっついている血管に似た細長い管を通じて栄養を与えられているようだ。

「なんてこと」とノーラがいった。

イーフは肋骨越しにその腫瘍らしき黒いかたまりを検分した。「こいつが体を乗っ取っている。心臓を見ろ」

いびつに縮んでいる。動脈構造も変化して、循環系は単純化され、冠動脈そのものも黒い癌のような病巣におおわれている。

「ありえない。着陸から三十六時間しか経ってないのに」とノーラ。

イーフはレッドファーンの首の皮を剝ぎ、のどを露出させた。新たな器官は、首の真ん中あたりに根を張り、前庭ヒダから生えている。とげとして機能するらしい突起物は収縮した状態だった。気管に直結し、癒着したその生育物は、悪性腫瘍のように見える。イーフは解剖をここで止めることにした。いずれ時間ができたときに、この筋肉だか臓器だかをそっくりそのままとりだして、まるごと研究し、機能を調べることになるだろう。

そのとき、イーフの電話が鳴った。イーフは体の向きを変え、ノーラの汚れていない手袋の手でポケットから携帯をとりだしてもらった。

「検屍局からよ」とディスプレイを見たノーラがいう。イーフのかわりに電話に出ると、しばらく話を聞いてから、送話口に向かっていった。「すぐ行きます」

マンハッタン、ニューヨーク市検屍局

イーフとノーラが三〇丁目通りと一番街の角の検屍局本部に到着したのは、バーンズCDC局長と同時だった。局長はちょうど車を降りたところ。その山羊ひげと海軍スタイルの制服は見ちがいようがない。モルグ棟の青緑色の正面玄関前に陣どる警察車とTVの報道クルーで、交差点は大混雑だった。

身分証を提示して中に入ると、ニューヨーク市検屍局長のドクター・ジュリアス・ミルンシュタインのところまでまっすぐ通された。ミルンシュタインは、頭の両サイドと後方に茶色い房が残るだけの禿頭で、グレーのスラックスの上に必需品の白衣を着込み、不機嫌な顔をしている。元来、気むずかしい性格の人物だ。

「夜のうちに侵入されたらしい――よくわからんが」ドクター・ミルンシュタインは、ひっくりかえったコンピュータ・モニターと、コップから落ちた鉛筆を見ながらいった。

「夜勤のスタッフはまだだれも電話連絡がつかん」電話を耳に当てている女性アシスタントに目顔で確認を求めると、相手は首を振った。「こっちへ」

地下モルグは、すべてきちんとしているように見えた。清潔な解剖台、カウンター、天秤、計量器具類。破壊の痕跡はない。ドクター・ミルンシュタインが先に立って冷蔵

室へと向かい、イーフ、ノーラ、バーンズ局長が合流するのを待った。

遺体保管室はからっぽだった。ストレッチャーはすべてそのままで、投げ捨てられたシーツが二、三枚と、衣服が数点残されていた。左側の壁ぎわには十体ほどの遺体。ただし、753便の犠牲者の遺体はすべて消えていた。

「いったいどこに？」とイーフ。

「わからん」とドクター・ミルンシュタイン。「ただ消えた」

バーンズ局長はまじまじと彼を見つめ、「夜のうちにだれかが押し入って、四十数体の遺体を盗み出したと？」

「わけがわからんのはこっちもおなじだよ、ドクター・バーンズ。あんたのところのだれかが情報を与えてくれるのを期待していたんだが」

「まあとにかく」とバーンズ。「ただ歩いて出ていったはずもない」

「ブルックリンはどうなんです？　クイーンズは？」とノーラがたずねた。

「クイーンズからはまだ連絡がない」とドクター・ミルンシュタインが答えた。「しかし、ブルックリンからは同様の報告があった」

「同様の？」とノーラ。「飛行機の乗客の遺体が消えたと？」

「まさしく」とドクター・ミルンシュタイン。「きみたちに来てもらったのは、もしかしたらおたくの組織が死体を無断で運び出したのかもしれないと考えてのことだ」

バーンズはイーフとノーラに目を向けた。ふたりは首を振った。

「なんということだ」とバーンズ。「連邦航空局に連絡しなければ」

イーフとノーラは、ドクター・ミルンシュタインに声が聞こえない場所までバーンズ局長をひっぱっていった。「話があります」とイーフは切り出した。

局長はふたりの顔をかわるがわる見やり、「ジム・ケントの具合は？」

「元気そうです。本人も元気だといっています」

「いいだろう」とバーンズ。「それで？」

「首に貫通創があり、のどに達しています。753便の犠牲者とおなじです」

バーンズは顔をしかめた。「どうしてそんなことが？」

イーフはMRI室からレッドファーンが逃げ出したことと、それにつづく襲撃とについて、かいつまんで説明した。大判のX線写真用封筒からMRI写真を一枚とりだし、壁のシャウカステンにセットしてからバックライトのスイッチを入れた。「これは機長の〝以前〟の写真です」

写真に映っている臓器はすべて正常に見える。

「それで？」とバーンズ。

「こちらが〝以後〟の写真」イーフは影の群れにおおわれたレッドファーンの体幹のMRI写真をシャウカステンに置いた。

バーンズはハーフグラスをかけた。「腫瘍か？」

「なんというか、これは、その……説明がむずかしいんですが、新しい体組織で、二十四時間前には健康そのものだった臓器から養分を吸収しています」

バーンズ局長は眼鏡をはずし、また顔をしかめた。「新しい体組織？ いったいどういう意味だ？」

「こういう意味です」イーフは三枚目のMRI写真をセットした。レッドファーンの首の内部が映っている。舌の下側にある新しい器官がはっきり見える。

「なんだこれは？」とバーンズ。

「とげ《ステインガー》です」とノーラ。「一種の。筋肉組織があって収縮可能。肉質です」

バーンズは、気でも狂ったんじゃないかといいたげな顔でノーラを見た。「とげ？」

「はい」イーフはすばやく援護にまわった。「ジムの首すじの刺創も、このとげによる傷だと思われます」

バーンズはふたりの顔をかわるがわる見やり、「事故の生存者のひとりがのどからとげを生やし、それでジム・ケントを襲ったというのかね」

イーフはうなずき、その証拠として、もう一度MRI写真を指さした。「残りの生存者を隔離する必要があります、局長」

バーンズがノーラに目を向けると、彼女もきっぱりうなずいた。

「つまりきみたちの推論は……この腫瘍状の生育物、生物学的な変形が……伝染すると？」

「ええ、それがわれわれの仮説であり、危惧するところです」とイーフ。「ジムも感染しているおそれがあります。とにかく、この症候群の経過を確定しないかぎり、正体をつきとめてジムを治す見込みはありません」

「きみはその……その伸縮するとげとやらをその目で見たと？」

「ええ。ノーラも」

「で、レッドファーン機長はいまどこに？」

「病院です」

「予後は？」

「はっきりしません」ノーラに口をはさむ隙を与えず、イーフは答えた。

バーンズは、なにかがおかしいと勘づきはじめたような顔でイーフを見た。

「局長にお願いしたいのは、他の生存者に医療処置を受けることを強制する命令だけです」

「三人の人間を強制的に隔離することは、三百万人の人間にパニックを引き起こす潜在的な可能性がある」バーンズは、最終的な確認を求めるように、もう一度ふたりの顔を見つめた。「これが遺体の消失となんらかのかたちで関係していると思うかね」

「わかりません」あやうく、考えたくありませんというところだった。

「いいだろう」とバーンズがいった。「手続きにかかろう」

「手続き？」

「いくつか手順を踏む必要がある」

「いますぐ必要なんです。たったいま」

「イーフリアム、いま聞かされた症例はたしかに特異かつ憂慮すべきものだが、いまのところ単発のもののようだ。同僚の健康を心配する気持ちはわかるが、隔離を法的に強制するには大統領命令をとりつける必要がある。いくらわたしでも、そんなものを財布に入れて持ち歩いているわけじゃない。パンデミックの可能性を示唆する証拠はいまのところ見当たらない。したがって、通常の手順を踏むことになる。それまでは、三人の生存者を悩ませることは控えてくれ」

「悩ませる？」

「われわれが職務の範囲を逸脱しなくても、じゅうぶん大きなパニックが広がることになる。指摘するまでもないことだが、もし三人の生存者がじっさいに問題の病気を発症しているのだとしたら、もうわれわれの耳に入っているはずじゃないかね」

イーフは答えられなかった。

「追って連絡する」

そういって、バーンズは電話をかけるために出ていった。

ノーラがイーフの顔を見た。「おねがいだから――」

「おねがいだから?」ノーラには見すかされている。

「おねがいだから、生存者のところにようすをたしかめにいくのはやめて。あの女弁護士を怒らせるとか、他のふたりをこわがらせるとかしたら、ジムを助けるチャンスがふいになってしまう」

イーフが憤然と反論しようとしたとき、外のドアが開き、ふたりの救急隊員がボディバッグを載せたキャスターつきのストレッチャーを押して入ってきた。モルグの係員ふたりがそれを出迎える。死者はこの謎が解かれるのを待っていてはくれない。ただこうして到着しつづける。本物の疫病に直面したニューヨーク・シティがどんなことになるか、イーフはありありと予見できた。数週間で公共サービス――警察、公衆衛生、葬儀

――が追いつかなくなり、そのあとは、腐敗する死体が悪臭を放つ堆肥の山になってゆく。

モルグ係員のひとりがボディバッグのファスナーを途中まで下ろしたところで、プロらしくもないあえぎを洩らしてあとずさった。手袋をしたその手から、オパールのように輝く白い液体が滴り落ちる。液体は黒いゴム製のバッグから浸み出し、ストレッチャーの横からも滴っていた。

「なんなんだ、こいつは？」係員は、げっそりした顔で戸口に立つ救急隊員ふたりに向かってたずねた。

「交通事故」と片方が答える。「喧嘩のあと、車に轢かれた。どうかな……きっと、牛乳トラックかなんかだったんだろ」

イーフはカウンターに置いてある箱からとった手袋をはめ、バッグに近づくと、中を覗いた。「頭部は？」

「中です」ともうひとりの救急隊員。「どこかに入ってる」

遺体は頭部が肩の上で切断され、首のつけ根の部分にはぶよぶよした白いかたまりが飛び散っている。「しかも、この男は全裸だったんですよ」と救急隊員。「まったく、たいへんな夜だ」

イーフはファスナーをいちばん下まで下ろした。頭のない遺体は、肥満した男性で、年齢は五十歳前後。そのとき、足に気がついた。

はだしの太い足首にひもを巻きつけた跡がある。まるで、遺体分別タグのような……。

ノーラもそれに気づき、顔面が蒼白になった。「いま、喧嘩といったか？」とイーフ。

「そう聞きましたよ」救急隊員が答えて、ドアを開けた。「じゃあこれで。あとはよろしく」

イーフはファスナーを閉めた。タグの跡を他人の目に触れさせたくなかった。答えられない質問をぶつけられたくなかった。

ノーラのほうを向き、「あの老人……」

ノーラはうなずいた。「遺体を焼却しろといってた」

「紫外線光のことも知っていた」イーフはラテックスの手袋をはずし、隔離病棟にひとりで横たわるジムのことを思った。彼の中でなにが育ちつつあるのかは神のみぞ知る。

「ほかになにを知っているのか、たしかめる必要がある」

マンハッタン、東五一丁目、ニューヨーク市警一七分署

セトラキアンは、部屋並みの大きさの檻に閉じ込められていた。いっしょに収容されているのは十三人。そのうちひとりは、首に生々しい傷があり、檻の隅にすわって、両手に唾をすりこんでいる。

もちろん、セトラキアンはこれよりもっとひどい——ずっとひどい場所を体験している。べつの大陸、べつの世紀で。第二次大戦中、彼はルーマニア系ユダヤ人として、トレブリンカの名で知られる絶滅収容所に拘禁されていた。一九四三年に収容所が暴動によって崩壊したとき、彼はまだ十九歳の少年だった。いまの彼の年で収容所に入っていたら、二日と保たなかっただろう——いや、収容所にたどりつく前に、護送列車の中で死んでいたかもしれない。

セトラキアンは、ベンチで自分のとなりにすわっているメキシコ系の若者に目をやった。さっき、留置手続き中に見かけた若者だ。戦争が終わったときのセトラキアンとおなじぐらいの年ごろ。頰に青いあざがあり、目と目のあいだの切り傷には乾きかけた黒い血がこびりついている。だが、感染はしていないようだ。

むしろ、となりで寝ている連れのほうが気になった。ベンチの上で横向きになって体をまるめたまま、身動きもしていない。

ふてくされた顔ですわっていたメキシコ系の若者、オーガスティン・エリザルディ——通称ガス——がセトラキアンの視線に気づき、警戒するように目を上げた。「なんか問題でもあんのかよ」

同房の男たちは、メキシコ系のギャングと老いたユダヤ人のあいだで喧嘩がはじまるんじゃないかという期待で、にわかにふたりを注目している。

「たしかに大きな問題を抱えている」とセトラキアンは若者に答えた。

ガスは老人をじろっとにらみ、「そんなの、みんなそうだろ」

退屈をまぎらわしてくれる騒動にはなりそうもないと見てとったらしく、他の連中は目をそらした。セトラキアンは、体をまるめて寝ている連れの男のほうにじっと目を向けた。片腕で顔をおおい、両ひざは胎児のようにぎゅっと体に引き寄せている。

ガスはあらためてセトラキアンの顔を見て、思い出したように、「知ってるぞ、あんたのこと」

セトラキアンはうなずいた。もう慣れっこになっている。「一一八丁目」

「ニッカーボッカー質店か。なるほど——あんた、おれの兄貴のケツをブッ叩いたことがあるだろ」

「盗んだのか？」

「盗もうとした。金鎖。いまじゃ廃人同様のヤク中だが、そのころはタフな男だった。おれより何歳か年上で」

「もっと分別があってしかるべきだったな」

「あったさ。なんで盗みに入ったか。金鎖はただの勲章だった。街の連中に逆らいたかったんだよ。みんなが警告した。あの質屋には手を出すな、って」

「あの店を引き継いだ最初の週、正面のガラスを割られた。わたしはガラスを交換し、それからずっと見張りをつづけた。次にガラスを割ろうとしたやつを捕まえて、うちの店に手を出したらどんな目に遭うかを思い知らせて、仲間たちに噂が広まるようにした。もう三十年以上前の話だ。それ以降、ガラスに問題は起きていない」

ガスは、ウールの手袋をした老人の手のねじれた指先に目をやり、「その手はどうしたんだ？　盗みの現場を押さえられたのか？」

「いや、盗みではない」老人は手袋をしたまま両手をこすりあわせた。「古傷だ。医者の手当てを受けるのが遅すぎてな」

ガスは、親指と人差し指のあいだの膜がふくらむようにこぶしをつくり、そこに彫られたタトゥーを老人に見せた。三つの黒い円。「あんたの店の看板とおなじデザインだ」

「三つの玉は、古くから伝わる質屋のシンボルだ。しかし、おまえのそれは意味がちがう」

「ギャングのしるしで」といって、ガスは体をそらせた。「泥棒の意味だ」

「しかし、うちの店からはなにも盗んでいない」

「あんたの知るかぎりじゃな」とガスはにんまりした。

セトラキアンはガスのズボンに目をやった。黒い布地にいくつも焼け焦げた穴が開いている。「人をひとり殺したそうだな」

ガスの顔から笑みが消えた。

「怪我はしなかったか？　顔のその傷は、逮捕されたときのものか？」

ガスは警察の内通者じゃないかと疑うような目で老人をにらみつけた。「それがどうした？」

「あの男の口の中を見たか？」老人はほとんど祈りを捧げるように、前に身を乗り出している。

「なにを知ってる？」

「わたしが知っているのは」老人は顔を伏せたまま、「この街に疫病が放たれたことだ。そして、いずれ世界に広がること」

「病気なんかじゃない。頭のいかれたサイコ野郎が、いかれた舌を……口の中から……」声に出していうと馬鹿みたいに響くことに気づき、ガスは途中で口をつぐんだ。「で、それがどうした？」

「おまえが戦った相手は死人だ。疫病にとり憑かれていた」

ガスは太った男の顔に浮かんでいた、うつろな飢えた表情を思い出した。あの白い血。

「なんだと——くそゾンビ《ピンチェ》みたいにか？」

「むしろ、黒マントの怪人の系統だ。牙。おかしなアクセント」老人はガスの耳のほうに顔を近づけた。「しかるのち、そこからマントと牙を取り去る。おかしなアクセントも。妙ちきりんな要素をすべて抜く」

ガスは老人の言葉にじっと耳を傾けた。知る必要がある。老人の陰気な声、憂鬱な不安には伝染性があった。

「これからいうことをよく聞け」と老人はつづけた。「そこにいるおまえの仲間は、感染している。要するに——咬まれている」

ガスは、動かないフェリックスを見やった。「いや。ちがう。やつはただ……おまわりだ。おまわりに殴られただけだ」

「彼は変成しつつある。おまえの理解を超えたなにかに支配されている。人間を人間ならざるものへと変える病。その男はもうおまえの仲間ではない。変わってしまった」

太った男がフェリックスの上にのしかかっていたのをガスは思い出した。狂った抱擁。男の口がフェリックスの首すじに迫る。その瞬間のフェリックスの顔――恐怖と畏れの表情。

「彼の体の熱を感じるだろう？　代謝システムが全力で稼働している。変成は莫大なエネルギーを要する――痛みをともなう劇的な変化が、いま彼の体内で進行している。体の新しい状態に合わせて、寄生体のような器官が発達する。彼は給餌生物へと変態しつつある。感染後十二時間から三十六時間――おそらくは今夜のうちに、彼は起き上がる。そのとき、彼は渇いている。その渇望を満たすためならどんなことでもする」

ガスは凍りついたように、身じろぎもせずじっと老人を見つめた。

「その友人を愛しているのか？」

「なんだと？」

「わたしがいう〝愛〟とは、敬意、尊敬のことだ。もし友人を愛するなら――変成が完了する前に滅ぼすことだ」

ガスは目をすがめた。「滅ぼす？」

「殺すのだ。さもないと、彼がおまえを変えることになる」

ガスはゆっくりとかぶりを振った。「しかし……あんたの話だと、やつはもう死んでるんだろ……どうして殺せる？」

「方法はいくつかある」とセトラキアンはいった。「襲ってきた相手はどうやって殺した？」

「ナイフ。口から出てきたもの――あのクソをナイフで切った」

「のどは？」

ガスはうなずいた。「そっちもだ。それからトラックがぶつかって、仕上げをした」

「頭を胴体から切り離すのはもっとも確実な方法だ。太陽の光――直射日光も有効だ。ほかにも、もっと古典的な方法がある」

ガスはフェリックスのほうを向いた。身じろぎもせずじっと横たわり、かろうじて息をしているだけ。「どうしてだれもこのことを知らない？」頭がおかしいのはどっちだろうと思いながら、ガスはセトラキアンに向き直った。「あんたはいったい何者なんだ、じいさん？」

「エリザルディ！　トレス！」

老人との会話に没頭するあまり、ガスは警官が入ってきたことに気づいていなかった。自分とフェリックスの名を呼ぶ声に顔を上げると、格闘用の防備をかため、ラテックスの手袋をした四人の警官が近づいてくるところだった。なにが起きているのかもよくわからないうちに、ガスは警官に体を拘束され、立たされていた。

警官はフェリックスの肩とひざを叩いた。フェリックスが起きないのを見てとると、ふたりがかりで体を持ち上げた。両脇の下に肩を入れて、がっくり首をうなだれ力なく足をひきずるフェリックスを連れ出した。

「頼む、聞いてくれ」セトラキアンは立ち上がって、警官たちの背中に声をかけた。

「その男――彼は病気だ。危険な病にかかっている。伝染性がある」

「だからこうやって手袋をしてるんだよ、じいさん」と警官のひとりが答えた。ぐったりしたフェリックスの腕をねじりあげ、戸口を通過する。「性感染症《STD》はしじゅう相手にしているからな」

「ちゃんと聞きなさい、その男は隔離の必要がある」とセトラキアン。「独房に入れろ」

「心配ないよ、じいさん。殺人犯はいつも特別待遇だから」

ガスの目はなおも老人を見つめている。しかし、雑居房の扉が閉ざされると、ガスは警官に連行されていった。

マンハッタン、ストーンハート・グループ

そこは偉大な男の私室だった。

自動制御の室温と湿度は、手をのばせば届く距離にある小さなコンソールで調節できる。加湿器のしゅーっという音が空気清浄機や換気システムのささやきと調和して、赤ん坊を寝かしつける母親の静かな声のように聞こえる。

すべての人間は夜ごと子宮の中でまどろみ、赤ん坊のように眠るべきだと、エルドリッチ・パーマーは思っていた。

日没までにはまだ何時間もあるが、パーマーは夜が待ちきれなかった。いまや、すべてが動き出した――菌株《ストレイン》は、複利方式の指数関数的な力でニューヨーク・シティ全体に広がりはじめている。夜ごと倍々ゲームで増えてゆく――パーマーは貪欲な銀行家の上機嫌な鼻唄を歌った。経済的な成功ならすでにじゅうぶんすぎるほど何度もおさめてきたが、そのどれひとつとして、今回の成功ほどパーマーに活力を与えたことはなかった。はかりしれない努力がついに実を結んだのだ。

ナイトスタンドの電話が一度だけ鳴り、受話器のランプが明滅した。この番号にかか

ってくる電話はすべて、彼の看護師でありアシスタントであるミスター・フィッツウィリアム、完璧な判断力と分別を有する人物によってふるいにかけられている。「お電話でございます」

「だれだね、ミスター・フィッツウィリアム」

「ミスター・ジム・ケントです。緊急の用件だそうで。いまおつなぎします」

ほどなく、パーマーが周到に配置したストーンハート・ソサイエティのメンバーのひとりであるミスター・ケントが電話に出た。「もしもし」

「用件を。ミスター・ケント」

「はい――聞こえますか？　大きな声が出せないもので……」

「聞こえるよ、ミスター・ケント。前回は途中で切れたが」

「はい。機長が検査の途中で逃げ出しまして」

パーマーはにっこりした。「いまも姿を消している？」

「いいえ。どうすればいいかわからなかったので、病院の中であとを追いましたが、ドクター・グッドウェザーとドクター・マルティネスが機長を発見しました。レッドファーンは無事に連れもどされたという話ですが、まだ状態を確認できていません。ある看護師の話では、いまここにいるのはわたしひとりのようです。それに、カナリア・プロジェクトのメンバーが地下の部屋を封鎖し占有しているとか」

パーマーは渋い顔になった。「きみがひとりでいる場所とは？」

「隔離病棟です。たんなる予防措置です。レッドファーンに殴られたらしく、わたしはしばらく意識を失っていました」

しばしの沈黙のあと、パーマーはいった。「なるほど」

「カナリア・プロジェクトのなにを調べればいいのかを具体的に教えていただければ、もっとお役に立てると思います」

「病院内の部屋を占有していると？」

「地下です。モルグかもしれません。のちほど確認してご報告します」

「どうやって？」

「ここを出たらただちに。いくつか検査を済ませる必要があるというだけですから」

パーマーは、ジム・ケントが疫学の専門家ではないことを思い出した。カナリア・プロジェクトのまとめ役だが、医学的な訓練は受けていない。「声がかすれているね。のどを痛めているんじゃないかね、ミスター・ケント」

「ええ。ちょっとひりひりするだけですが」

「ふむ。ごきげんよう、ミスター・ケント」

パーマーは電話を切った。ケント本人の感染はいらだちの種という程度だが、病院のモルグに関する報告はやっかいだ。もっとも、価値ある計画には克服すべき障害がつきものだ。長年にわたるビジネスの経験から、停滞や陥穽こそが最後の勝利を甘美なものにするのだとわかっていた。

パーマーはもういちど子機を手にとり、＊印のボタンを押した。

「ご用でしょうか」

「ミスター・フィッツウィリアム、われわれはカナリア・プロジェクトの連絡員を失った。今後、彼の携帯からの着信は無視してくれ」

「かしこまりました」

「それと、クイーンズにチームを派遣してほしい。ジャマイカ病院メディカル・センターの地下に、回収を要するものがあるかもしれない」

ブルックリン、フラットブッシュ

アン・マリー・バーバーは、すべてのドアが施錠されていることをもういちど確認してから、すべての部屋を二階から一階へと順ぐりに二度ずつ見てまわり、気持ちをおちつかせるためにすべての鏡に二度ずつ手を触れた——鏡の前を通るたび、かならず右手の人差し指と中指をのばして表面にさわり、こくんと頭をうなずかせる。礼拝のときに片ひざを折るのと似たような、リズミカルなルーティンだった。そのあと、三度めの巡回で、窓ガラス洗浄液《ウインデックス》と聖水を半々にブレンドしたものに浸した布を使って、納得がいくまですべての鏡を拭き清めた。

ようやく心の動揺が静まると、ニュージャージー州の中部に住んでいる義妹のジーニーに電話をかけた。

「ふたりとも元気よ」とジーニーはいった。彼女はきのう、子どもたちを連れにきてくれた。「行儀よくしてるし。アンセルの具合はどう？」

アン・マリーは目を閉じた。涙があふれだす。「わからないの」

「よくなった？　わたしが持っていったチキンスープは飲ませた？」

あごの震えが声に出てしまいそうでこわかった。「まだ。これから飲ませるわ。あとで……あとでまたかける」

電話を切り、奥の窓から、裏庭の墓を見やった。土を掘り返したあとが二ヵ所。その下に眠る二頭の犬のことを考える。

アンセル。彼が犬にしたこと。

アン・マリーは両の手をこすりあわせ、それからまた家の中を巡回した。今回は一階だけ。ダイニングルームのカウンターからマホガニーのチェストをとりだし、引き出しを開けた。嫁入り道具の銀器。ぴかぴかに磨かれている。ドラッグやマリファナをこんなふうに隠している女もいるだろうが、アン・マリーの場合は銀器だった。シルバーのフォークやスプーンのひとつひとつをとりだしては、その上に指先を滑らせ、その指で唇に触れた。ひとつ残らず、すべてに触れないと、自分がばらばらになりそうな気がする。

それから、裏の戸口へ行った。ノブに手をかけたところで気力が尽き、導きを求め、活力を求めて祈った。知識を求め、なにが起きているのかを理解させてください、正しい道をお示しくださいと祈った。

ドアを開け、ステップを降りて犬小屋に歩み寄った。この小屋から、アン・マリーは二頭の犬の死骸を自分の手で運び出し、庭の隅までひきずっていった。ほかにどうすればいいのかわからなかった。さいわい、ポーチの床下に古いシャベルが置きっぱなしになっていたので、犬小屋にもどらずに済んだ。浅い穴を掘って二頭の死体を埋め、墓の前で涙を流した。二頭のため、子どもたちのため、自分自身のために泣いた。

犬小屋の横、オレンジと黄色の菊が四角いプランターに植えてあるところに歩み寄った。小屋のそちら側には、四枚ガラスの小さな窓がついている。ちょっとためらってから、手でひさしをつくって陽光をさえぎり、窓越しに中を覗いた。庭仕事の道具が、壁のペグボードや物置棚、小さな作業台に並んでいる。窓から射し込む光が土の床にきれいな四角形をつくり、アン・マリーの影が地面に打ち込まれた金属の杭の上に落ちていた。杭にとりつけられているのは、扉の把手に巻きつけてあるのと似たような鎖だった。鎖の反対の端は視界の外。地面には掘り返したあとがあった。

アン・マリーは小屋の正面にもどり、鎖で把手をぐるぐる巻きにした扉の前に立った。聞き耳をたてる。「アンセル?」

呼びかける声はささやきにしかならない。また耳をすまし、なにも聞こえないので、ドアが歪んで桟とのあいだにできた一センチぐらいの隙間に顔を近づけ、もう一度そこから呼びかけた。

「アンセル?」

なにかがこすれるような音。なんとなく動物のような音に聞こえて、アン・マリーはおびえ……同時に安心した。

彼はまだ中にいる。まだこの世にいる。

「アンセル……わたし、どうしていいかわからないの。おねがい……どうすればいいのか教えて……。あなたがいなきゃなにもできない。あなたが必要なのよ、アンセル。おねがいだから返事をして。どうすればいい？」

またざらざらという、砂を払い落とすような音。詰まったパイプから洩れるような、しわがれたノイズ。

夫の姿をひとめ見ることができたら。顔を見たら安心できるのに。

アン・マリーはブラウスの襟もとから手を入れ、靴ひもに通して首にかけた小さい鍵をひっぱりだした。扉の把手に巻きつけた鎖をロックしている南京錠に鍵を差し込み、カチッと音がするまで回した。U字型のツルが太い鋼鉄の本体からはずれる。アン・マリーは鎖をほどき、金属製の把手から引き抜いて、芝生の上に落とした。

いましめを解かれた両開きの扉が揺れ、ひとりでに数センチ動いた。もう、太陽は真上に来ている。小屋の中は、小さな窓から射し込む残光をべつにすると暗かった。アン・マリーは扉の隙間の前に立ち、中を覗こうとした。

「アンセル？」

影が動くのが見えた。

「アンセル……夜は静かにしてなきゃだめよ……お向かいのオーティシュさんが勘違い

して警察を呼んだのよ、てっきりうちの犬が……犬たちが……」

こみあげる涙に声がつまり、押さえつけていた感情すべてがどっとあふれだしそうになった。

「わたし……わたし、もうちょっとで、あなたのことを話してしまうところだった。どうしていいかわからないのよ、アンセル。なにが正しいの？　困ってるの。おねがい……あなたが必要なのよ……」

扉に手をのばしたとき、うめくような叫び声が響き、中からアンセルが扉に向かって──アン・マリーに向かって──襲いかかってきた。杭につながれた鎖のおかげでかろうじてひきとめられ、首輪がのどに食い込んで、アンセルの動物じみた咆哮を押しつぶした。しかし、扉が開いたとき、アン・マリーは──凶暴なハリケーンに襲われてあわてて鎧戸を閉めるように、悲鳴をあげながら急いでもとどおり扉を閉ざす前に──土の上にうずくまる夫の姿を見た。のどに食い込む犬の首輪以外は全裸で、開いた口の中は真っ黒。身につけていた衣服を自分で破りとったのとおなじく、髪の毛のほとんどは自分でむしりとっていた。自分で自分の墓を掘ってその中に潜る死体さながら、土の下で眠っていた──隠れていた──せいで、静脈の浮き出た白い体は泥だらけだった。血のしみがついた歯をむきだしにして、白目を剝き、日光から逃れようとしている。悪魔。

アン・マリーはぶるぶる震える手で鎖をもとどおり扉の把手に巻きつけ、南京錠をかけ、家の中へ逃げもどった。

トライベッカ、ヴェストリー・ストリート

ゲイブリエル・ボリバルを乗せたリムジンはかかりつけの医師のオフィスに直行し、地下のガレージに滑り込んだ。ドクター・ロナルド・ボックスは、ニューヨークに活動拠点を置くエンターテインメント業界の名士多数にとって、最初に診察してもらう医師だった。彼は、ロック・ドクでもなければ――電子ペンは気前よくふるうが――アッパー系のドラッグを気軽に処方してくれるドクター・フィールグッドでもない。経験豊富なベテラン内科医で、薬物中毒更生センターの事情と、性感染症、C型肝炎など、名声につきものの疾病の治療に精通している。

ボリバルは、黒いローブだけを身にまとい、老人のように車椅子に沈み込んで、エレベーターに乗った。シルクのような長い黒髪が乾き、ぼさぼさに垂れている。だれにも見られないよう、老人のような細い手で顔を隠した。のどの腫れがひどく、ほとんど声

も出せない。

ドクター・ボックスは、高名な患者を診察室に通した。検査室から送信されてきた画像には、画像診断結果の分析のみを担当した臨床医のメモがついていた。機械の不調を詫び、すぐに修理させるので、一両日中にもういちど検査してはどうかと申し出る内容だったが、ボリバルを目の前にしているドクター・ボックスには、不調に陥っているのが機械ではないことがわかった。

医師は、聴診器をボリバルの胸にあてて心音を聴きながら、「息を吸ってください」といった。ボリバルののどの中を覗こうとしたが、患者は無言でそれを拒否した。黒と赤の瞳のまわりが苦痛に歪んでいる。「そのコンタクトレンズはずいぶん長く入れっぱなしにしているようだが……」

ボリバルは口を歪めて耳障りなうなり声を発し、首を振った。

医師は、運転手の制服に身を包んで戸口に立つ、ラインバッカーみたいな大男に目をやった。ボリバルのボディガードのイライジャは——身長百九十五センチ、体重百二十キロ——非常にナーバスになっているように見える。ドクター・ボックスはしだいにこわくなってきた。ロック・スターの手を調べる。老人の手のようで痛々しい印象を受けるが、力は強い。あごの下のリンパ節を調べようとしたが、痛みが強すぎた。検査室からまわってきた体温の測定結果は五十度を越えていた。人間にはありえない数字だが、それでも、ボリバルの体熱を感じられるほど近くにいるいまは、それを信じられた。

ドクター・ボックスは身を引いた。「なんといったらいいのかわからないが、ゲイブリエル、きみはどうやら、悪性の腫瘍に全身をむしばまれているようだ。簡単にいえば癌だ。癌腫、肉腫、リンパ腫、そのすべてがあちこちに転移している。わたしが知るかぎり、医学的に前例のない症状だ。とはいえ、やはりその分野の専門医に診てもらったほうがいいと思う」

ボリバルは、変色した目に凶悪な表情を浮かべ、ただじっと話を聞いている。

「なんなのか正体はわからないが、なにかがきみをつかんでいる。文字どおりの意味だよ。わたしにわかるかぎりでは、きみの心臓は自力では鼓動していない。いまは、腫瘍が心臓を操っているらしい。きみのかわりに鼓動させている。肺もおなじだ。侵略されて……ほとんど吸収され、変形させられている。まるで……」ドクター・ボックスはいまようやくそのことに思い当たった。「まるで、変態する最中のように。臨床的にいうと、きみは死亡したと見なすこともできる。癌がきみを生かしている。ほかになにをいえばいいのかわからない。きみの臓器すべては機能を停止しつつあるが、きみの癌は……そう、きみの癌はみごとに機能している」

ボリバルはあのおそろしい目でじっとこちらを見つめている。首がかすかに痙攣した。言葉を発しようとしているのに、なにかに邪魔されて声が出ないというふうに。

「いますぐスローン・ケタリング癌センターに移ってほしい。ダミーの社会保障番号を使って、変名で入院できる。癌治療では全米一の病院だよ。いますぐミスター・イライジャに送ってもらうことをすすめる」

ボリバルは、ゴロゴロというめき声を胸から発した。明らかにノー。ボリバルが両手を車椅子のアームレストに置くと、イライジャが進み出てリアハンドルを握った。ボリバルは車椅子から立ち上がり、ちょっと時間をかけて体のバランスをとってから、ローブのベルトを両手でつかみ、結び目をほどいた。

ローブの下からあらわれたのは、萎えたペニスだった。黒ずんで縮こまり、枯れ木に生っている病気のイチジクのように、いまにも股間からぽとりと落ちそうに見えた。

ブロンクスヴィル

ラス家の子守りのニーヴァは、この二十四時間の出来事がもたらした動揺がまだおさまらないまま、甥のエミールにラス家の子どもたちを託したあと、娘のセバスチアンが運転する車でブロンクスヴィルにもどるところだった。

ニーヴァが預かっているあいだ、ラス家の長男のキーンと、八歳になる長女のオードリーがランチに食べたのは、ケロッグのフロステッド・フレークスと角切りフルーツだった。ニーヴァが逃げ出したとき、ラス家の屋敷から持ってきた食糧がそれだった。

これから屋敷にもどって、もっといろいろとってこなければ。子どもたちは、ニーヴァのつくるハイチ料理を食べようとしないし、それにもっと差し迫った必要があるのは、うっかり持って出るのを忘れたキーンの喘息治療薬、パルミコートだ。少年は息がぜーぜーして、顔色が悪くなっている。

ラス家に近づくと、ドライブウェイにミセス・ギルドの緑色の車があるのが見え、ニーヴァはしばし考えをめぐらせた。セバスチアンにここで待つようにいってから、車を降り、ドレスの下のスリップをまっすぐのばし、鍵を手に持って横手の通用口のほうに向かった。ドアはなんの電子音もなく開いた。防犯アラームが解除されている。つくりつけの戸棚にコート掛け、床暖房がついたタイル張りの床と、いたれりつくせりの設備が整った靴脱ぎ室《マッドルーム》——といっても、どこにも泥《マッド》はついていない——を通って、ニーヴァはキッチンに通じるフレンチドアを押し開けた。

だ。ニーヴァが子どもたちを連れて出てから、この部屋にはだれも出入りしていないようだ。戸口に静かに立って、神経を集中し、息をするのもこらえてじっと耳をすました。なにも聞こえない。

「ただいま！」

ミセス・ギルドかジョーンが返事をしてくれないかと思って、何度か呼びかけてみた。家政婦のミセス・ギルドとはめったに口もきかない仲で、彼女は人種差別主義者なんじゃないかとニーヴァはにらんでいた。ジョーンのほうは、弁護士として大成功しているにもかかわらず、母性本能がまるでなく、家庭内では母親どころか、自分が子どもみたいだった。どちらからも、やはり返事はない。

なにも聞こえないので、ニーヴァはキッチンを横切って中央のカウンターに歩み寄り、自分のバッグをそっとその上の、流し台とガスレンジのあいだに置いた。

おやつがしまってある戸棚を開けると、クラッカーやパック入りのジュースやスマートフードのポップコーンをかたっぱしから――泥棒みたいな手つきで――フード・エンポリアムの紙袋にどんどん放り込み、一度だけ途中で手を止めて耳をすました。

ビルトイン式の大型冷蔵庫をあさり、ストリング・チーズやヨーグルト・ドリンクを袋に追加したあと、キッチンの電話の横の壁に、ミスター・ラスの番号を書いた紙がテープで留めてあるのに気がついた。ニーヴァの胸を不安感がぎゅっと締めつけた。いったいなんと説明しよう？　奥さんがご病気で。具合が悪くて。わたしが子どもたちを連れていきます。だめだ。じつをいうと、旦那さんとは二言三言しか言葉を交わしたことがない。この豪勢な屋敷にはどこか邪悪なところがあるし、ニーヴァにとって第一の、唯一の義務は――雇い人としても、母親としても――子どもたちの安全を守ることだ。

備えつけのワイン・クーラーの上にある薬戸棚を開けてみたが、心配したとおり、パルミコートの箱はからっぽだった。地下のパントリーにとりにいく必要がある。カーブした絨毯敷きの階段のてっぺんで足をとめ、ニーヴァはバッグから黒い琺瑯《ほうろう》細工の十字架をとりだした。万一の場合に備え、それを片手に持って階段を降りてゆく。いちばん下までたどりつくと、夕暮れ前のこの時刻、地下室はたいそう暗く見えた。壁の照明スイッチをぜんぶ入れて明かりを灯したあと、聞き耳を立てた。

地下室と呼んではいるものの、実際は設備の整った地下のワンフロアだった。主役は、客席とポップコーン売りのカートまで再現したホームシアター。そのほか、おもちゃやゲーム用のテーブルが並ぶ遊戯室、ミセス・ギルドが一家の服やリネン類をしまってあるランドリー室、バスルーム、パントリーと、最近完成した温度調節システムつきワイン・セラーもある。セラーはヨーロッパ式で、本物の土の床をつくるため、工事の作業員がわざわざ地下室の基礎を壊し、その下まで掘ってある。

そのとき、熱が襲ってきた。同時に、だれかがボイラー――地下室の内臓にあたる部分は、どこかのドアのうしろに隠されている――を蹴りつけているみたいな音がして、神経がぷつんと切れそうになった。階段のほうに向かいかけたが、キーンにはどうしてもネブライザー薬が必要だ。顔色がよくなかった。

ニーヴァは決然と歩き出した。ホームシアターの革張りの客席ふたつのあいだを抜け、パントリーのアコーディオン・ドアに向かう途中、窓がふさがっているのに気がついた。昼間なのにあんなに暗かったのはこのせいだ。おもちゃや古いボール箱が塔のように積み上げられ、その上に置かれた古着や新聞が小さな窓を隠し、外の光を遮断している。だれがこんなことをしたんだろう。そう思いながらパントリーに急ぎ、スチール製のラックから、ジョーンのビタミン剤やキャンディ色の胃薬《タムズ》といっしょに置いてあるキーンの喘息薬を見つけた。プラスチックの瓶が並ぶ細長いふたつの箱を下ろすと、ほかの食料品にはかまわず、ドアも閉めずに大急ぎでパントリーを飛び出した。

階段に向かって地下室を歩いているとき、ランドリー室のドアが開いたままなのに目をとめた。ふだん開けっ放しにされることのないそのドアが開いていることが、いまのこの屋敷にまざまざと感じる堕落の気配を象徴しているような気がした。

そのとき、フラシ天の絨毯に黒々とした土のしみがついているのに気がついた。まるで足跡みたいな間隔で点々とつづいている。目で追っていくと、ワイン・セラーのドアへとつづいていた。階段に行くには、そのドアの前を通らなければならない。ドアの把手は土で汚れていた。

ワイン・セラーのドアに近づくにつれ、ニーヴァはそれを感じた。土の床を持つあの密室、地下墓地のような暗黒から、なにかを感じる。魂の欠落。それでも——冷たさではなかった。それどころか、矛盾したあたたかさを感じる。闇に潜み、沸きかえる熱。

ドアの把手が動きはじめたとき、ニーヴァはその前を一散に走り抜け、階段に向かった。ひざの悪い、五十三歳のニーヴァの足は、階段を駆け上がろうとしては何度も蹴つまずいた。壁に片手をついて体を支えた拍子に、持っていた十字架が壁をえぐり、漆喰の小さなかけらがぱらぱらと落ちた。なにかがすぐうしろにいて、階段を上がってくる——こちらに向かって。

クレオール語で叫びながら、ニーヴァはようやく陽光の射す一階にたどりつくと、長いキッチンを走り抜け、その途中でハンドバッグをひっつかんだ。フード・エンポリアムの紙袋を蹴倒して、スナックやドリンク類が床に転がったが、こわくてとりにもどれず、そのまま走りつづけた。

母親が悲鳴をあげながら、足首まである花柄のドレスに黒い靴という姿で屋敷から駆け出してきたのを見て、セバスチアンは車を降りた。

「だめ！」母親は叫び、運転席にもどれと合図した。なにかに追われているみたいに走ってくるが、うしろにはだれもいない。セバスチアンは警戒しながら運転席にすわった。

「ママ、なにがあったの？」

「出して！」ニーヴァは怒鳴った。大きな胸が波打ち、血走った目はドアが開いたままの通用口を見つめている。

「ママ」セバスチアンがギアをバックに入れながら、「これじゃ誘拐になるわよ。法律があるんだから。旦那さんには電話したの？　そうするっていってたでしょ」

ニーヴァは握りしめていたこぶしを開き、血まみれになっているのに気づいた。数珠つきの十字架を強く握る手に力が入りすぎて、角の部分が肉に食い込み、傷つけていた。手を開くと、十字架は車の床に滑り落ちた。

マンハッタン、東五一丁目、ニューヨーク市警一七分署老教授は、上半身裸でいびきをかいている男からできるだけ離れ、雑居房のベンチのいちばん端にすわっていた。くだんの男は、部屋の隅にあるトイレの場所をだれにも訊かず、ズボンを脱ぐ手間さえかけずに、いましがた用を足したばかりだった。

「セトレイキーン……セターキン……セトレイニアキ……」

「はい」と返事をしてセトラキアンは立ち上がり、開いた戸口の前に立つ、まともに字が読めない警察官のほうに歩いていった。警察官はセトラキアンを雑居房から出すと、扉を閉めた。

「釈放されるのかね」とセトラキアンはたずねた。

「たぶんな。息子さんが迎えにきている」

「わたしには――」

セトラキアンはそこで口をつぐみ、警官のあとについて歩いた。警官はなにも書かれていないドアを開け、中に入るように促した。

取調室に入ってドアを閉めたあと、ようやく、むきだしのテーブルの向こうにすわっているのが疾病対策センターのドクター・イーフリアム・グッドウェザーだと気がついた。

その横には、前も彼といっしょだった女性の医師がすわっていた。セトラキアンは彼らの策略に対して感謝の笑みを浮かべたが、ふたりがここにいることには驚きを感じていなかった。

「では、はじまったのか」とセトラキアンはいった。

疲労と睡眠不足による隈ができた目で、ドクター・グッドウェザーはセトラキアンを上から下までながめた。「ここを出たいなら、出してやれる。まず説明を聞きたい。情報がほしい」

「きみの質問の多くに答えられる。しかし、すでにずいぶん時間を無駄にしている。いますぐ――いまこの瞬間に――とりかからなければ、この陰謀を阻止する望みはなくなってしまう」

「だからその話だ」ドクター・グッドウェザーは乱暴に片手を突き出した。「その陰謀というのはいったいなんなんだ？」

「あの飛行機の乗客」とセトラキアン。「死者が起き上がった」

イーフはどう答えていいかわからなかった。答えられなかった。答えたくなかった。

「きみが手放さなければならなくなるものはたくさんある、ドクター・グッドウェザー」とセトラキアンはいった。「見ず知らずの老いぼれの言葉を信用するというリスクをおかしているると思っているのはわかる。しかし、ある意味では、この責任をきみに預けることで、わたしはその千倍も大きなリスクをおかすことになる。いまここで議論しているのは、人類という種全体の運命なのだよ。もっとも、いまの段階でそんなことをいっても、まだ信じてもらうことも、理解してもらうことも不可能だろう。きみは自分の目的のためにわたしを選び出したと思っている。だが実際は、わたしがわたしの目的を果たすためにきみを選んだのだ」

本書は二〇〇九年九月に単行本『ザ・ストレイン』として
刊行した作品を改題、文庫化したものです。

ディーン・クーンツ

善良な男
中原裕子訳

人違いで殺人を依頼されたレンガ職人のティムと殺し屋が繰り広げる逃亡と追跡のドラマ

一年でいちばん暗い夕暮れに
松本依子・佐藤由樹子訳

悲しい過去を背負う男女に邪悪な追跡者の魔手が。ふたりを護るのは、一匹の運命の犬！

オッド・トーマスの霊感
中原裕子訳

死者の霊が見える若者オッド・トーマスが、悪霊に取り憑かれた男の死の謎を解明する。

オッド・トーマスの受難
中原裕子訳

オッドの親友が姿を消した。オッドは彼を探すが、行く手には死の罠が待ち受けていた。

オッド・トーマスの救済
中原裕子訳

山奥の修道院で次々と起こる怪異にオッドが挑む。サスペンス溢れるシリーズ最高傑作。

冒険小説

樹海戦線

J・C・ポロック／沢川　進訳

カナダの森林地帯で元グリーンベレー隊員とソ連の特殊部隊が対決。傑作アクション巨篇

終極の標的

J・C・ポロック／広瀬順弘訳

墜落した飛行機で発見した大金をめぐり、元デルタ・フォース隊員のベンは命を狙われる

エニグマ奇襲指令

マイケル・バー＝ゾウハー／田村義進訳

ナチの極秘暗号機を奪取せよ——英国情報部から密命を受けた男は単身、敵地に潜入する

ベルリン・コンスピラシー

マイケル・バー＝ゾウハー／横山啓明訳

ネオ・ナチが台頭するドイツで密かに進行する驚くべき国際的陰謀。ひねりの効いた傑作

シブミ　上下

トレヴェニアン／菊池　光訳

日本の心〈シブミ〉を会得した世界屈指の暗殺者ニコライ・ヘルと巨大組織の壮絶な闘い

冒険小説

シャドー81
ルシアン・ネイハム／中野圭二訳

戦闘機に乗る謎の男が旅客機をハイジャックした！　冒険小説の新たな地平を拓いた傑作

鷲は舞い降りた〔完全版〕
ジャック・ヒギンズ／菊池　光訳

チャーチルを誘拐せよ。シュタイナ中佐率いるドイツ軍精鋭は英国の片田舎に降り立った

鷲は飛び立った
ジャック・ヒギンズ／菊池　光訳

IRAのデヴリンらは捕虜となったドイツ落下傘部隊の勇士シュタイナの救出に向かう。

女王陛下のユリシーズ号
アリステア・マクリーン／村上博基訳

荒れ狂う厳寒の北極海。英国巡洋艦ユリシーズ号は輸送船団を護衛して死闘を繰り広げる

高い砦
デズモンド・バグリイ／矢野　徹訳

不時着機の生存者を襲う謎の一団――アンデス山中に繰り広げられる究極のサバイバル。

マイクル・クライトン

北人伝説

乾　信一郎訳

十世紀の北欧。イブン・ファドランはバイキングと共に伝説の食人族と激戦を繰り広げる

ジュラシック・パーク 上下

酒井昭伸訳

バイオテクノロジーで甦った恐竜が棲息する驚異のテーマ・パークを襲う凄まじい恐怖！

アメリカ探偵作家クラブ賞受賞

緊急の場合は

清水俊二訳

違法な中絶手術で患者を死に追いやって逮捕された同僚を救うべく、ベリーは真相を探る

大列車強盗

乾　信一郎訳

ヴィクトリア朝時代の英国。謎の紳士ピアースが企てた、大胆不敵な金塊強奪計画とは？

ディスクロージャー 上下

酒井昭伸訳

元恋人の女性上司に訴えられたセクシュアル・ハラスメント事件。ビジネス・サスペンス

訳者略歴　1961年生，京都大学文学部卒，翻訳家・書評家　訳書『犬は勘定に入れません』『ドゥームズデイ・ブック』ウィリス，著書『21世紀ＳＦ1000』編書『ここがウィネトカなら、きみはジュディ』（以上早川書房刊）他多数

HM=Hayakawa Mystery
SF=Science Fiction
JA=Japanese Author
NV=Novel
NF=Nonfiction
FT=Fantasy

沈黙《ちんもく》のエクリプス

〔上〕

〈NV1261〉

二〇一二年七月十日　印刷
二〇一二年七月十五日　発行

（定価はカバーに表示してあります）

著者　ギレルモ・デル・トロ　チャック・ホーガン
訳者　大《おお》森《もり》　望《のぞみ》
発行者　早川　浩
発行所　株式会社　早川書房

郵便番号　一〇一 - 〇〇四六
東京都千代田区神田多町二ノ二
電話　〇三 - 三二五二 - 三一一一（大代表）
振替　〇〇一六〇 - 三 - 四七七九九
http://www.hayakawa-online.co.jp

乱丁・落丁本は小社制作部宛お送り下さい。
送料小社負担にてお取りかえいたします。

印刷・三松堂株式会社　製本・株式会社明光社
Printed and bound in Japan
ISBN978-4-15-041261-6 C0197

本書は活字が大きく読みやすい〈トールサイズ〉です。